The Orchid Thief

Susan Orlean

[美] 苏珊·奥尔琳 著　刘斌 译

新星出版社　NEW STAR PRESS

献给我的父母，阿瑟和伊迪丝

致 谢

我要感谢无数的兰花爱好者、花圃经营者、佛罗里达史学家、园丁律师、窃贼、漫游者、徒步旅行者、冒险家、植物学家、博物学家、塞米诺尔部落成员,洛克萨哈奇、大赛普里斯和法喀哈契的工作人员。我还要感谢为本书做出了巨大贡献的收藏家们。很多时候,他们的名字没有出现在本书的文字中。

我特别感谢美国兰花协会的帮助。感谢协会的内德·纳什审查植物学信息的准确性,尤其特别感谢詹姆斯·沃森,在这个项目逐渐发展的这些年中,他慷慨地帮助了我。

我深深感激蒂娜·布朗,是她最初敦促我为《纽约客》采写这个故事,然后又批准了我很长时间的假期来写这本书,还一直为我加油打气,直到书稿完成。

无与伦比的图书编辑乔恩·卡普大力支持我,给我很多良好的建议和热情的鼓励,任何语言都无法表达我对他的感谢。同样我还要感谢兰登书屋的安·戈多夫和其他许多人,是他们的帮助让此书得以面世。

我要对理查德·派恩说，我希望你真的按顺序猜中了那次赛马的前三名。同时，这么多年了，非常感谢你。

我要感谢我的家人、朋友、老板和同事，他们热情、宽容、坚定，非常信任我，对我一直都很友善。哦，顺便说一句，黛布拉·奥尔琳拍的青蛙照片非常漂亮。

目录

1	序：苏珊·奥尔琳谈《改编剧本》
10	百万富翁的温室
29	克隆幽灵
45	绿色地狱
54	兰花狂热
68	致命职业
104	太美了
123	美好生活
156	人人都能种兰花
178	植物犯罪
212	烧烤鸽子
234	奥西奥拉的头颅
279	财富
300	一种方向
323	与《兰花窃贼》作者苏珊·奥尔琳对谈
334	意外的绽放

序：苏珊·奥尔琳谈《改编剧本》

电影《改编剧本》的灵感来自作家苏珊·奥尔琳的作品《兰花窃贼》，最近，她同意谈谈其中的一些体会。这部电影风趣幽默地详细描述了一个编剧的一段经历，他在试图将《兰花窃贼》一书改编成《兰花窃贼》剧本时深受思路壅塞之苦。受访者是作家身份下的苏珊·奥尔琳。

苏珊·奥尔琳（以下简称"苏珊"）：**欢迎。谢谢您同意接受采访。**

苏珊：不客气。我的意思是，谢谢。

苏珊：在开始之前，恐怕我真得问问您，我们以前是不是见过面——我觉得您很面熟。

苏珊：我觉得我们没见过，不好意思。

苏珊：您确定吗？

苏珊：我确定。

苏珊：好吧，如果您这么说那也许就是这样。那么，我的第一个问题是，您是否曾经想过自己的书会变成电影？

苏珊：从来没有过。坦白地说，我甚至连它能不能变成一本书都不确定。第一次听说约翰·拉罗什和兰花偷猎行为时，我觉得这会是一篇有趣的杂志文章，尽管这个故事太过古怪，我甚至想不好怎么处理才适合发表在杂志上。那时我绝对没有想过它可以写成一本书，电影当然更不用说了。其实，我在写一个故事的时候，很少去想它能不能被拍成电影。想清楚怎么把它写成一篇东西就已经足够我忙的了。

苏珊：真的吗？

苏珊：是的，是真的。

苏珊：这让我感到惊讶，因为我认识的每个人都想着为电影写作。

苏珊：那么显然你不认识我。

苏珊：您用不着这么不留情面吧。

苏珊：我并不是不给你留面子！我只是说我跟你认识的人肯定不一样，因为我不是一直在想着为电影写作。我喜欢电影。我喜欢看电影。但我不想写电影。

苏珊：我承认我错了！把《兰花窃贼》变成电影的主意最初是什么时候出现的？

苏珊：一开始是《纽约客》在1995年发表了我的文章《兰花狂热》。文章出来后，马上就有三四个不同的制片人和片厂跟我联系，他们表示有兴趣改编这个故事。同时，我向兰登书屋提议,说我想把这个故事扩展成一本书,因为我知道自己还有很多想说的话。最终,买下这个故事的制片人乔纳森·德姆和埃德·萨克森同意让我先写这本书,然后他们再着手拍电影。

苏珊: 那是在什么时候?

苏珊: 让我想想……如果没记错的话,我是在1998年9月左右交的手稿。我第一次读到《改编剧本》的剧本是在2000年春天。

苏珊: 您有没有要求过写这个剧本?

苏珊: 没有。我对写剧本不感兴趣。而且我还想,看看编剧怎么处理这本书会很有意思。这不是典型的好莱坞创意:一部关于一个偷兰花的人的电影。

苏珊: 在撰写剧本的过程中您听到过什么动静吗?

苏珊: 我只知道制片人雇了一个编剧,他刚写了一部电影,叫《杀死约翰·马尔科维奇》。反正在我印象里是叫这个名字。听起来很古怪,不过能请到这个人,制片人都很兴奋,他们告诉我我也应该很兴奋,所以我也就很兴奋了。

苏珊: 您是说《成为约翰·马尔科维奇》[1]。

苏珊: 对,这部电影实际上是叫这个名字,但当时还没有上映,我误以为它叫《杀死约翰·马尔科维奇》。

苏珊: 您第一次读剧本时感觉如何?

---

[1] 《成为约翰·马尔科维奇》(*Being John Malkovich*)是一部于1999年上映的电影,编剧是查理·考夫曼。

苏珊：挺吃惊的。

苏珊：请继续讲。

苏珊：已经有人给我打过预防针，说剧本跟书有很大的出入。而我的经纪人告诉我，剧本里出现了许多书里没有的人——而且是真实的人，不是虚构的角色。她还暗示其中一个就是我。但是剧本仍然非常出乎我的意料。制片人在吃午饭的时候给我剧本。午饭后我回到办公室，关上门，关掉手机，读了起来。阅读过程中我不得不把它放下几次，好调整呼吸。我想，我开始意识到这将是一次非常不同寻常的体验，是在剧本写到这个情节的时候：我——我是说电影里的苏珊·奥尔琳这个角色——在法喀哈契开枪击倒了一位鱼类和野生生物管理局的官员。制片人让我读完剧本后马上给他打电话。我读完以后，用了一天时间消化，然后才打电话给他说："跟我期待的不一样，不过还是非常好，还有，请把我的名字改掉。"

苏珊：为什么？

苏珊：因为我想不好自己是不是真的想成为电影里的角色，尤其是这个角色后来变得有点……神经问题。

苏珊：真是难以置信。

苏珊：你觉得什么难以置信？

苏珊：您不想成为电影中的角色。这难道不是每个人的梦想吗？成为著名的电影角色？

苏珊：我不知道这是不是每个人的梦想，但是就我个人而言，我不想被写进电影里去。我觉得这不是什么难以置信的事。你想成为电影中的角色吗?

苏珊:咱们俩谁是提问者啊?

苏珊:显然是你。但我只是想让你——算了。你的下一个问题是什么?

苏珊:是什么让您同意还是继续当这个角色?

苏珊:有这么几点。我意识到,如果这本书——我的书——会在电影里占据显要位置,而电影里的作者却不叫苏珊·奥尔琳,那会很让人困惑,最终也会让我自己烦恼。我可不想看到《兰花窃贼》的作者成了,嗯,玛丽·史密斯或者简·布朗或者叫什么别的名字的虚构人物。另外,所有其他被写进剧本里的人都同意用真名实姓。最后我决定,处理整个情况最好的办法是把它看成一次冒险,一个巨大的虚拟现实实验。

苏珊:您从中赚了很多钱吗?

苏珊:这不关任何人的事,是吧?

苏珊:这是个坦诚的问题。而且不管怎么说,每个人都想知道。

苏珊:我认为谈钱不礼貌。

苏珊:我认为不回答问题不礼貌。

(沉默)

苏珊:我们继续吧?

苏珊:好。

苏珊:您对剧本有什么特别的反对意见吗?要求做什么修

改了吗?

苏珊:我要求删掉了一些内容——一些过于私人的细节,但是我没要求做什么重大修改。我告诉他们我喜欢的和不喜欢的地方,但提出的具体要求都是关于那些细节的,他们也都给删掉了。

苏珊:您那时想让谁扮演苏珊·奥尔琳?

苏珊:我花了大约一年时间假装为这部电影选角。从朱莉娅·罗伯茨、妮可·基德曼、霍莉·亨特、朱迪·福斯特,到凯特·布兰切特,我每个人都考虑过,但从没决定下来梦想之选是谁。我的朋友们也提出了建议——他们想到的一般都是红头发的演员,因为我是红头发。也许大家不知道好莱坞有染发剂。有趣的是,没人提起过梅丽尔·斯特里普,可能是因为她看上去太特殊,太有魅力了。

苏珊:她答应出演这个角色之后,有没有跟您见面,研究您,分析您的手势和口音?

苏珊:没有。我从没跟她见面。拍摄期间我在片场待了几天,觉得我应该至少能在那儿见到她,但她不在。其实我见过她,在很多年以前。我在电影《猎鹿人》里当群众演员,那是她出演的第一部电影。我觉得我在那儿跟她打过招呼。

苏珊:你们单独聊过吗?

苏珊:没有,当然没有。群众演员有好几百。我只是随随便便地小声跟她说了句"你好",别的什么都没做。其实我甚至觉得不能说我们见过面。我只是说我们曾经在同一时间处在同一地点。

苏珊：那么其实你们还是……聊过，从某种意义上说。

苏珊：没有。我刚刚说那些话的意思就是跟你解释，我跟她没有聊过。其实，现在我回想当时的情景，我觉得自己叨咕的对象是罗伯特·德尼罗，不是梅丽尔·斯特里普。不管怎样吧，我想说的是，我不认识梅丽尔·斯特里普，我从来没有和梅丽尔·斯特里普说过话，而且我不是梅丽尔·斯特里普。

苏珊：在《改编剧本》片场的感觉是怎样的？

苏珊：很有意思，也很古怪。我首先注意到的是剧组人员向我投来怀疑的目光。最后一个机械师向我走过来，问我真的是我吗？还有我是不是真的做过电影里描述的那些事。这是一种灵魂出窍般的体验。我想剧组已经开始认为梅丽尔·斯特里普是真正的苏珊·奥尔琳，而我是……我不确定他们认为我是谁。在电影里我跑了个龙套，当一个没有名字的商场顾客。也许他们认为我就是那个人。看到整个电影的制作过程，意识到这一切都是受我的书启发，真是非常令人激动。这种感觉太棒了。

苏珊："机械师"到底是干什么的？

苏珊：我不知道。

苏珊：在《改编剧本》里，试图对《兰花窃贼》进行改编的编剧遭遇了严重的思路壅塞。您曾经经历过这种状况吗，思路壅塞？您同情他吗？

苏珊：我写作速度不快，不过到现在为止很幸运，还从来没有遇到过真正的思路壅塞。我会陷在一些地方，但从来没有经历过电影中的角色经历的那些折磨。我为他难过。

苏珊：查理·考夫曼是你的朋友吗？

苏珊：不，不是。我见过他一次，大概两分钟，在《改编剧本》片场。我们都不知道说些什么好。

苏珊：他长得像尼古拉斯·凯奇[1]吗？

苏珊：不，他长得像查理·考夫曼。你不明白，是吧？电影是电影，生活是生活，它们不是一回事。

苏珊：你说这句话是想让我觉得自己很蠢吗？

苏珊：不是。如果冒犯了的话，对不起。我只是想说明白，什么是电影，什么是现实。

苏珊：那么您是什么时候终于看到了电影？这我可以问，是吧？

苏珊：当然可以。2002年春天，我在一次小型放映中看了这部电影，一个粗剪版本。我非常紧张，差点就看不下去了。我非常高兴地看到，电影描绘出了这本书真正的核心内容，就是对激情的追求，以及这如何塑造我们的生活。但是第一次看感觉很奇怪。我认为，看到自己真的成了电影中的角色，这有点让人不知所措，而看到自己的书真的被重塑成了一部电影，也是同样的感觉。

苏珊：所以电影有时是现实，对吧？

---

[1] 尼古拉斯·凯奇（Nicolas Cage），美国演员。1964年出生于加利福尼亚州，在《改编剧本》中扮演查理·考夫曼。

苏珊:(沉默)

苏珊:对吧?

苏珊:嗯,我想你是对的。在这种情况下是这样,不管怎么说。

苏珊:那么您有再写电影的计划吗?

苏珊:我说的话你一句都没听,是不是?

苏珊:在我让你走之前,还有最后一件事。我知道问这个问题并不专业,但是下次你跟尼古拉斯·凯奇聊的时候,能帮我要他的签名吗?

百万富翁的温室

约翰·拉罗什个子很高,他瘦得像麻秆,眼睛是浅色的,总是驼着背。虽说他所有的门牙都没了,但还是非常英俊。他的体态就像煮到有嚼劲的意大利细面条,而情绪总是紧张不安,像那种电子游戏玩得很多的人。拉罗什三十六岁,不久之前受雇于佛罗里达州的塞米诺尔部落[1],负责在该部落位于佛罗里达州好莱坞市的保留地上建立一个花圃和一个兰花[2]繁育实验室。

在很多人看来,拉罗什是个怪人。比如,塞米诺尔人就给他起了两个绰号:"麻烦制造者"和"白人疯子"。有一次拉罗什跟我讲起他的童年,说:"啊,我绝对是个奇怪的小孩。"在他的记忆里,自己一直格外激情充沛,做事努力达到极致。在他大约九岁或十岁时,父母说他可以挑选一只宠物。他决定

---

[1] 塞米诺尔人是来自佛罗里达州的美洲原住民,后来被强制迁移到俄克拉荷马州,现在两地皆有分布,以俄克拉荷马州为主。"佛罗里达州的塞米诺尔部落"是被联邦认可的三个塞米诺尔人部落之一,另外两个是俄克拉荷马州的塞米诺尔部落和佛罗里达州的米科苏基印第安人部落。
[2] 除了上下文提示外,本书中所有的"兰花"一词均泛指兰科植物,并不专指其花朵。

要一只小乌龟。随即他又要了十只小乌龟。然后他决定繁殖乌龟，然后他就开始把乌龟卖给别的孩子，然后他满脑子就全是乌龟了，然后他认定，除非自己能把人类已知的每一种乌龟都分别收集一只——加拉帕戈斯群岛上那种沙发大小的乌龟也得有一只——否则就等于白过了一生。然后，他突然就不再爱乌龟了，转而疯狂地爱上冰河时期的化石。他收集化石，出售化石，宣布自己生活的意义就是化石，然后又抛弃了它们，转头又爱上了别的东西——我想是宝石雕琢术——然后他又放弃了研究宝石雕琢术，沉迷于收集老镜子，给它们重新镀银。拉罗什的激情像汽车炸弹一样，毫无征兆地到来，惊天动地地结束。我第一次见到他时，他迷恋的对象只有兰花，尤其是在佛罗里达的法喀哈契沼林[1]中生长的野生兰花。接下来两年，我大部分时间都跟在他身边；而到这两年结束时，他丢弃了所拥有的每一株兰花，并发誓只要活着就永远不会再拥有另一株兰花。他通常说到就能做到。多年前，在冰河时期化石和老镜子之间，他经历过一个热带鱼的阶段。最狂热的时候，他在住所里摆了六十多个鱼缸，并定期去浮潜以收集鱼类。然后就结束了。失去兴趣对他来说并不是一个逐渐的过程：他抛弃了所有的鱼，并发誓永远不会再收集鱼类，所以也永远不会再踏入大海一步。那是在十七年前。他一辈子都住在大西洋边上，但从那时起他连脚趾都没在海里泡过。

---

[1] 法喀哈契沼林（Fakahatchee Strand），位于佛罗里达半岛南端的一片州立保护区，以沼泽地为特色。

这样听上去，拉罗什像是一个百科全书式的人物，但他其实没有接受过严格的正规教育。他上过北迈阿密的公立学校，除此之外全靠自学。他偶尔会想象，如果自己努力的方向更常规一些，会过上什么样的生活，有时还会对那种生活充满憧憬。他认为自己很可能会成为脑外科医师，在脑研究领域取得重大突破，名利双收。而在现实中，他跟父亲一起住在佛罗里达的一座破平房里，始终用一种跟一般人不一样的方式勉强糊口。乐观是他最大的财富之一——也就是说，他能从几乎每一种生活状况中（包括灾难性的）看到赚取利润的机会。多年之前，他把有毒的杀虫剂洒到了手上的伤口中，心脏和肝脏因此受到了永久的受损。在他看来这样最好，因为他能够在一本园艺期刊上发表一篇关于这次经历的文章《你愿意为你的植物而死吗？》，以此赚取稿费。我第一次见到他时，他正在撰写一本关于在家里养植物的指南。他告诉我，他打算在大麻杂志《嗨时报》[1]上给这本书打广告。他说，广告中不会提到，按照他的指南种植的大麻植株永远不会成熟，因此也不具有精神活性。这本指南是他有生以来最喜欢的项目之一。在他看来，他会凭这本书赚很多钱（这总是很好的），首先他是在鼓励孩子们养植物（非常正当），其次指南中缺少的信息可以让这些孩子不至于嗑得神情恍惚，因为他们养出来的植物没有效力（无比高贵）。最后一点是这个项目里他最引以为豪的，因为他认

---

[1] 《嗨时报》（*High Times*）是一本在美国发行的月刊，自 1974 年创刊起一直主要关注与大麻有关的话题。

为，一旦买了指南的孩子们意识到自己为了尝试做非法的事情——即种植和吸食大麻——而浪费了金钱，他们就会同时意识到犯罪是得不偿失的，而这一切多亏了约翰·拉罗什。像这种围绕利润开展有关美德和犯罪的计划是拉罗什的专长。而就在你终于断定他不过是个普通骗子的时候，他会向你透露自己行骗的一个理由——它不可告人，也有点正当性，不过总是有利可图。他喜欢形容自己是个精明的混蛋。他尤其喜欢用不取巧的办法做事，特别是如果这不仅意味着他可以做自己想做的事，还可以让其他所有人都好奇他是如何全身而退的，那他就更为得意。他是一个很不寻常的人，也是我认识的没有道德的人里最有道德的那个。

几年前我第一次见到约翰·拉罗什，是在佛罗里达州那不勒斯市的科利尔县法院里。当时我去佛罗里达，是因为我读了报纸上的一篇文章，说一个白人——就是拉罗什——和三个塞米诺尔男人被捕，因为他们持有的稀有兰花是从一片叫法喀哈契沼林州立保护区的佛罗里达沼泽中偷采出来的，而我想了解更多有关这一事件的信息。报上的故事很短，但很诱人，据它描述，法喀哈契是那不勒斯附近的一片原始沼泽，里面长满了奇异的花草树木，其中有些在美国其他地方都找不到，有些更是在世界其他地方都找不到。所有野生兰花现在都被视为濒危物种，把它们从任何树林中带出都是非法的，特别是像法喀哈契这样的州有土地。据报道，拉罗什是这伙偷猎者的头目。他向逮捕他们的官员提供了所有被偷采植物的规范形式的学名，并解释说，他们的计划是将这些植物运到一个实验室，在那里把它们克隆出数百万个植株，然后卖给世界各地的兰花收藏家。

我读很多当地的报纸，尤其是其中那些较短的文章，特别是充满引人注目的组合词的文章。就这个兰花的故事而言，如果"沼泽""兰花""塞米诺尔人""克隆""罪犯"这些词出现在一篇很短的文章里，我就会非常感兴趣。有时，这种故事背后有更多的东西，可以窥见一种被大加延展的生活。它就像那种日本折纸团，放到水上后过一会儿，就会变成一朵盛开的花，而这花异常美妙，让你无法相信，曾经有个时候，在你眼前的只是一个纸团和一杯水。主审塞米诺尔兰花案的法官把一场听证会安排在我读到这篇文章那天的几周之后举行，于是，我定好行程，打算南下那不勒斯，看看这个纸团会不会绽放。

我离开纽约时正值深冬，到处都是一片死寂；而那不勒斯的气候温暖湿润，让人身上发黏。从飞机上，我可以看到厚厚的积雨云在天空边缘翻滚。我住进了海滩上的一家大酒店，当晚，我站在阳台上，看着水面上空狂风四起，暴雨倾泻而下。听证会是在第二天早上九点。我开出酒店车库时，停车场管理员告诫我要小心开车。"跟你讲，在那不勒斯必须得小心。"他探头进我的车窗里说。他闻起来就像戴吉利酒味，可能那是防晒霜的味道。"每次这里下雨，"他又说，"汽车就像飞了起来。"那不勒斯的人均高尔夫球场数量超过世界其他任何地方，而且尽管天气炎热，令人烦躁，但酒店附近的每个人都穿着打高尔夫球的装束，他们带着鞋钉的鞋子咔嗒咔嗒地敲着地面，在人行道上印下一道刺青。

法院在城南几英里处，是一座看上去很清爽的建筑，用漂白的石头建成，外墙上镶嵌着石化的贝壳。我到那里时，里面有几个人，他们都不说话，除了木板凳的吱吱声和第一排的一个人在大声地清嗓子外，没有别的声音。片刻之后，我凭着对报纸上照片的印象认出了拉罗什。他并没有为上庭而特意穿衣打扮。他戴了一副围裹式的镀膜太阳镜，身上是印着风景图案的化纤衬衫，头戴迈阿密大学飓风橄榄球队的棒球帽，穿着泛灰的旧裤子，臀部周围已经松松垮垮的了。看上去他好像需要一支烟。法官进来并在椅子上坐好后，他才刚刚像其他人那样起立；然后他又坐了下去，看上去很恼火。检察官随后站起，宣读州方的指控——1994 年 12 月 21 日，拉罗什及其三名塞米诺尔助手从法喀哈契非法移出超过两百种稀有兰科和凤梨科植物，他们被捕时正准备离开沼泽，持有四个塞满花朵的棉枕头。他们被控非法持有濒危物种且将植物生命非法移出州有土地，这两种行为均可被判处监禁和罚款。

法官面无表情地听着。检察官陈述结束后，法官令拉罗什作证。他从座位上起身时发出很大的声响，然后信步走到法庭中央，冲法官昂起头，将拇指钩在皮带环上。法官眯起眼睛看了看他，让他说出自己的姓名和地址，并描述自己在植物方面的专长。拉罗什晃了晃脚,耸了下肩。"好吧,法官大人,"他说,"我是园艺顾问,专业从事园艺大概有十二年了。我曾经拥有一个花圃,有许多具有巨大商业和民族生物学价值的植物。我对兰花和无菌培养条件下兰花的无性繁殖具有非常丰富的经验。"他停了一下,笑了。然后他环顾房间,又说:"坦白地说,法官大人,我很可能是我认识的人中最聪明的那个。"

在知道约翰·拉罗什的事情之前,虽然我到过佛罗里达无数次,但我从来没听说过法咯哈契沼林,也没听说过其中的野生兰花。我在俄亥俄州长大,多年来,我家每个冬天都会去迈阿密海滩度假,住的酒店用渔网和表面磨损严重的玻璃浮标装饰大堂,用矮菜棕当圣诞树。就算在那时,我对佛罗里达也怀有复杂的感情。我喜欢走过海洋大道和柯林斯路上的装饰艺术风格样式的酒店,喜欢巨大的熟食店,喜欢自己第一次被太阳晒得发红的皮肤,但我害怕水母,讨厌我的头发在潮湿环境中的样子。炎热使我不安,而佛罗里达温暖辽阔的风景在我眼里就像火星一样陌生。我觉得自己不是喜欢佛罗里达的那种人。不过,佛罗里达有一些特质,比我到过的几乎其他所有地方都更有诱惑力,让人无法逃避。它看起来可以是崭新的、人造的，但一旦看到大沼泽地[1]、大赛普里斯沼泽[2]或洛克萨哈奇[3]这样的地方，你就会意识到佛罗里达也是美国最后的边疆。在佛罗里达，荒芜的地方是真的荒芜，被驯服的地方也是真的服服帖帖。但是，两者总是在不断演变：被开发的地方只是丛林中的小片空地，但是丛林丰饶得势不可当，每天都在努力收回一片被开发的佛罗里达土地。同时，荒芜的地方就在眼前消失：大沼泽地中每天都有50英亩的土地被排干，新房子如发芽般从沙丘里钻出，每年都有新的高速公路被架起，像鞭子抽过皮肤后留下的伤痕。似乎没有什么是困难或是永恒的，一切总是在变化或消失。过渡和突变相互渗透，潮湿和干燥相互融合，无章可循又有序可依，自然和诡计交织。出众的单一品质很迷人，但像佛罗里达这样的杂交品种更引人注目，因为它既特别又陌生。有一次，在迈阿密附近，我把车停在高速公路边上一家汉堡王的停车场，然后看到有个人在旁边的一个池塘边钓鱼。那个池塘是完美的圆形，边缘是干干净净的，所以我知道它肯定是假的，根本不是天然池塘，是"借"土来修建公路路基时留下的"借土坑"。一定是道路通车、汉堡王开业之后，雨水落入或渗入这个借坑，然后鱼以某种方式进去了——也许

---

[1] 即大沼泽地国家公园（Eveglades National Park），建于1947年，位于佛罗里达州南部，是美国最大的亚热带自然公园，被联合国教科文组织列入《世界遗产名录》，亦被列为世界上最濒危的自然绿洲之一。
[2] 大赛普里斯沼泽（Big Cypress Swamp）和大沼泽地国家公园毗邻，现为国家保护区。
[3] 即洛克萨哈奇国家野生动物保护区（Loxahatchee），位于大沼泽地的东北方。

是被鸟从空中丢下，或者通过地下的裂隙钻进来。过了不久，借土坑就变成了半真半假的池塘。大自然几乎把它收回去了。这就是佛罗里达给我留下深刻印象的方式——它总是在策动着变化。自然景观眨眼之间就会被抽干水，变成地产开发项目，而修饰得最精美的地方也可以在一瞬间退回丛林。几年前，我和佛罗里达之间又有了联系。那次是我父母在西棕榈滩买了一套公寓，打算用来在冬天时居住。公寓楼旁边有一座漂亮的高尔夫球场，草坪像绿色浴室防滑垫一样平整，精心修剪的树篱形状完美，整座球场像燕尾服一样文明高雅。即便如此，还是有一些美国短吻鳄最近搬到了球场上的水坑里居住，于是，更衣室里贴上了标语：女士们！当心草坪上的鳄鱼！

佛罗里达确实很能煽动人。这里会让人产生宏伟的想法。确切地说，来到这儿的人们并不是随波逐流漂过来的，而是特意前来——也许是为了开始新的生活，因为佛罗里达似乎是一个新的开始；或者是对自己一辈子辛劳生活的奖励，因为佛罗里达看起来十分豪华和富饶；或者因为他们有了新的观念和计划，而佛罗里达似乎是那种什么都可以尝试的地方，数百年来让企业家垂涎三尺。它是可塑的，可重新创造的。它已被添加、缩减、排水、挖沟、铺路、疏浚、灌溉、耕作、从自然夺取、恢复回自然、洪水淹没、绘制地图、纵火焚烧。总是有东西被带出佛罗里达，或者带进来。流入和流出永远在发生，以至于这个州的成分每天都不一样。你永远都不会想到这些东西会在同一个地方出现且互相冲撞——公寓、美洲狮、原木、巨型超市、猴子丛林[1]、露天购物中心、封闭式高速公路、一丛丛食肉植物、主题公园、大王椰、朱槿、从没有人亲眼见过的大片炎热沼泽——在佛罗里达同一片阳光明媚的天穹下,一起被炙烤着。就连佛罗里达的兰花都在走极端。丛林里长满本地兰花,种类之多冠绝全国,但佛罗里达还有许多人造丛林——也就是温室,里面都是在实验室里被创造出来、在试管中生长的奇异花卉,被人工复制出无数个。我有时觉得自己已经弄清楚了宇宙中的一些秩序,然而随后发现自己身处佛罗里达,被不协调和悖论淹没,于是,不得不重新开始。

在兰花偷猎案的听证会上,所有人都作完证后,法官看上去很困惑。她说这是她经手的最有趣的案件之一——我认为她说"有趣"的意思是"古怪"——然后她宣布驳回被告撤销指控的请求。庭审定于2月进行。然后,她命令被告——拉罗什、拉塞尔·鲍尔斯、文森·奥西奥拉和兰迪·奥西奥拉——在本案审结之前不得进入法喀哈契沼林州立保护区。然后她让兰花案的相关人员退庭,将注意力转移到一名表情哀痛的男子身上,他被控持有毒品。我在法院门外追上了拉罗什。他在抽烟,与其他三个人聚在一起,他们是塞米诺尔部落的律师艾伦·勒纳、部落商业运作副总裁巴斯特·巴克斯利和一名共同

---

[1] 猴子丛林(Monkey Jungle)是迈阿密的一个野生动物园。

被告文森·奥西奥拉。另外，两名塞米诺尔人没有参加听证会。根据艾伦·勒纳的说法，其中一人病了，另一人不知所踪。

巴斯特看上去心情不好。"我向上帝发誓，现在就要拿把链锯，往那沼泽里面走。"他怒气冲冲地说，"去他妈的。"

拉罗什在地上踩灭烟头。"跟你讲，我觉得自己被算计了。"他说，"我他妈被钉了十字架。"

艾伦·勒纳把公文包在两手之间倒来倒去。"巴斯特，你看，"他说，"我确实尽力强调了我们的观点。我提醒法官，印第安人曾经拥有过法喀哈契，但她想的显然是别的事情。别担心了。庭审的时候我们会处理所有这些问题的。"巴斯特皱着眉头，开始往外面走。文森·奥西奥拉对艾伦耸耸肩，跟在巴斯特身后。艾伦往四下里看了一圈，然后对我说再见，跟着巴斯特和文森走了。拉罗什又待了一小会儿。他用手指敲着下巴，然后说："那些沼泽地的巡逻员太胡闹了。没有一个人对那里的植物有哪怕一丁点了解。里面有的人是真傻——我的意思是，真的是傻。他们逮到我算是走了运，因为我可以把植物的名字都告诉他们。要不然我觉得他们根本就不会知道那些东西都是什么。法庭上发生了什么，我真的不在乎。法喀哈契我去过一千遍，我还会再去一千遍。"

约翰·拉罗什在北迈阿密长大，那是从迈阿密前往劳德代尔堡就会经过的一片城市远郊区。拉罗什一家居住的地区已经半工业化，但仍然离沼泽和树林很近。拉罗什年幼时，他母亲常常会开车带他去到大自然那边，在大赛普里斯和法喀哈契远足，只为寻找不寻常的东西。他父亲从没参与过，因为他确实对树林不太感兴趣，而且还曾在干建筑活时摔伤脊椎，落下了残疾。拉罗什没有兄弟姐妹，但他告诉我，他曾有个姐姐，在很小的时候就夭折了。有一次，在讲述拉罗什家族的历史时，他宣称："跟你说，现在我仔细想想，我觉得我家总是被疾病和痛苦包围。"我在佛罗里达的几个月里只跟拉罗什的父亲短暂地见过面。我很想认识他母亲，但她已经去世了。拉罗什说她身材超重，穿着过时，还说她出生时是犹太人，但在生活的不同时期虔诚地追随过几种不同的宗教信仰。她充满激情，是狂热的信徒。她从不会最先提出结束远足，而当她和拉罗什不得不走进渗穴[1]时，她也从不退缩。她非常喜欢兰花。如果他们碰到一朵正在盛开的兰花，她就会坚持要把它的位置记下来，然后几个月后回来，看看这株植物是否形成了种子。

拉罗什在十几岁时曾经短暂地迷恋过摄影。他决定拍下每一种佛罗里达兰花开花时的样子，于是有一段时间，每个周末他都会带上相机和三脚架，拽着母亲在树林里跋涉几个小时。没过太久，他就不满足于仅仅拍摄兰花了——他很快就决定必须收集兰花。再去远足时，他带的就不是相机了，而是用来装

---

[1] 渗穴，又称落水洞，一种岩溶地形。石灰石、碳酸盐岩或盐床等岩石被地下水溶解后形成洞穴，若上方的岩面不足以支撑自身的重量，就会发生塌陷，形成渗穴。

运植物的枕套和垃圾袋。他很快就积攒起了数量可观的收藏物。他考虑开一家花圃。高中毕业后，他做了一段时间建筑工作以谋生，但就像父亲一样，他从高处摔下来，脊椎受伤，不得不休伤残假。他觉得摔伤脊椎其实是好运降临，因为这为他献身植物事业扫清了道路。他在1983年结婚，和现在的前妻真的在北迈阿密开了一家花圃，起名叫"凤梨树"。他们专营兰科和凤梨科植物，后者是多刺的气生植物，看上去有些干枯，生长在树上。拉罗什专注于最古怪、最稀有的品种。最终，他在自己的温室里收集了四万株植物，据他说，其中一些是仅有的人工栽培植株。像很多花圃经营者一样，拉罗什和妻子的收入刚够维持生活，他对此并不满意。他想做的是找到一种特殊的植物，让自己成为百万富翁。

听证会后过了几天，拉罗什邀请我和他一起去迈阿密的一个兰展。他开了一辆锈迹斑斑的面包车来接我。我打开门，跟他打招呼，他打断了我，说："我想让你知道，这辆面包车就是狗屎。我要是中了兰花大奖，第一件事就是给自己买辆好车。你开什么车？"我说我借了我父亲的奥罗拉来开。"真棒。"拉罗什说，"我想我会买一辆那车。"我俯身从各种东西中扒出一条通往副驾驶的路。座位只有边缘几英寸没摆东西，我坐上去，把脚放在一袋裂开而且撒了一地的盆栽土壤上。拉罗什开车上路了，他的兴致很高。我觉得也许我颈部以前过度屈伸，有点损伤。面包车每次经过路上的坑，都会嘎吱作响、上下抖动，上百种不同的手铲、螺丝刀、赤陶花盆、可乐罐和其他神秘物体像弹珠机中的钢球一样在车厢地板上滚动。

我一直盯着马路，因为我觉得我们两个中至少得有一个人做这件事。"你看，我的一生——我是说在花圃世界里的一生——都一直在玩命寻找一种可以赢利的植物。"他说，"我在南美有个朋友——不久前刚死——反正这哥们在商业种植上做得很大，钱多得没数，他想要我手里的一种奇妙的凤梨科植物，所以我跟他说，我愿意跟他换，只要他把自己手里最有价值的植物的一粒种子或一段插条给我就行。我说：'我跟你说，我不在乎你的那种植物是美是丑。'我就是想看看，到底是什么东西让他过上了那种悠闲的生活。"

"所以那是什么呢？能赢利的植物长的什么样子？"

拉罗什笑了起来，点上一支烟："他给我寄来一个大盒子。大盒子里有个小盒子，然后里面还有一个小盒子，然后还有一个，最后一个盒子里是一平方英寸的草坪草。我想，这哥们真能搞笑！去他的！我打电话过去，我说：'嘿，你个混蛋！这是个啥？'好吧，原来是一种特殊的草坪草，它是绿的，边缘处有一些白色的细小条纹。就是这玩意！他跟我说我是个大混球，还说我应该意识到自己手里拿的是多么宝贵的东西。你知道么，他说得对。仔细想想，如果能找到一种真的很好看的草坪草，一种很酷的新品种，那就可以生产足够多的种子，往外推销，那简直就能统治整个世界。这辈子就算彻底有着落了。"

他掐灭烟,用膝盖把着方向盘,又点上一支。我问他是怎么处理那一平方英寸草坪草的。"噢,我对草坪草没兴趣,"他说,"应该是给别人了。"

1990 年,拉罗什的植物从业生涯发生了变化。那一年,世界凤梨科植物大会在迈阿密举行。这种世界植物大会吸引了全球各地的收藏家、种植者和植物爱好者参加。在大部分这种展会里,种植者会用自己的植物布置展示,展会根据植物的质量和展示的独创性评奖。也许以前展会里的展示并不太复杂,但如今展示必须得反映展会的主题,一般参展者会大兴土木,动用数十种植物和各种道具。有的道具相当有分量,比如人体模型、独木舟、泡沫塑料做的山脉和真实的家具。拉罗什觉得自己掌握了建造展示的诀窍,还坚定地认为自己拥有世界上最好的凤梨科植物,因此决定参加比赛。他设计的展示宽 12 英尺,长 12 英尺 5 英寸,用硬木做立柱和横梁,使用荧光涂料,安装了一盏发黑光的灯让涂料发光,用圣诞灯串排列出正确的星座形状,中间嵌以几十株一种看起来像小星星的凤梨科植物。这个展示吸引了很多关注。对拉罗什来说,这是一个转折点。这次大会的结果是他在植物界声名远扬,让他更加坚定地想要拥有一个壮观的花圃。他开始每天打电话到世界各地,追踪不寻常的植物,每个月的电话费要花好几千美元。大笔金钱飞进他手里,又飞出去,不过他还是把大部分钱投在了他的花圃上。他变得越来越大手大脚。有一次,他花五百美元买了一个空调箱,就为了养一种适合凉爽气候的小型蕨类植物,那是他从多米尼加的一个人那里弄来的。它最后还是死了,但即使到现在,拉罗什还是说他不后悔花这笔钱。一切他都想要最好的。据他说,他积攒起了全美国最大的姬凤梨(凤梨科分布在巴西的一个属)收藏之一。他买了一株极好的六英尺高的皱叶花烛,有着奇怪的波纹状叶子。他仍然很享受想起那株花烛时的感觉,说它是"一个非常非常漂亮的泼妇的货"。

在迈阿密城外十英里处,拉罗什的生活来到了以兰花为特征的阶段。他和妻子在"凤梨树"里养了好几百株兰花,虽然他曾经对凤梨科完心无旁骛,但后来还是被兰科诱惑走了。他开始迷恋繁育它们。他特别喜欢研究杂交——在不同种类的植物间进行异花授粉,创造新的杂种兰花。"每次我做出一个新的杂交种,那感觉太酷了,"他说,"能找到点上帝的感觉。"他经常用家用化学品浸泡刚刚萌发的种子,或者在微波炉里将种子加热一分钟,希望能引发突变,得到很有意思的东西,比如说兰花世界中从未出现过的某种奇怪的新形状或颜色。我想我在他描述这个过程时表现得有点震惊,他瞥了我一眼,瞅到我的表情,双手从方向盘上拿开,朝我挥舞,表示不屑。"嘿,得了吧,"他说,"突变真是太棒了!突变真的很有意思!这是一种很好的小爱好——就是说,为了追求乐趣和利润进行的突变。而且酷死了。最后会得到一些很酷的东西,一些很丑的东西,还有从来没人见过的东西,这真是太好了。"

我问他这其中的意义是什么。"嘿，突变是解决一切问题的方法，"他烦躁地说，"这么说吧，你觉得为什么有的人比别人聪明？显然是因为他们在婴儿时就突变了！我敢说我就是这样的人。我小时候很可能就接触到了什么东西，让我发生了突变，于是我现在特别聪明。突变太棒了。这就是演化前进的方式。而且我认为，提倡把突变作为一种爱好，对全世界都有益。你知道的，很多人浪费生命，无所事事。这是他们应该做的有意思的事情。"

随着拉罗什收集的兰花种类越来越多，他认识的兰花收藏家也越来越多。他身处兰花世界，但同时又并非它的一部分。兰花在佛罗里达无处不在，野生的和驯养的，天然的和杂交的，在后院和大棚里种出来后被运往世界各地的。美国兰花协会成立于1921年，总部位于西棕榈滩一个狂热收藏家的故居。美国许多最大、最好的兰花花圃在佛罗里达——RF兰花、莫茨兰花、芬内尔兰花公司、克鲁尔－史密斯兰花。这些花圃有的已经经营了几十年，而有些佛罗里达育种者已经是家里第三代或第四代从事这个行业了。自沼泽和沃土树丛[1]存在开始，兰花就在佛罗里达的沼泽和沃土树丛上生长，自1800年代末期开始，佛罗里达的温室里就种植兰花。到20世纪初，棕榈滩和迈阿密的大庄园都拥有了自己的兰花收藏和专职养育人员。兰花被认为是一种豪华而浪漫的配饰、一个精致的战利

---

[1] 沃土树丛，特指美国南方各州沼泽地中林木茂密的肥沃高地。

品、在酒杯下的一小块原始的大自然。

拉罗什一点儿也不豪华、浪漫、精致,所以他一点儿都不适合棕榈滩的植物爱好者的世界,但他的确拥有丰富的兰花。人们不分昼夜地不断来到他的花圃,跟他聊兰花,欣赏他的收藏,他一般都会给他们留下深刻的印象。前来的人中,有的只是为了被他的植物包围一会儿;有的带给他特殊的花,以换取他带领他们在法咯哈契里远足;有的邀请他去看他们的收藏,想从他嘴里套出一些建议;有的给他一大笔钱,让他帮助寻找世界上最难找的植物。他认为其中一些人到他这里来是因为他们很孤独,想跟人聊天,尤其想跟有共同爱好的人在一起。这种孤独的形象似乎把他吓着了。他不再聊这个话题,转而开始向我解释他热爱植物的原因。他说,他欣赏它们广泛的适应性和多变性,以及它们探索在这个世界上的生存之道。他说,植物在尺寸上的变化比任何其他生物都要多,然后问我熟悉不熟悉开出世界上最大的花朵的植物,它寄生在树的根上。随着巨型花生长,它会慢慢吞噬并杀死寄主树[1]。"我还经营自己的花圃的时候,有时觉得一窝蜂冲过来的那些人会把我活吃了,"拉罗什说,"我觉得他们是那棵巨大的寄生植物,我是垂死的寄主树。"

---

1 这种植物是大花草(Rafflesiaarnoldii),花的直径可达一米。大花草属(Rafflesia)的植物没有根、茎、叶等一般植物的部分,只有几片花瓣,不能进行光合作用,靠寄生生活。

克隆幽灵

在佛罗里达州好莱坞市塞米诺尔保留地的入口附近，有一座大型木雕，是一个塞米诺尔男人在和一条弓起腿、露出尖牙的短吻鳄摔跤。有一次拉罗什告诉我，他父亲是这个塞米诺尔摔跤手雕塑的模特。我觉得这不太可能，因为拉罗什家族根本没有印第安血统，但拉罗什的解释是，这个雕塑家是他父亲的朋友，觉得老拉罗什有典型的塞米诺尔人体格，所以叫他摆姿势。我仍然觉得这个故事不太可能，所以又问了拉罗什几次，包括有一次打电话时。我知道当时他父亲和他在一个房间，指望用他父亲当测谎器，但这两个人反而开始讨论那个塞米诺尔人雕像是跟真人一般大小还是比真人大、有没有阴茎，还有雕像的阴茎大小对拉罗什父亲的阴茎有什么暗示。我没想到事情会变成这样，所以放弃了这个话题，再也没有提起过。

在为塞米诺尔人工作之前，拉罗什只是偶尔进入保留地，纯粹是路过或是到部落烟草店买免税烟。从某种意义上说，是霉运把他送到保留地做全职工作的。他为部落工作之前的那几年是一段非常不幸的日子。一场可怕的车祸让他失去了所有门牙，让他的妻子昏迷了数周，而他的母亲和叔叔则在车祸中丧生。车祸发生后不久，他和妻子分居了。接下来的一年，佛罗里达南部发生了灾难性霜冻，花圃里的植物大量死亡，拉罗什的大部分植物也遭此厄运。然后在1991年，杜邦的杀真菌剂产品"苯来特"的一个批次受到污染，这被怀疑是导致全国各地花圃植物死亡的元凶。兰花似乎对受污染的"苯来特"格外敏感，佛罗里达的几家商业兰花花圃损失惨重，直接倒闭了。拉罗什很多没被冻死的植物被污染致死。最后，在1992年8月，飓风"安德鲁"袭击了佛罗里达。风力最强的部分穿过戴德县迈阿密以南的部分，这里有一个大型军事基地、若干柑橘农场和兰花产量占美国总销量逾四分之一的花圃。戴德县的霍姆斯特德、纳兰贾和佛罗里达市几乎被夷为平地。大部分花圃眨眼之间就消失了；温室倒塌，遮阴布被吹跑，一盆盆鲜花掉到地上，摔得粉碎。飓风到来之前，拉罗什把剩下植物的一部分放在家里，其余的则分别放在他在迈阿密和霍姆斯特德租的三个温室里。飓风让三个温室中的两个完全消失了，而第三个的状况则跟发生过大爆炸差不多。"安德鲁"过去几天后，拉罗什去检查第三个温室。在离温室原址还有三个街区的地方，他看到路中间有一大团绿色的乱七八糟的东西，就停下来仔细查看，发现这团东西是他的一株植物。他开始害怕去温室了。那里什么活物也没有了——飓风将海水带到内陆，摧毁了所有没被吹走的植物。拉罗什经营植物生意将近十二年,在植物界曾经相当著名,而现在无家可归,没有植物,孤身一人。在当时,在那里,他意识到,如果他再开一家自己的花圃,就会心碎欲绝。

佛罗里达州的塞米诺尔部落有1600名成员、5处占地9万英亩的保留地、1万头赫里福德杂交种肉牛、2.6万英亩牧场、1200英亩的贝尔斯柠檬树、600英亩红葡萄柚和白葡萄柚树,另外还有鲶鱼养殖场、虾养殖场和乌龟养殖场各一座。部落还有赌场和烟草业务。这些生意大部分经营状况良好,几年前报告的年收入是6500万美元。赌场的利润尤其可观,现在其经营范围仅限于扑克、老虎机和一个宾果厅,但部落希望能添加拉斯维加斯式的赌博项目,如"超级选择彩票"和"六次点击彩票"的机器。州长到目前为止仍然对此持反对态度,尽管部落已经提出,获得批准后愿意每年向佛罗里达州支付一亿美元。每当有人发现塞米诺尔部落很有钱时,他们就会觉得受到了启发,然后通常会前来和部落接洽,提议开展投资项目——如废旧轮胎再利用、夸特马赛马场或购物中心。塞米诺尔人通常会礼貌地拒绝,但有时也与外人建立伙伴关系。例如,我第一次造访保留地的那天,部落规划与开发副总裁巴斯特·巴克斯利在和一批日本商人会面,商讨日方和塞米诺尔人合资经营柠檬农场的可能性。虽然部落经常聘请在商业上有专长的白人来建立和启动企业，但大部分时间还是自己经营。塞米诺尔人的失业率约为40%。部落希望，部落企业的白人管理人员能聘请部落成员担任助理，并尽可能地向他们传授企业经营方面的知识。如果这个系统运转顺利，那么塞米诺尔人就会获得培训，增长经验，最终可能使白人管理者失业。

建立一座塞米诺尔花圃的计划已经酝酿了一段时间。这是一个意料中的计划。部落有数千英亩土地长满了佛罗里达本地植物，如苏铁、看麦娘属和马唐属植物、佛罗里达桫等，在佛罗里达州开展业务的地产开发商必须在由州政府资助的所有项目和很多私人出资的项目中使用这类本地植物。生意兴隆的花圃在佛罗里达州到处都是，有些甚至就在部落租出去的土地上。佛罗里达州的塞米诺尔保留地分布在好莱坞、布莱顿、伊莫卡利、坦帕和大赛普里斯，好莱坞是其中最城市化的地方，但巴斯特知道部落总部附近有一个地方，他觉得那里很完美——土地有2.5英亩，而且靠近主要商业区，除了佛罗里达电力照明公司的电塔外，那里是空荡荡的。部落理事会同意了，巴斯特打电话给当地报纸，登广告招聘一名花圃经理。看到广告时，拉罗什仍然处于无事可做的状态，基本上没有从飓风的打击中恢复。那时，他很高兴得到了这份工作，尽管现在他爱说他不知道有什么可高兴的。

如果愿意的话，建立一个花圃其实很简单，但拉罗什把它

搞得非常复杂。他无法容忍一个拥有仙人掌种植园、盆栽棕榈树和圣诞树的普通花圃。他想让塞米诺尔花圃是五光十色的,充满不同寻常的东西。他想要来自世界各地的奇特植物——螺旋状的刺柏属灌木、路易·菲利普玫瑰[1]、五彩纸屑般的糯米条属灌木[2]、红领椰子。他想要一百种他口中的"怪异蔬菜"——在藤蔓上生长的落葵、爬在格子栅栏上的非洲南瓜、盆栽的胡萝卜、毛茸茸的冬瓜、一码长的青豆、阴茎状的粉红色扎伊尔尖辣椒。

他对兰花有宏伟的计划。他告诉部落,自己想建立一个实验室,在其中繁育五六十个不同品种。"当然,塞米诺尔人可以走进他们的后院,挖出点草和树枝来,放在花圃里卖。"有一次他说,"行吧,那样也不是不行。不过,建实验室可是个伟大的想法,是个特别厉害的想法。我跟部落解释,说如果有个实验室,那就可以只用一两株植物种出亿万株来。我们一旦把实验室运转起来,就能克隆出海量的兰花,然后卖掉。我可以让好几百位部落成员在那里工作,学习克隆和繁育。我们可以弄出一些非常酷的新杂交品种!而且我们可以用佛罗里达州的兰花作为基础进行探索,准能让人大开眼界。我希望能给这个地方带来一些特殊的气质。去他的蜡杨梅!去他的一本芒!

---

[1] 路易·菲利普玫瑰(Louis Philippe Rose)是美国东南各州普遍种植的一个玫瑰品种,花瓣为深粉红色。
[2] "五彩纸屑般的糯米条属灌木"学名为 Abelia × grandiflora "Confetti",由糯米条属(Abelia)杂交而来,叶子有淡粉色的边缘,似五彩纸屑。

弄实验室的目的是用真正的方法赚钱,不是用来种草。"

许多野生兰花不喜欢远离树林生活。它们通常只有在自己的小宇宙中才会茁壮生长,产生种子,那里有它们最喜欢的水、光、温度和微风的组合,在完美的角度有完美的树皮,还要有它们所需的那种特定的虫子和特定的漂浮物,落在根上,落入花朵里。许多野生兰花品种没有被商业繁育,要么是因为它们不那么漂亮,要么是因为没人能弄清它们到底想要什么、需要什么才能生存,并再现那个环境。法咯哈契有几种兰花只能在野生环境中生存,否则就会死亡,其中最美丽的是 Polyrrhiza lindenii,俗称鬼兰,在植物学上被分入幽灵兰属。全国范围内,鬼兰只在法咯哈契生长。如果你能弄清怎么驯化一种野生兰花,尤其是像鬼兰这样美丽的品种,那么就很有可能发财。你将能够在温室中种植它,然后在实验室中克隆出几百株——要知道这几百株会是一种地球上几乎没人能拥有的兰花,这就像掌握了繁殖东北虎或复制宝石的秘诀。希望自己拥有的品种多多益善的兰花爱好者会慕名造访,寻找新基因库的兰花育种者也会来找你。购买你的植物的人最后总是可以通过扦插来培育自己的植株,但是你仍然会被公认为能从种子种植它们的大师,而且你还会拥有七年的领先优势和垄断地位,因为一种新的兰科植物要用七年才能开第一次花。但所有这些的最大障碍是:收集任何野生兰花现在都是违法的。它们受佛罗里达州和联邦的濒危物种法律保护,在佛罗里达州立公园和保护区里生长的物种还受管理州有土地的行政法规保护。国际野生兰花交易受到《濒危野生动植物种国际贸易公约》的严格限制。在这些法律生效之前，有一些人能够培育自己收集的野生兰花，幸运地取得小规模的成功；但现在几乎每个想要野生兰花的人都必须自己去树林里偷采，或者在黑市上从拥有者手中购买。

拉罗什头脑中有一个"拉罗什式"的计划。他知道佛罗里达州的印第安人不受保护濒危物种的州法律的约束。他相信，自己在开始为部落工作之后，也会获得豁免。他将和在花圃工作的一些塞米诺尔人一起进入法喀哈契，但他只负责指出自己想要的植物，让他们去采集，这样他自己甚至都不会触摸任何植物。这是为了保险：就算对印第安人的豁免没有包括他，他也可以通过不用手碰植物来保护自己。如果他们被巡逻员阻止，他可以辩称自己只是参加了远足，并没有亲自采集。得到植物后，他会将它们带到塞米诺尔的植物实验室，开始克隆。他折腾鬼兰已经有好几年了，还声称自己是世界上攻克了其克隆和种植难题的极少数人之一。只要他掌握了鬼兰的繁育技术的消息传出去，他就会成为植物界的名人。他们这个花圃将售出数百万株植物，赚到数百万美元，这会让他很高兴，也能给部落留下深刻印象。他在鬼兰上的成功也会摧毁相关的黑市交易，因为一旦这个品种可以从正常商业途径获取，就没有理由再去买从野外偷采回来的了。这是拉罗什一贯的作风——掺入一点利他主义的元素。最后,这个计划将大获成功,并有一个光芒万丈的结尾:他会算好时间,让一切行动在佛罗里达州议会召开期间发生,这样一旦他从树林里得到想要的东西,他就可以马上对议员发表演讲,训斥他们没能注意到法条中的漏洞,让他这样狡猾的人搞到了濒危植物。然后,羞愧难当的议员将会按照拉罗什的要求修改法律,于是,树林将会被永远封闭,不会再有鬼兰被偷带出来。因为他的偷猎行为而鄙视他的环保主义者将不得不敬佩他。他起初看起来像个恶魔,但最终则像个圣人。拉罗什认为,这个计划最棒的一点是,在一切都尘埃落定后,他最终能拥有那价值连城的植物。

开始为部落工作后,研究与印第安人相关的法律就成了拉罗什的新爱好。他每天花几个小时为实验室订购各种物资,为温室开张做准备,其余时间泡在迈阿密大学法律图书馆里,研究佛罗里达州有关美洲原住民的法律史。有两个案例让他感到特别振奋。州方曾经三次起诉米科苏基印第安人[1]偷采棕榈叶的行为。米科苏基人和塞米诺尔人用这种叶子来搭建奇吉小屋[2]的屋顶。棕榈是保护品种,但州方败诉了,因为法官裁定,对米科苏基人来说棕榈叶具有传统文化用途,因此他们有权使用。另一个鼓舞他的案例是佛罗里达州诉詹姆斯·E. 比利。比

---

[1] 米科苏基人(Miccosukee)在 20 世纪中叶之前是塞米诺尔人的一支,后单独组建部落。
[2] 奇吉(chikee,又作 chickee)是米科苏基人和塞米诺尔人的传统住宅,在他们的语言中就是"房屋"的意思。奇吉外表类似高脚楼,地板抬高,用一些柱子支撑棕榈叶搭成的房顶,没有墙壁,适合沼泽环境。

利酋长长期以来一直担任塞米诺尔部落主席。1983年,他因在大赛普里斯保留地中杀死一只佛罗里达美洲狮被捕。佛罗里达美洲狮是受佛罗里达州和联邦法律保护的物种。印第安人的狩猎权和宗教自由问题让这个案件拉锯了很多年,最终州和联邦政府都没能成功地给酋长定罪。

棕榈叶和比利酋长的美洲狮激励了拉罗什。他还碰巧发现了州法律中一些拙劣的矛盾:看上去,禁止从佛罗里达州有土地上移走动植物的法律好像会被允许佛罗里达印第安人采集濒危动植物以供自用的法律推翻。拉罗什觉得这就是他一直在找的工具。他坚信,这种混乱的法律状况可以让他跟塞米诺尔人一起,想去哪儿就去哪儿,想拿什么就拿什么。

拉罗什和我去迈阿密看兰展之后几天,我开车去好莱坞的花圃找他。我打开汽车收音机,想找一个喜欢听的音乐台,不过最后听了一个谈话节目,讲的是如何让宠物蛇和鬣蜥保持快乐。这个节目结束之后,我听了一个小时的专题广告,推销什么资金管理的录音课程。播音员的嗓音嘹亮而空洞,每隔几分钟就会大吼:"朋友们,你们即将进入财务自由的应许之地!"我开过地毯商城、玩具商城和汽车商城,经过通往鳄鱼小径[1]

---

[1] 即75号州际公路在那不勒斯和劳德代尔堡之间的路段。

的岔道口和通往体育场的高架桥——超级碗[1]有时在这里举办,还经过一些路标,上面都是梦幻般的佛罗里达城镇地名,比如种植园、日出处、椰子溪、珊瑚泉。高速公路中间的分隔带是一朵飘落地面的云,由粉红色的朱槿灌木形成。路肩上长满了扫帚草、漆树、堆心菊、积雪草,道路本身看上去似乎随时可能裂开、弯曲,最后各种东西在其上面和下面生长,将路基推开,让道路消失。其实,确实有令人惊叹的东西就生活在高速公路上。拉罗什曾经发现一种罕见的兰花沿着95号州际公路的一条出口坡道生长,而到目前为止还没人发现过它生长在世界其他任何地方。

保留地位于拉罗什的住处与美国兰花协会总部中间,在95号州际公路以西几英里的一块土地上。开车经过的人可能不会意识到他们已经开进了部落领土,唯一的提示是几家免税部落烟草店和部落加油站,还有灰色的塞米诺尔赌场,那是座低矮建筑,占据了一整个街区。在路上你看不到部落总部、牛仔竞技场和保留地住宅区——都是整齐的白色房子,大多数部落成员住在那里。我在前往佛罗里达的旅行中多次来到这个保留地,而每次都差点就不小心开过去了。

我对跟拉罗什一起消磨时间开始有了复杂的感受。我不喜欢和他一起开车,但确实喜欢听他讲述自己的生平。我们不是

---

[1] 超级碗(Super Bowl)是美国国家橄榄球联盟(National Football League,NFL)的年度冠军赛,一般在每年一月最后一个或二月第一个周日举行,被认为是美国最重要的体育赛事。

自然而然就能成为朋友的。我觉得他是那种睡得很晚、抽烟很凶、吃垃圾食品、钻法律空子的人，而我不是；但我是那种会觉得他这种人很有意思的人。他说的许多事情令人震惊，几乎不可能发生，让人觉得他精神有点问题，但从来都不无聊。他的思想和行为不是小溪，而是激流。至于他说的是不是真的，我不是那么在乎；我只是发觉他的激情不可阻挡。那天我想参观塞米诺尔花圃，他已经承诺过会带我转一圈，但我到达的时候，他正在花圃前门等着，说我们最好马上动身离开，因为他必须要去做一件事，百分之百必须。我停好车，钻进他的面包车，问他到底要去哪儿救火。他对我哼了一声，说他需要去找一个朋友。拉罗什几年前给了这个朋友一些植物，而刚刚又决定把它们要回来，没有什么特别的原因。

我们开车出发，他开始和我谈论他的兰花计划，然后突然靠边停在路肩上的一棵棕榈树下，挂上空挡，拉起手刹。他拍遍自己全身上下的口袋找烟，然后在座位底下摸来摸去，最后露出胜利的笑容，手里拿着一包压瘪的万宝路。"嘶"的一声，他划了一根火柴。棕榈叶划在车顶上，发出刺耳的声音。"这么说吧，"他最后说，"我觉得不应该允许一群印第安人在法喀哈契跑来跑去，摘走植物。我是说像巴斯特那样的人——嗯，巴斯特是个喜欢惹事的主。与此同时，总会有人想出来怎么从现在这套法律里捞到好处，我只是觉得这个人也许可以是我。"他在座位上挪动身体，后背靠在窗户上，两条腿的膝盖顶着方向盘。他的大腿是我见过的最长最瘦的。"我觉得我们会从沼泽中得到需要的东西，然后州议会会修改法律。这就是我本来想在法庭上说的：这个州得保护自己。我是在给塞米诺尔人干活，但我真的站在植物这一边。我干的事道德吗？我不知道。我是个精明的混蛋。我可能是个伟大的罪犯。我本来可以去当骗子，那样也会过得挺不错，但把生活局限在法律范围内还是更有意思。这样做想做的事会更有挑战性，但还是得努力去做，用能为自己辩护的方法去做。人们看我做的事，会想，这道德吗？这对吗？嘿，所有伟大的成就都是这种斗争的结果吧？如说原子能，可以是魔鬼，也可以是天使。邪恶或美好。对，灵活性就在这里——在道德的边缘。我就是喜欢待在这种地方。"

他又启动面包车，沿着这片街区开下去，去往朋友的花圃的停车场。拉罗什说，他遇到这家花圃的主人时，他和妻子还拥有"凤梨树"。他提到这个人是同性恋。"你对同性恋没什么看法吧，是不是？"他问我。

"当然没有，"我说，"你在说什么呢？"

"我就是事先检查一下而已，"他说，"因为不管你自己怎么看，你要是做植物生意，就会意识到同性恋是你的朋友。"

飓风过后，拉罗什没地方安顿他剩下的几株植物，也没有心情去照顾它们，于是就把它们交给了这家花圃的主人。这些植物中没有兰花——已经全都死了；大多是夹竹桃科球兰属的植物，细长的藤蔓长成环状，坚韧的叶子摸上去像橡胶。拉罗什当时并不特别喜欢球兰属，现在也还是这样，但出于某种原因，他决定要回这些植物。他似乎认为把它们拿走没有什么不妥。我们从货车上走下来，沿着一条砾石小路嘎吱嘎吱地走到一座大棚。小路两旁有巨大的热带树木，树皮上像是长了很多粉刺，花朵是泡泡糖的颜色，是那种描绘热带风景的漫画里会出现的树。球兰属植物被单独放在一座小一点的大棚里，门上有挂锁。有一瞬间我在想，花圃主人是否曾经担心过，拉罗什有一天会来索回它们。我们在棚子旁边等着，一边看里面的球兰一边拍蚊子。这些植物被放在吊在天花板上的花盆里。长长的藤茎一直垂到地上。"这些东西给新手练手挺好的，"拉罗什说，"看来他把它们照顾得不错。"天气更热了，让人昏昏欲睡，这个下午以缓慢的步伐前进，温室里面和四周的奇异光线是静止的，好像被困在一个气泡中似的，还有那些声音——碎石路的噼啪声，树叶在风中低语的沙沙声，门的吱嘎声，热带动物抽象的滴答、吱吱和喊叫声——它们清晰却又发钝，像是从一个被盖住的碗里发出来的。我们不知在那里站了多久，然后一辆那种花圃工作人员常开着四处巡视的小高尔夫球车开来了，上面坐着花圃主人。他看到拉罗什时，脸上看上去有些喜色。"嗬，约翰，"他说，"天哪，还真是约翰。"他将车熄火，掰了几下指关节，走下车。他是个秃顶、肌肉发达的男人，胡须精心修剪过，肤色是腰果似的棕褐色。拉罗什向他问好，说花圃看上去很棒，身边有个人因为我在写一本关于他的书。花圃主人看起来有些警觉，说他不希望自己的名字出现在任何有关拉罗什的书里。拉罗什咯咯笑了几下，然后指指那些植物，说出于情感原因,他想看看它们。那个男人摸出一个钥匙圈,用上面的一把钥匙打开大棚的门。坐在门口附近的一段木头上的一只巨嘴鸟用黄眼睛瞪着我们,然后连喙都没张,就发出手提钻一般的叫声。拉罗什踏进大棚,捻了捻一条长长的球兰藤茎。"顺便说一句,"他说,"我来是为了把我的植物拿回去的。买回去也行,或者怎么样。"

"不卖。"主人抚摸着一片叶子说。

"我回来就是为了它们。"拉罗什重复道,"嘿,行行好吧,哥们。"

那人抚摸着另一片叶子,然后说:"不行,约翰。我现在爱上它们了。现在,它们真的是我的了,不是你的。"

他们争执了几分钟。最终,拉罗什说服花圃主人在几个月内给他一些插条,这似乎让两个人都很满意。我们离开大棚,穿过另一个气味闻起来像成熟香蕉的大棚。花圃主人抚摸经过的每一株植物。"嘿,约翰,"他说,"跟你说,我几乎没有兰花了,以后也不弄了。跟你说,我想明白了,养兰花的人太疯了。他们到这里来,买一株兰花,然后把它养死。来,买,养死。我受不了这个。养蕨类的人脑子也有毛病,但养兰花的实在是太——嗯,你明白的。他们觉得自己高人一等。"他看着拉罗什,"你现在在收藏什么吗,约翰?"

"没有,"拉罗什说,"我现在什么都不想为自己收藏。我真的必须得控制着点自己,尤其是在植物周围的时候。即使是现在,只是待在这里,我仍然能感到那种收藏的欲望。你懂我的意思。我看到一些东西,然后突然间就会有那种感觉。就好像我不能仅仅是拥有一个东西——我必须拥有它,学习它,种植它,销售它,掌握它,拥有一百万个它。"他摇摇头,鞋底搓着沙砾地面,"跟你说,我看到一些东西,可能是任何东西,然后我就会忍不住想,嘿,天哪,这可真有意思!真的,这种东西你肯定能找出来很多很多。"

绿色地狱

要是有什么东西能让你前去法喀哈契沼林里寻找,那你一定是特别想拥有它了。法喀哈契是位于佛罗里达西南角的保护区,这片沿海低地占地6.3万英亩,在那不勒斯以南约二十五英里处。在科利尔县的那一部分,缎面般的草坪和高尔夫球场就让位给边缘像大镰刀一样锋利的一本芒,那里是一本芒的海洋。法喀哈契部分是深深的沼泽,部分是落羽杉沃土树丛,部分是湿地树林,部分是河流入海口处的潮汐沼泽,还有部分是干旱的草原。下方的石灰石有六百万年的历史,被沙子和坚硬的岩石、淤泥和贝壳泥灰以及灰绿色的黏土层层覆盖。总的来说,法喀哈契像一块梳打饼一样平坦,因为沟渠和凹陷很快就会被渗入的地下水填平。树林里植物茂密,光线射不进去。在开阔的地方,土地像光滑的草皮一样展开,连很小的凸起和皱褶都很容易看出来。这里大部分陆地海拔只有五到十英尺,每年都会下沉几毫米,直到跟海面平齐。法喀哈契有一种特别怪异而又非凡的美。阳光下的草原像连绵不断的生丝,高大笔直的棕榈树干和落羽杉树干像间歇泉一样从平坦的土地上射出。

它的美就像波斯地毯一样——厚实,错综复杂,郁郁葱葱,丰富得几乎有些单调。

确实有人生活在法喀哈契及其周边地区,但那里无疑是不适宜居住的。1872年,一位土地测量员在田野笔记中写下以下几句话:"一个池塘,被鳄梨树和落羽杉沼泽包围,不可开发。一个满是可怕鳄鱼的池塘。我数到第五十条就不再数了。"我花了一些时间在法喀哈契追寻拉罗什的足迹,那其实很可能是我这一生中最痛苦的时光。法喀哈契的沼泽部分湿热多虫,遍布着食鱼蝮、东部菱背响尾蛇、短吻鳄、鳄龟、有毒植物、野猪和能钻进你身体里、粘在你身上、飞进你鼻孔和眼睛的东西。穿越这片沼泽是一场战斗。在里面行走的感觉就像进了洗车店。渗穴里有时会有深达七英尺的积水,周围的空气都沉滞了,仿佛有湿漉漉的丝绒布从空中垂下。树木看起来大汗淋漓,湿气让叶子变得光滑。淤泥会吸住你的脚,紧紧不放;如果你还能挣脱,那至少它能扯住你的鞋。沼泽里的水被落羽杉树皮中的丹宁染成黑色,腐蚀性极强,甚至可以用来鞣制皮革。在法喀哈契如果有什么东西不是湿透的,那就是被烤焦了。太阳抽打着没有树的草原,地面变得非常干燥,就连汽车行驶产生的摩擦都能将其引燃,而燃烧的草地会将汽车吞噬在火焰里。曾经有很多冒险家开车进入法喀哈契,结果在平底锅般的草原上被猛火煎烤,不得不遗弃烧毁的汽车——一位在20世纪40年代穿越了法喀哈契的植物学家曾在一次采访中回忆说,这片地区给他最深刻的印象是松鼠的种类和烧焦的福特

T型车的数量。沼泽的静止、黑暗和浓稠可以让人神经紧张。1885年,一位水手参加了一次以采集鸟羽为目的的沼泽探险,他在日记中写道:"这个地方看上去狂野又孤独。大约三点的时候,亨利似乎受不了了,我们看到他在哭。他讲不出来原因,就是害怕。"

可怕的地方通常充满了死亡,但法喀哈契生物的生命力堪称疯狂。以前曾有捕鸟者从古巴远道而来,离开时带走的羽毛足以装饰成千上万顶女帽;在19世纪初,一群捕鸟者还另外带回去八吨鸟蛋。19世纪和20世纪之交的一位旅行者写道,在旅途中他发现沼泽有着丰盛的物产——他捞了二百磅龙虾当早餐吃,还偶然发现了一个鸟类栖息地,搜集到"相当多的鸬鹚和蓝鹭蛋,我准备拿来做煎蛋卷"。那天晚上,他的晚餐是一只油炸蓝鹭和一棵菜棕的棕榈心[1]。法喀哈契的地面上曾经遍布一层东苯蝗尸体,其深度让开车都有危险;兰花更是数不胜数,访客甚至将其浓郁的甜腻香味形容为"令人作呕"。我第一次走进沼泽时,看到了美洲文殊兰、美国爵床、盐麸木属、狸藻属和从一棵倒下的枯树中生长出来的水龙骨状百生蕨;看到了橡树、松树、落羽杉、佛罗里达桦、紫珠属、接骨木属、黄眼草属和异果菊。我走进去时,一只猫头鹰威严地看了我一眼;我走出来时,三条小短吻鳄在我前方飞快地穿过小径。我无意间走进沼泽里一个被高大赛普里斯环绕的角落,巡逻员称

---

[1] 几种棕榈树的内芯可食部分称为棕榈心。

之为"大教堂"。我闭上眼睛,在这片寂静中站立片刻,几乎屏住了呼吸;我再睁开眼睛,抬头仰望,目之所及,几乎每棵树的树枝上都长着凤梨科植物,有几十株之多。它们是鲜红色和绿色的,形状像吓人的假发。有些跟蜘蛛一样大,有些跟我一样大。透过沼泽地的树冠射进来的阳光掠过它们有光泽的叶子。挂在树枝上的凤梨科看起来并不像植物,而更像一群动物,在盯着所有经过它们眼前的东西。

听证会后我决定去法喀哈契,因为我想看看拉罗什想要的是什么。我想请他和我一起去,但由于法官禁止他在案子结束前进入沼泽,所以我不得不四处找别人。我本来觉得可以一个人去,但又听说法喀哈契不是什么简单的地方。连一些跟我交谈过的看上去很勇敢的植物学家都告诉我,他们不喜欢自己一个人去那里。最后,有人把我介绍给一位叫托尼的巡逻员,他说会陪我一起去。接下来的几天,我一直在说服自己不要害怕。在定好的出发日期几天前,托尼打电话过来,问我是否真的确定要去法喀哈契。我说我确定。我其实很能吃苦:我完成过一次马拉松,独自一人去过各种古怪的地方旅行,与许多陌生人交谈过。当坚韧消磨殆尽时,我还可以依靠一定程度的故意遗忘来继续前进。另外,到目前为止,我这一生中最不喜欢的事就是在夏令营游泳课期间触摸到黏黏糊糊的湖底,还感觉到我夹紧的脚趾间有杂草般的黏液,所以想象在沼泽中穿行对我来说有点太可怕了。第二天,托尼打来电话,再次问我是否真的为去法喀哈契做好了准备。到了这个时候,我放弃了,不再试图变得坚韧,放任在红雀营的湖中的每时每刻渗回记忆。当我终于在巡逻员休息室遇到托尼时,我几乎要哭了。

但是我下定决心要看到兰花,所以还是要和托尼深入法喀哈契,想找到它们。我们从早上走到下午晚些时候,没碰到什么好运气。阳光很热,没有一丝风。我腿痛、头痛,受不了皮肤黏黏糊糊的感觉,开始有了逃兵那种偷偷摸摸的疯狂念头。我在想,如果自己突然坐在地上,拒绝接着走下去,托尼会有什么反应。他在我前面,离我有一辆汽车的距离,在我看来他感觉好极了。我鼓起勇气,追上了他。托尼一边走一边跟我聊他的生活,提到他自己也收藏兰花,还在家里建起了一个小型兰花实验室,想培育出一种杂种,有围柱兰属的环形唇瓣,却是一种特别的卡特兰属的颜色——褐红色,杂有小块的青柠绿色碎斑。他说,再有七八年,杂交的幼苗才会开花,到那时才能知道是不是成功了。在接下来的一英里左右的路程里,我什么也没说。我们停下来休息时,托尼摆弄他有些毛病的指南针;我问他,他觉得兰花有什么能如此诱惑人类的特点,让他们非得偷采、崇拜它们,尝试培育特殊的新品种,愿意花近十年的时间等一株开花。

"噢,神秘,美丽,不可捉摸,我想。"他耸耸肩说,"另外,我认为真正的原因是生活没有意义。我的意思是,没有明显的意义。醒来,上班,做事。我认为每个人都一直在寻找一些有点不同寻常的东西,能专心在上面,有助于打发时间。"

我真正想看到的兰花是鬼兰。拉罗什在偷猎时拿了很多种其他的兰科和凤梨科植物，但他告诉我鬼兰是他最想要的。鬼兰是法喀哈契里唯一一种真正漂亮的兰花。在技术上讲，它属于万代兰族的指甲兰亚族[1]；Polyrrhiza是其属名（有时属名也作Polyradicion）。这个鬼兰是无叶的物种，因纪念比利时植物学家让-朱尔·林登[2]而得名，他于1844年在古巴首次发现它。1880年，它在美国首次被发现是在科利尔县。鬼兰通常生长在佛罗里达梣、圆滑番荔枝树和牛心番荔枝树树干周围，一年开一次花。它没有叶子，只有扁扁的绿色根，跟意大利扁细面条的宽度差不多，在树上缠绕成一团。根中有叶绿素，也就是说它既当根又当叶子。花是可爱的纸白色，有复杂的唇瓣，这是所有兰花的特征；但它的唇瓣特别明显，向外鼓起，每个角都逐渐变细，形成飘曳的长尾巴。在照片里，这种花看起来像长着细长胡子的男人的脸。那尾巴纤细得有一丝微风都会颤抖。在沼泽的灰色和绿色中，这种白色的花就像聚光灯一样，会吓人一跳。由于它没有叶子，而且根部附在树皮上，几乎看不见，所以它的花看起来像是神奇地悬浮在空气中。据说，盛开的鬼兰看起来像一只在滑翔的白色青蛙——一只超凡脱俗的、美丽的、在滑翔的白色青蛙。《佛罗里达本地兰科植

---

[1] 现在鬼兰被归入彗星兰亚族（Angraecinae）而非指甲兰亚族（Aeridinae，旧称Sarcanthinae）。
[2] 让-朱尔·林登（Jean-Jules Linden, 1817—1898）是比利时生物学家、探险家、园艺家、商人，专精兰科。鬼兰的种加词lindenii即由"林登"而来。

物》作者卡莱尔·吕尔[1]曾经如此形容鬼兰："一个人若有幸能看到它的花，那么其他所有东西似乎都黯然失色了。"

在一个大渗穴附近，托尼指着一棵小树上的几条绿色的细带，说它们是今年已经开过花的鬼兰。我们又走了一个小时，他在更多的树上指出了鬼兰的绿色根部。阳光变成平射，我全身上下都是淤泥，感到瘙痒和炙烤。最终，我们转身折回，又走了很长很长的路，回到了托尼的吉普车。这一天非常累，而且我还没看到我专程前来要看的东西。我们往回走时，我一直在想，鬼兰难以被人发现，只是短暂地为人所见，美得无法抗拒，还无法人工培育，它会不会只是神话，而不是真正的花朵？也许它真的是幽灵、鬼魂。在法喀哈契里肯定有鬼魂——多年前被非法采集鸟羽者杀害的巡逻员，在战斗中被砍成碎块、尸身冷却、慢慢化为泥土的伐木者。多年来一直有个被称作"沼泽巨猿"的妖怪在沼泽中游荡，据说其身高 7 英尺，重 700 磅，具有人的体格、猿的体态、臭鼬的体味，嗜食棉豆。还有一个匿名的、幽灵般的人，法喀哈契的巡逻员称其为"幽灵平路机"，这个人每隔一段时间就会把真实的——不是虚构的——基建设备带入沼泽，清除道路上覆盖的藤蔓。

如果鬼兰真的只不过是幻影，那它仍然是能蛊惑人心的幻影，因为它可以诱使人们年复一年地追逐它，长途跋涉却沮丧地无功而返。如果它是真正的花，那我想不断返回佛罗里

---

[1] 卡莱尔·吕尔（Carlyle Luer, 1922—2019）是美国外科医生、植物学家，专精兰科。

达，直到看见一朵。原因不是我爱兰花；我甚至都不特别喜欢兰花。我就是想看到，这种东西怎么能够用这么独特并强大的方式吸引众生。我遇到的每个与兰花偷猎有关的人都围绕某种巨大的愿望组织自己的生活——拉罗什有那些疯狂的灵感，兰花爱好者对他们的花充满虔诚的奉献精神，塞米诺尔人愿为他们的历史和文化赴汤蹈火——那么这种愿望回答了他们，如何花费自己的时间和金钱，他们的朋友会是谁，他们会去哪里旅行，到达那里后应该做什么。这是宗教。我想要某种东西，这种欲望跟那些人想要植物一样强烈，但我的品质里没有这一点。我认为我这个年龄的人都会为拥有太多热情而感到尴尬，并相信对任何事物有太多激情都是幼稚的。不过，我想我确实有一种不尴尬的激情——我想知道对某件事充满激情是什么感觉。那天晚上我打电话给拉罗什，告诉他我刚从法喀哈契寻找鬼兰回来，但除了裸露的根外什么都没看见。我说，我在想是不是已经错过了今年的花朵，以及鬼兰是不是有可能只绽放在那些在沼泽里走了太久的人的想象里。我没有说的是，强烈的感情刚开始总是令我怀疑。我还没有说的是，他的生活似乎充满了跟鬼兰很相似的东西——想象起来很棒，很容易爱上什么，但有些不切实际，转瞬即逝，遥不可及。

他吸了一口烟，我可以听到一声轻微的吞咽。然后他说："我的天啊，那里当然有鬼兰了！我偷采过它们，我的天！我知道它们的确切位置。"电话沉默了一会儿，然后他清了清嗓子，说："你应该跟我一块儿去的。"

兰花狂热

兰科植物历史古老,成员繁多,它们均为多年生植物,拥有一个肥大的雄蕊和三瓣的花朵,其中一瓣跟另两瓣不同:大多数兰花品种的这个花瓣都更大一些,呈袋状或唇状,是整朵花最显眼的部分。已知的兰科植物超过三万种;可能还有好几千种没被发现;可能还另有好几千种曾经生活在地球上,但现在已经灭绝。人类在育种实验室里将一个品种和另一个品种杂交,或是将杂种彼此杂交,又创造出了几十万种杂种。

兰科被认为是地球上演化程度最高的开花植物。它们的形态不同寻常,花朵有异常美丽的颜色,结构复杂,通常都散发出强烈的气味,跟所有其他科的植物大相径庭。它们与众不同的原因一直令人困惑。一种猜测是,兰花是在受到流星或矿物质自然辐射的土壤中演化出来的,而正是辐射使兰花突变成了数千种惊人的形态。兰花的外观多种多样,有的看上去甚至不像是花。有一种像伸出舌头的德国牧羊犬,有一种像洋葱,有一种像章鱼,有一种像人的鼻子,有一种像国王会穿的那种花哨的鞋子,有一种像米老鼠,有一种像猴子,有一种像是已经死了。1845年版的《植物学登记》[1]将一种兰花描述为像"一种老式的头饰,从伊丽莎白女王时代女士穿着的浆硬高领中钻出;或者说,从饰有艳丽丝带的马用项圈中穿过"。有些品种看起来像蝴蝶、蝙蝠、女士手提包、蜜蜂、蜜蜂群、雌性黄蜂、蛤壳、根、骆驼蹄、松鼠、戴着头巾的修女、醉酒的老男人。小龙兰属的花是黑红色的,看起来像吸血蝙蝠。法喀哈契的鬼兰看起来像鬼魂,但也有人将它形容为罗圈腿的舞者、白青蛙、仙子。佛罗里达的许多野生兰花都有根据外观起的俗名:弯曲马刺、棕色、刚硬、扭曲、光亮的叶、牛角、嘴唇、蛇、无叶喙、鼠尾、骡耳、影子女巫、水蛛、伪水蛛、女士长发、女士长假发。1678年,植物学家雅各布·布雷内[2]写道:"这些花朵种类繁多的形状值得我们献上最高的敬意。它们可以是小鸟、蜥蜴、昆虫的样子。它们可以看起来像男人,像女人,有时像无情、凶恶的战士,有时像能引我们发笑的小丑。它们可以呈现出慵懒的乌龟、忧郁的蟾蜍、永远在吱吱叫个不停的敏捷的猴子等形象。"兰花一直被认为是美丽却奇怪的。1917年出版的一本野花指南管它们叫"我们奇异的怪胎"。

最小的兰花在显微镜下才能看清,最大的有橄榄球一般大小,还是团状的。一些植物学家曾经报告称,他们在法喀哈契观察到一株香蕉兰,有正常大小的花和34根假鳞茎——这是

---

[1] 《植物学登记》(*The Botanical Register*)是1815年到1847年在英国发行的植物杂志。
[2] 雅各布·布雷内(Jakob Breyne, 1637—1697)是波兰商人、博物学家、艺术家。

在植物底部的膨大块状变态茎，用以储存能量，每个都超过10英寸长。一些兰花的花瓣像粉末一样柔软，而另一些则像内胎一样坚实而有橡胶感。雷蒙德·钱德勒[1]写道，兰花有人肉一般的质地。兰花有放肆的颜色，可能有斑点、杂色斑、纹理，或者是从接近霓虹色到一尘不染的白色的各种纯色。大部分不止一种颜色——也许会出现象牙色花瓣和热辣粉色花瓣，或者绿色花瓣加深紫红色条纹，或者黄色花瓣缀以橄榄色斑点，再搭配底部有红色斑块的紫色唇瓣。有些兰花的颜色组合你无论如何都不会穿在身上；有些看起来像是由一场跟油漆有关的交通事故造成的。兰花有白色的，但没有黑色的，不过人们一直想要一朵黑色兰花。漫画人物布伦达·斯塔尔[2]的男朋友巴兹尔·圣约翰正是需要黑色兰花的提取物才能控制他自己神秘的罕见血液疾病。我曾问佛罗里达州霍姆斯特德市的RF兰花的老板鲍勃·富克斯，在他看来，黑色兰花有没有可能被发现或通过杂交培育出来。"不会的，在现实生活中永远不会。"他说，"只会出现在《布伦达·斯塔尔》里。"

许多植物是自花授粉，从而能保证繁殖，令物种延续。自花授粉的缺点是会反复重复利用相同的遗传物质，因此自花授粉的物种可以持久存在，但不会演化和改善。自花授粉的植物

---

[1] 雷蒙德·钱德勒（Raymond Chandler，1888—1959）是美国推理小说作家，对现代推理小说有深远的影响。
[2] 布伦达·斯塔尔（Brenda Starr）是从1940年连载到2011年的一系列漫画的主角，该系列起初在《芝加哥论坛报》上发表。斯塔尔的职业是记者。

停留在简单、普通的层面,如杂草。复杂的植物依赖异花授粉。它们的花粉必须靠风、鸟、飞蛾或蜜蜂从一株植物传播到另一株植物。异花授粉植物通常必须形成特定的复杂形状,让花粉存储在一个地方,于是微风吹过就可以让花粉飘起;或者必须能吸引很多种授粉昆虫;或者必须非常适合一种特殊的昆虫,对它特别有吸引力,甚至成为它赖以生存的唯一植物。查尔斯·达尔文认为,在生存竞争中,由异体受精、异花授粉产生的生物总会胜过自体受精、自花授粉的,因为它们的后代有混合而来的新遗传物质,然后就有机会演化,以适应周围世界的变化。大多数兰科植物从不自花授粉——就算人为地将一株兰花的花粉施放于其受粉柱头,也不会成功。有一些兰花,如果它们的花粉接触到自己的柱头,就会中毒死亡。一些其他植物也不会自花授粉,但没有哪一种比兰花更为彻底地杜绝了这种可能。

如果昆虫选择以较简单的植物而非以兰花为食,那兰科植物可能会像恐龙一样,已经灭绝了。这种情况下,兰花不会被授粉,而没有授粉就不会长出种子;与此同时,生长在它们附近的简单的自花授粉植物会一直自己产生种子,疯狂撒布,占用越来越多的空间、光和水,最终兰科就会被推到演化的边缘,消失掉。但恰恰相反,兰科持续繁殖了下来,发展得五光十色,成了地球上最大的开花植物科,因为每种兰花都使自己无法抗拒。许多种兰花看起来非常像它们最喜欢的昆虫,甚至能让那种昆虫误认为是同类,于是它落在花上,以为是在探访朋友,这时花粉就会粘在它身上。当它在另一朵兰花上犯同样的错误时,第一朵花的花粉就会沉积在第二朵花的柱头上——换句话说,兰花比虫子聪明,这样便能完成授粉。另一种兰花模仿的是授粉昆虫喜欢杀死的一种东西的形状,植物学家称之为伪对抗。昆虫看到它的敌人,向其发起攻击——也就是向兰花发起攻击——在这场毫无意义的战斗中,昆虫全身沾满兰花花粉;它再重复犯错,就传播了花粉。另一些品种看起来像是授粉者的配偶,因此,虫子会尝试与一朵兰花交配,然后又是另一朵——这叫伪交配——并在每一次失望中将花粉从一朵花传到另一朵。杓兰亚科有一个特殊的唇瓣,如同用铰链悬吊下来一般,可以诱惑蜜蜂钻入,而钻入后它们只能从植物后部逃出,从而被迫穿过一条条黏性的花粉块。还有一种兰花分泌花蜜吸引小昆虫。它们舔食花蜜时,会被慢慢引诱到兰花内部的一个狭窄管道里,头在蕊喙[1]冠部的正下方。当昆虫抬头时,蕊喙冠射出细小的花粉,立即牢固地粘在它的眼球上;但当它把头放进另一株兰花时,花粉就会掉下。一些兰花外观普普通通,但能发出有诱惑力的欺骗性气味。有的兰花的气味如同腐肉一般,而为其传粉的昆虫恰巧就喜欢;另一种闻起来像巧克力;另一种闻起来像天使蛋糕。有几种模仿比自己更受昆虫欢迎的花的气味。一些只在晚上释放香气,以吸引夜行性蛾类。

  没有人知道,是兰花为了适应昆虫而演化,还是兰花先

---

[1] 蕊喙是兰科植物的蕊柱前面突起的舌状部分。蕊喙为兰科植物所独有,但并非所有兰科植物都有蕊喙。

行演化，还是这两种生命形式同时演化——这也许能解释这两种完全不同的生物是怎么形成相互依赖的关系的。兰花与其授粉者之间达到了如此完美的和谐，甚至有点令人毛骨悚然。达尔文喜爱研究兰花。在著作中，他经常将它们描述为"我心爱的兰花"，并无比坚信它们是演化的顶峰，他甚至曾经写道："兰花是被创造出来的，而且创造时就是我们现在所见的形式，这种想法真是荒谬绝伦。"1877年，他出版了《兰花诱骗昆虫为之授粉的各种计谋》[1]一书。在其中一章里，他描述了他在马达加斯加发现的一种奇怪的兰花——长距彗星兰，其白色星形花朵为蜡质，有"绿色鞭状蜜腺，长度惊人"。它的蜜腺长近12英寸，所有的花蜜都在底部最后一英寸里。达尔文假设，一定有一种昆虫可以吃到那难以获得的花蜜，并同时给这种兰花授粉，否则这种兰花就不应该存在。这种昆虫必须具有与兰花互补的奇怪形状。他写道："在马达加斯加肯定存在一种蛾子，吻部能伸长到10至12英寸！我的这个信念被一些昆虫学家嘲笑，但我们现在从弗里茨·穆勒[2]那里知道，巴西南部有一种天蛾，吻部几乎就有这么长，因为其干标本的吻部长度介于10英寸到11英寸之间，不伸出时则卷曲成螺旋，至少20匝……某种拥有特别长的吻部的巨大蛾类可能可以吸尽

---

[1] 该著作是达尔文在1859年发表《物种起源》后接着出版的，初版于1862年，再版于1877年。初版的全名为《论英国和外国兰花诱骗昆虫为之授粉的各种计谋及杂交的益处》。现在这本书一般简称为《兰花的传粉》（*Fertilisation of Orchids*）。
[2] 弗里茨·穆勒（Fritz Müller, 1821—1897），德国生物学家，于1852年移居巴西。他是达尔文学说的坚定支持者，和达尔文有许多书信往来。

最后一滴花蜜。如果这些巨蛾[1]在马达加斯加灭绝,那么那种彗星兰也会灭绝。"达尔文对兰花如何释放花粉非常感兴趣。他做了实验,用针、驼毛刷、刚毛、铅笔和自己的手指去戳它们。他发现兰花有些部位特别敏感,只要轻轻一碰就能释放出花粉,但对那些不太敏感的部位,"中等程度的暴力"都不会有任何作用。他得出的结论是,兰花不会随意释放花粉——它们很聪明,把花粉保存起来,等待与昆虫相遇的最有利时机。他写道:"兰花被塑成这样的造型,似乎是个疯狂的、变化无常的过程,但这无疑是由于我们对它们的需求和生活条件知之甚少。为什么兰花为了授粉会想出这么多完美的计谋呢?我相信,肯定有许多其他植物与之类似,拥有高度完美的适应性变化,但兰科植物的适应性变化似乎确实比其他大多数植物更多、更完美。"

兰花吸引授粉者的方案虽然优雅,但成功率很低。在一项最近发表的研究中,植物学家观察了1000株野生兰花15年,在此期间仅有23株成功完成授粉。这个概率很低,不过兰花有办法弥补。如果完成了授粉,它们会长出一个超级种荚。其他大部分种类的花一次只能产生20粒左右的种子,而兰花的种荚里会充满数百万粒只有尘埃大小的微小种子。一个种荚里

---

[1] 1903年,即达尔文去世后的20年,马岛长喙天蛾(Xanthopanmorganii)被发现,其吻部长度恰好能到达长距彗星兰蜜腺底端。

的种子就足以为全世界的舞会提供永远用不完的胸花了。

一些品种的兰花在地里生长,另一些则根本不长在土壤里。后者被称为附生植物,它们附着在树枝或岩石上生活。附生兰花的种子在一个舒适的地方安定下来,发芽,生长,将根挂在空中,吸收雨水、腐烂的叶子和光,过着慵懒的生活。它们不是寄生物——它们只是找个好地方待下来,不给予树木任何东西,也不从树木身上获取任何东西。大多数附生植物是在热带丛林中演化出来的;那里有太多的生物在竞争地面的空间,大多数物种在战斗中失败,死掉了。兰花之所以能在丛林中蓬勃生长,是因为它们发展出了生活在空气中而不是土壤里的能力,还能将自己放在肯定可以获取光和水的地方——比其他植物都高的树枝上。它们之所以能蓬勃生长,是因为它们摆脱了竞争。如果所有这些让兰花看起来很聪明——那,它们确实看起来很聪明。它们生存下去的决心、对有用的骗术的熟练掌握、在成百上千年里诱惑人类的天才,让它们显得非常睿智,仿佛不是植物一般。

兰花生长缓慢,缺乏活力。它们可能会产生一朵花和一个种荚——这还只是可能而已——然后连着休息几个月。成功授粉的兰花种子将在大约七年内发育成熟为一株可以开花的植物。随着时间推移,兰花后部会枯萎,但会从前部继续生长。除了恶劣的天气和奇特的病毒外,它没有天敌。兰花是世界上可以永远生存的少数物种之一。人工培育的兰花如果没有被养死,可以比主人活得长,甚至可以活过几代主人。许多收藏兰花的人都在遗嘱中指定一位兰花继承人,因为他们知道那些植物会比自己长寿。RF 兰花的鲍勃·富克斯的花圃里有一些兰花,是他已故的祖父于 19 世纪到 20 世纪之交在南美发现的。芬内尔兰花的托马斯·芬内尔三世有他祖父年轻时在委内瑞拉采集到的兰花。纽约植物园的一些兰花从 1898 年就住进该园温室,一直活到现在。

兰花首先在热带演化,但现在它们生长在世界各地。大部分兰花传播出热带的途径都是种子被气流吹起,飘远。飓风可以把几十亿颗种子带到数千英里之外。从南美吹到佛罗里达的兰花种子会在一个大风天掉在游泳池、烧烤坑、沙狐球场、加油站里,掉到办公楼屋顶和快餐店的车道上,掉进海滩上发烫的沙子和你的头发中——所有这些会被扫走、踩碎、淹没,不会有人看到它们,感觉到它们的存在。但是有一些可能会掉在安静、潮湿、温暖的地方,而其中又有一些可能恰好在舒适的树枝分叉处或石头裂缝中。如果这其中有一粒遇到了一株可以用作养料的真菌,它就能发芽生长。每次飓风袭击佛罗里达,植物学家都会很好奇又有哪些新兰花可能被引入。他们目前正等着看飓风"安德鲁"吹来了什么。他们将在风暴七周年纪念日左右知道答案,因为那时登陆的种子就已发芽、长大。

人类对兰花的情感是任何科学理论都无法解释的。兰花似乎能令人疯狂,爱它的人能爱得如痴如醉。兰花比爱情更能引发激情，它们是地球上最性感的花朵。"兰花"（orchid）这个名字来源于拉丁文"orchis"，意为睾丸。这不仅指这种植物的睾丸状变态茎，还指的是，人们长期以来一直认为兰花是从动物交配时溢出的精液里生发出来的。1653年版的《英国草药指南》建议，兰花应谨慎使用。"在金星的统治下，它们能令人感到燥热、潮湿，极易激起欲望。"在维多利亚时代的英国，对兰花的爱好变得非常消耗人的精力，以至于有时被称为"兰花谵妄"；在它的影响下，许多看起来正常的人，一旦沉迷于兰花，就变得不再像正常人，而更像约翰·拉罗什。即使现在，收藏兰花这件事也有一股谵妄的味道。我遇到的每个兰花爱好者都跟我讲过同一个故事——厨房中的一株植物变成好几十株，然后成了后院的温室，然后，在一些人的经历中，变成了好几个温室；然后他们为了收集兰花去亚洲和非洲旅行，兰花占用的预算永远在增长，他们渴望获得最古怪的品种，那些玩意儿给予的回报如此吝啬，只有严肃收藏家才能欣赏——比如奇唇兰属，每年开花一次，每次最多开一天。"那种病会感染你，"危地马拉的一位收藏家对我解释，"要是想戒酒，你可以去加入戒酒无名会，但是一旦沾上兰花，你就没救了，什么办法都不能消灭这个习惯。"在去佛罗里达之前，我一株兰花也没有，但拉罗什总取笑我，并说我不可能在兰花圈子里混一年还不上瘾。我不想上瘾——我没有耐心在我的公寓里养植物，也没有地方，而且我也不想让拉罗什对他的预测能力沾沾自喜。其实，几乎每一位跟我交谈过的兰花种植者都坚持送我一株植物，而我对沾上这种东西非常警惕，一有机会就马上把它们转手送给别人了。

目前，每年的兰花国际交易额超过100亿美元，一些珍稀品种的单株售价超过2.5万美元。泰国是全球最大的鲜切兰花出口国，将价值3000万美元的胸花和花束送到世界各地。兰花的培育和维护成本都可能很高。还有兰花保姆、兰花医生和兰花寄养所——这些花圃会在你的植物不开花时养育它们，然后在长出一个花苞时通知你，这样你就可以把它带回家炫耀了。一本杂志最近报道说，在旧金山一家兰花寄养所，有一个顾客的植物种类非常多，他为了让他的兰花住在那里，每月要付两千美元房租。互联网上有很多有关兰花的网站。有一段时间，我经常去看"田中博士的主页"。田中博士称自己为"爱兜兰的同志！"，同时称"我自己太难看了，所以不能给你看我的照片"。所以他的主页上没有他自己的照片，取而代之的是"日本近期兰展上绝美和/或奇妙的兜兰属新品种"的新闻，以及他的温室和家人的照片，包括他的一个女儿，名叫"兜兰"。"她念初一了，"他在田中兜兰小姐一张面带微笑的照片下写道，"到了不听话的年纪，不过我还是用她的名字命名几乎所有的精选兜兰植株。我先用'真纪'，然后是'梦幻真纪''真纪的幸福'等等。"关于他的妻子加代子，田中博士写道："她的年龄是个秘密。她担心自己像我一样，人到中年就发福起来。她从不抱怨我养兰花、兜兰，让我做自己喜欢的事。……在我们有女儿之前，我用妻子的名字命名我所有的精选兜兰植株。但是在那之后,我就完全忘记了她的名字。"

跟拉罗什在一起时,我听他讲了无数可歌可泣的故事,关于人类对兰花的忠诚。我听到这样一位收藏家,他在自己曼哈顿联排别墅的顶层建了两个温室,在里面养了三千株稀有兰花,温室装备有自动屋顶通风口、燃气取暖设备、人造云系统和模拟微风的风扇;和许多收藏家一样,他和妻子把休假日期错开,这样总会有人在家里跟兰花待在一起。我听到日本航空的创办者福岛通博的事迹,他说他觉得商业世界太残酷了,所以提前退休,把资产交给妻子,与家人断绝一切关系,带着他的两千株兰花搬到了马来西亚。之前已经结过两次婚的他告诉记者说,他觉得"自己因为沉迷于兰花,让妻子们都很不高兴"。发明"大富翁"游戏的查尔斯·达洛于四十六岁时就用这款游戏带来的财富退休,致力于收集和培育野生兰花。年轻的华人收藏家许舍华[1]最近形容自己是个狂热分子。他说,尽管他已经因为拥有野生兰花而被拖进法庭四次,但他觉得这是值得的。

收藏可能是种相思病。如果你收集的是活的生物,那就是在追求不完美的事物,因为即使你能设法找到并拥有你想要的生物,也无法确保它们不会死亡和改变。几年前,棕榈滩的一个男人的三万株兰花全都死掉了,他将其归咎于附近一个污水

---

[1] 许舍华(音,Hsu She Hua)为香港居民,生平未知。据《南华早报》一则1993年的新闻,他为美国《兰花摘要》(*Orchid Digest*)杂志做通讯员,频繁进入内地采集野生兰花,也多次因为拥有野生兰花而被定罪。

处理厂排放的甲烷废气。他起诉了县政府,并接受了和解方案,但随后走上了他家人所称的"不归的下坡路"。他三次被捕,原因分别是袭击父亲,用霰弹枪将16号霰弹射入邻居家中,以及隐蔽携带刀、手枪和霰弹枪。"是因为他那些兰花死了,"他儿子告诉记者,"那是一切的开始。"美丽可以令人痛苦地沉迷于其中,但兰花并不止是美丽。许多兰花看起来奇异或怪诞,而它们不开花时全都很丑陋。它们是古老、复杂的生物,已经适应了地球上的每一种环境。它们活得比恐龙久,可能还会活得比人类久。它们可以种间杂交、种内杂交、突变、克隆。它们同时具有建筑和幻想的性质,坚韧而又精致。这种看上去像干草堆的植物能开出宝石般的花。兰花在植物学上的复杂性和易变性使它们成为可能是最令人专注和发狂的可收藏生物。兰花的品种无穷无尽。新品种每天都被发现,或是在实验室中被创造出来;而另外一些品种则几乎无迹可寻,因为它们的数量极少,只生活在偏远地区。那么,从某种意义上说,地球上兰花品种的数量是无法确定的,因为它一直在变化。对兰花的渴望是一种永远不会,也永远不可能会得到完全满足的欲望。如果有个收藏家对地球上的每一种兰花都想要拥有一株,那么肯定直到过世都根本谈不上接近这个目标。

致命职业

维多利亚时代的伟大兰花猎手威廉·阿诺德在一次采集探险中淹死在南美洲的奥里诺科河,与他同时代的施罗德在塞拉利昂采集兰花时身亡。猎手法尔肯贝格也在巴拿马采集兰花期间失踪。戴维·鲍曼因痢疾在波哥大去世。猎手克拉博克在墨西哥被谋杀。布朗在马达加斯加被杀。恩德雷斯在哥伦比亚北部的里奥阿查被枪杀。古斯塔夫·瓦利斯在厄瓜多尔死于发热。迪冈斯在巴西被当地人枪杀。奥斯默斯无影无踪地在亚洲消失。语言学家、植物收藏家奥古斯都·马嘉理在长江上航行时从牙痛、风湿、胸膜炎和痢疾中幸存,但他在完成任务离开八莫[1]之后被杀。兰花狩猎是致命的职业——这一直是其部分魅力所在。拉罗什热爱兰花,但我相信他对获取它们的过程中的困难和致命性与对花朵本身同样热爱。他在沼泽里越艰苦,

---

1　八莫(Bhamo)是缅甸北部克钦邦的重要贸易城市,缅北华人称新街。1874年年底,一支英军以勘测贸易路线的名义由缅甸进入云南,在1875年2月21日与当地居民发生冲突,充当翻译的奥古斯都·马嘉理(Augustus Margary,1846—1875)及其四名中国随员被击毙,史称"马嘉理事件"。

就会越充满热情地去寻找植物,幻想自己走出沼泽时的荣耀。

拉罗什这种从苦难中获得愉悦的怪异情感是兰花猎手的传统。1906年的一份杂志上发表的一篇文章对此解释道:"兰花崇拜引起的大部分爱恋之情发生在去兰花生长地采集标本的过程中——也许是在湿热的沼泽,也许是在充满敌意的异国,当地人愿意并渴望杀掉,还很有可能吃掉雄心勃勃的收藏家。"1901年,八名兰花猎手踏上了去菲律宾的冒险之旅。一个月之内,一人被老虎吃掉,一人被浑身上下浇满油、活活烧死,五人无端失踪,剩下一人设法活了下来,在走出丛林时带了4.7万株蝴蝶兰属兰花。1889年,一个年轻人受英国收藏家特雷弗·劳伦斯爵士[1]之托寻找卡特兰,他在泥泞的丛林中跋涉了十四天,然后再也没有人见过他。几十名猎手因发烧、事故、疟疾或危险行为丧生。其他人则成为猎手的战利品或黄色飞蜥、菱背响尾蛇、美洲豹、蜱虫和蛛蜂等可怕生物的猎物。一些兰花猎手被其他猎手杀死。他们全都为暴力做好了准备。1891年,去安第斯山脉北部探险的阿尔伯特·米利坎在日记中写道,他携带的最重要的装备是小刀、短弯刀、左轮手枪、匕首、步枪、手枪和足够用一年的烟草。成为兰花猎手就意味着总是要在可怕的地方追求美丽的东西。从19世纪中期到兰花狩猎达到极盛的20世纪早期,世界上可怕的地方还是那种

---

[1] 特雷弗·劳伦斯爵士(Sir Trevor Lawrence,1831—1913),英国外科医生、园艺学家和艺术收藏家,也曾任下议院议员。他担任皇家园艺学会会长直至逝世,长达二十八年。

真正的可怕,任何自愿受雇当猎手的人都必须坚强、敏锐,并且愿意死在遥远的异乡。

在维多利亚时代,有一些兰花收藏家会亲自去热带地区,但大多数还是自己待在家里,花钱把专业猎手送到世界各地为他们采集植物。因此,拥有热带兰花是富有的象征,意味着主人有钱到能雇人去完成可能送命的任务。英国人对热带兰花产生兴趣后,马上就有英国人开始经营热带兰花生意。这些商业种植者完全依赖兰花猎手。当时在英国没人能从零开始种植和培育热带兰花,所以猎手是花圃进货的唯一途径,而新品种更是空中楼阁。大型花圃会同时雇用好几队猎手。比如,1894年,维多利亚时代杰出的兰花种植者弗雷德里克·桑德[1]在他位于圣奥尔本斯[2]的庄园中拥有六十个温室,雇佣二十三名猎手为他在全世界采集植物,其中一个在墨西哥,两个在巴西,两个在哥伦比亚,两个在秘鲁,一个在马达加斯加,一个在新几内亚,三个在印度,一个在海峡殖民地。桑德手下最好的猎手之一是面相冷峻的捷克人本尼迪克特·罗泽尔[3]。罗泽尔

---

[1] 亨利·弗雷德里克·康拉德·桑德(Henry Frederick Conrad Sander, 1847—1920),德国兰花学家及培育者,定居英国,著作甚丰。
[2] 圣奥尔本斯(St. Albans),英格兰小镇,在伦敦以北30余公里处。
[3] 本尼迪克特·罗泽尔(Benedikt Roezl, 1824—1885),捷克旅行家、园艺学家、植物学家,被认为是同时代最杰出的兰花猎手之一,兰科的多个种和文心兰属以其命名。

在哈瓦那展示自己发明的从大麻植株中提取纤维的机器时出了意外，左手被切掉；后来他在左手部位装了一个铁钩，这给他的外表又增添了几分冷酷。罗泽尔的足迹遍布南美，他在旅途中发现了八百种新兰花。维多利亚时代的兰花狂热发展到顶峰时，同时有几十名兰花猎手为不同种植者在世界各地穿梭。1863年，一艘驶往安第斯山脉的船上有皇家园艺学会的约翰·威尔、为弗雷德里克·桑德的最大竞争对手约翰·洛工作的约翰·布朗特，还有一名为比利时卓越的花圃经营者让·朱尔·林登工作的猎手，名叫施利姆。这三个男人都要去安第斯山脉的一片特定地区，目标也一模一样，都是秘鲁的齿舌兰属兰花，而且他们全都向老板保证过，会首先将植物带回。在兰花猎人眼里，这辽阔的世界其实很拥挤。种植者之间互相竞争，受雇于他们的人如果狭路相逢，有时就会互相残杀，至少也是准备动手的架势。最后被淹死在奥里诺科河里的猎手威廉·阿诺德是个年轻的德国小伙，经常为弗雷德里克·桑德工作。阿诺德是一个易怒而且充满挑衅性的人，以挑剔旅行时携带的武器著称。据传他曾向其他猎手吹嘘说，自己拒绝过一项任务，原因是雇主虽然承诺了丰厚的报酬，但只给他配了一把二手手枪。桑德曾经派遣阿诺德去巴西找卡特兰属兰花。在船上，阿诺德跟另一名猎手起了争执，后者的目的地也是巴西，也是去找卡特兰，但其雇主是桑德的竞争对手约翰·洛。这两个猎手全副武装，都很好斗。在自吹自擂、互放狠话和亮出腰间的武器之后，他们差点要以决斗收场。阿诺德到达巴西后，马上就写信给桑德说这件事。按桑德的传记作者亚瑟·斯文森的说法，桑德回信给阿诺德："这让我非常兴奋，带给我很多快乐，因为我非常喜欢这种战斗。"他通知阿诺德立即停止寻找兰花，转而跟踪洛的兰花猎手，看他在采集什么植物，然后去收集他可能会忽略掉的品种。接着，桑德又告诉阿诺德，当竞争对手的植物要打包上船时，找机会朝里面尿尿，因为尿液会使植物迅速结子，在运回英国途中死亡。

猎手都是独自工作，相互之间显然没什么兄弟情谊可谈。他们从不和同行一起旅行，但有时有大批工作人员随行——约瑟夫·胡克[1]的六十名随从中有男仆、杂工、种子采集者、厨师、爬树者、动物标本剥制师和植物烘干者。他们无疑会感到孤独。奥古斯都·马嘉理想家时，会站在帐篷外面，唱《波莉多利都朵》和《我亲爱的克莱门蒂娜》[2]。但是如果一个猎手在丛林中遇到另一个，他们不会寒暄，也肯定不会就自己的兰花透露只言片语。或者，他们也许会释放假消息，胡编乱造说有一条路通往一片虚幻的开满鲜花的山坡。有时他们会故意把标有兰花栖息地的假地图放在特定位置，以误导对手。他们要么傲慢，要么贪婪，要么两者兼具。大部分猎手会把发现的每一株兰花都带走。捷克兰花猎手罗泽尔曾从南美向桑德一次运

---

[1] 约瑟夫·道尔顿·胡克（Joseph Dalton Hooker，1817—1911），英国植物学家，是达尔文的挚友。
[2] 《波莉多利都朵》（Polly Wolly Doodle）和《我亲爱的克莱门蒂娜》（*My Darling Clementine*）都是传统英文童谣，后者为《新年好》的曲调来源。

送八吨重的货物。因为兰花猎手不想让另一名猎手发现自己可能错过的任何植物,所以他们会"采光"一个区域,然后将这里焚烧成平地。就连为同一个种植者工作的猎手之间都不会手下留情。他们的竞争激烈无比,甚至可以让他们抛下有关兰花的事。桑德的猎手遇到彼此时,会没有任何理由地停止寻找兰花,花几天到几周时间在丛林中互相追踪。

猎手必须前往可怕、危险、遥远的地方,但这根本不能阻止他们。据说本尼迪克特·罗泽尔在旅行中被抢劫过十七次。英国植物猎手约瑟夫·胡克花了两年的时间在喜马拉雅山脉徒步旅行,除了眼镜和一件格子呢射击外套外,没有其他防护用具。他根本没有登山装备,尽管一个朋友的妻子给了他一些羊毛袜,并用自己的一副面纱给他做了一个防眩光眼罩。胡克在登山期间吃饼干、喝茶和上等白兰地,带着一张实橡木旅行桌和若干个嵌黄铜木盒,睡觉时枕头底下放着一本达尔文的《小猎犬号航海记》。他很少能睡个好觉,因为他用来驮运的牦牛夜里失眠而且非常好奇,总会把头伸到胡克的帐篷里,朝他打响鼻,直到他醒来。在印度阿萨姆的七个月中,他被近三百英寸的降雨浸透。尽管如此,胡克还是锲而不舍,到冒险之旅结束时,他采集了数千种新物种,在世界第三高峰干城章嘉峰上攀爬到了比之前所有欧洲人都更高、更远的地方。1865年,探险归来的胡克成了邱园[1]园长。

---

[1] 即英国皇家植物园(Royal Botanic Gardens, Kew),因起初建于伦敦西南郊的邱镇而得名。胡克担任邱园园长长达二十年。

商业种植者在把猎手送入险境时从来没有犹豫过。他们倒不是不在意人们会不幸丧生,但大概更不愿失去一个采集机会。卡尔·罗贝林是维多利亚时代另一位伟大的兰花猎手。他是德国人,精神坚毅,体魄强健。他曾应桑德的请求去菲律宾的一个小岛狩猎兰花。他刚刚到达就发生了一场地震,小岛被翻了个底朝天,罗贝林差点送命。他到达安全地区后,马上发电报给桑德,告诉他自己要返回英国,因为这个岛已经毁灭了。在电报结尾,他提到就在地震发生前,自己在丛林里看到了一些令人惊异的发出肉桂香味的丁香万代兰。如果罗贝林真的想离开菲律宾回英国,这么说恰恰是错误的。桑德立即回电报,要求罗贝林返回那个岛,找到那些丁香万代兰,否则就去再找个雇主给他出回家的旅费。罗贝林拒绝了,桑德又发出变本加厉的威胁。罗贝林最终屈服了。他从废墟中挖出带回的植物是一个新物种,后来被命名为"非洲豹万代兰"。它开花时被放在邱园中展出,引起轰动,有数千人前来一睹它的风采。现在很多商业化种植的万代兰都可以追溯到罗贝林抢救出来的这株植物。

桑德手下最伟大的猎手是另一名德国人,叫威廉·米肖利茨[1]。他不知疲倦,高效而精明。桑德作为商业种植者的卓越地位在很大程度上要归功于米肖利茨的许多发现。即使这样,桑德也似乎从未表现得对他温和一些。有一次,米肖利茨从厄瓜

---

[1] 威廉·米肖利茨(Wilhelm Micholitz, 1854—1932)在为桑德工作之前曾在汉诺威海恩豪森王家花园和邱园任教,还曾担任基辅植物园园长。

多尔回英国，乘坐的船着火了。船被烧毁，米肖利茨为桑德收集的兰花全部损失，他自己差点丧命。他给桑德发电报说："船烧了！怎么办？"桑德回复："回去！"米肖利茨又拍电报："太晚了。雨季。"桑德："回去。"1899年，米肖利茨消失了几个月，这好像让桑德更加烦恼，而不是更加担心。他在给朋友的一封信中抱怨道："也许米肖利茨被吃掉了——我们什么消息也没有。"米肖利茨没有被吃掉，他最终还是重新出现。桑德问候了一下他，然后命令他立即去哥伦比亚采集植物，尽管该国正处于一场革命之中。桑德曾将米肖利茨送往塔宁巴尔群岛，那是新几内亚岛西南方的一些偏远小岛。几个月后，桑德写信给米肖利茨，问他在塔宁巴尔发现了什么兰花。米肖利茨在回信中解释说，他已经成功找到了兰花，也成功地找到了当地人来帮助他采集，但是他遇到了障碍："一场大战已经爆发。晚间，人们把己方的死伤者带了回来。三个人被敌人斩首，其中一个还没了手和脚，以及阴茎——我把它放在最后，但同样重要；他们把阴茎和一只手挂在村庄的大门上。战斗过后，人们一点也不愿意去采集植物了。"

桑德和米肖利茨看起来像一对可悲的夫妻，但把他们吸引到一起的是他们都爱上了同一件事。对他们来说，一切都不如兰花重要，不如兰花有意思——甚至死亡和战争也不例外。在第一次世界大战即将爆发之际，米肖利茨写信给桑德，讲自己很担心迫在眉睫的冲突，但只是出于一个桑德当然会明白的原因："我想，如果发展成全面战争，对兰花的需求也就基本没有了。"几年后,弥留之际的桑德在陷入最后昏迷之前,给法兰克福的一名花园主管发去一纸便笺,上面的最后几行字米肖利茨也会相当欣赏:"这次的病就是我的终结了。告诉我,我寄给你的植物怎么样?它们还活着吗?"

有些猎手因为旅行了太长时间,变得离不开丛林了,在故乡反而成了陌生人。卡尔·罗贝林和当地女子约会,每去一个狩猎地都会学习当地的语言。几年后,他与一名缅甸女子在缅甸定居,只把自己收集的植物单独送回英国。查尔斯·沃特顿写了一本《南美漫游记》[1],宣称他在旅行中"感到了对皮卡迪利[2]无法抑制的厌恶",随后长期和奥里诺科印第安人[3]住在一起。至于塔宁巴尔、阿萨姆和伯利兹等地的居民对欧洲猎手突然到来并收割他们当地的花朵有什么感受,则没有任何记录。当地人经常会为猎手做向导。要是说大部分猎手除了利用他们发现花朵的能力外,对他们也很尊重,那或许不是真实情况。例如,约瑟夫·胡克鄙视他遇到的当地人;他称不丹人"古怪

---

[1] 查尔斯·沃特顿(1782—1865)是英国博物学家、探险家,现被公认为自然保护的先驱之一。他根据自己在英属圭亚那(现圭亚那合作共和国)居住探险期间的经历写成的《南美漫游记》(*Wanderings in South America*)被认为启发了少年时代的达尔文。沃特顿于19世纪20年代回到英国,在自家庄园上建立了世界第一个自然保护区。
[2] 伦敦的繁华街区。
[3] 居住在委内瑞拉的奥里诺科河三角洲及附近地区的美洲土著居民被称为瓦劳人(Warao)。

而无礼",说雷布查人[1]是"十足的懦夫",管卡西人[2]叫"阴郁、难对付的家伙"。对兰花的狂热通常会令人不顾最基本的礼仪准则,一些最恶劣的表现本质上就是欧洲殖民主义骨子里的那种傲慢和特权感,只是缩小一点的版本而已。在19世纪80年代后期,一个英国人在新几内亚的一座墓地里发现了一种新兰花。他根本没去取得许可,就挖开坟墓,把那些花朵采集起来。事后,作为破坏坟墓的补偿,他给被从地下掘出祖先的那些人们一些玻璃珠,还试图以此说服他们帮助他将植物运送到港口。这批来自墓地的植物运抵伦敦后,在一间奢华的拍卖行里以创纪录的价格卖了出去。在新几内亚的另一个猎手发现了一些在人类遗骸上生长的美丽兰花。他把它们采集起来,运到英国——还附着在肋骨和胫骨上。同一年,一株来自缅甸的石斛属植物在伦敦普罗瑟罗拍卖行被卖掉时,仍然保持它被发现时的原样——附着在一块人类头骨上。

有时,兰花被人发现并被带回欧洲,但后来这些品种在野外再也找不到了。它们被称为失落的兰花,每一位兰花爱好者、雄心勃勃的商业种植者和骄傲的猎手都决心要找到其中一种。胡子兜兰是失落的兰花之一。它是在19世纪初期在印度北部被发现的,然后似乎就消失了。猎手们走遍了印度和缅甸也没有找到它,但他们的赞助人不断地派他们回去继续搜

---

[1] 雷布查人(Lepcha)是锡金最早的居民。
[2] 卡西人(Khasi)是主要分布在印度东北部和与其毗邻的孟加拉国相关地区的民族。

寻。弗雷德里克·桑德的猎手曾经采集到几种兰花，看起来非常像兜兰，以至于桑德确定自己已经中了大奖。他将这些标本寄给植物学泰斗海因里希·赖兴巴赫[1]，后者检视之后认定它们是卡特兰属的，而不是那种失落的兜兰，并且给桑德寄去一张充满恶意和鄙夷的便笺，写道："别跟我谈论你愚蠢的卡特兰属——简直是些鸡毛蒜皮！"胡子兜兰最终于四十年后被一位猎手在喜马拉雅山脉重新发现。卡特兰[2]在欧洲的温室中曾经很常见，但是后来一株又一株地接连神秘死亡，最后，整个西欧只剩下一株了。没有一个花圃经营者和植物猎手还能记起来这种花最初是在哪里发现的。然后，保有那株唯一还活着的标本的温室起火烧毁，最后一株被驯化的卡特兰就此灰飞烟灭。猎手们在接下来的七十年里一直竭力搜寻，但好运没有眷顾，最后他们都或多或少地放弃了。在那最后一株卡特兰被烧毁七十年之后的一个晚上，一位英国外交官在巴黎的一次使馆晚宴上发现一位女士戴着的胸花很特别，让他想起卡特兰。他追查到了这朵花的源头——是在巴西，并确认了它确实是那令人怀念的卡特兰。不久，猎手们就可以给欧洲的温室重新供货了。不过，大多数失落的兰花再也没有被重新发现过。

进入19世纪后，兰花猎手掳掠的胃口越来越大。这在一

---

[1] 海因里希·古斯塔夫·赖兴巴赫（Heinrich Gustav Reichenbach，1823—1889），德国植物学家，被认为是19世纪德国最顶尖的兰花学家。
[2] 此处及此段剩余部分中的"卡特兰"不是指卡特兰属，而是专指Cattleya labiata这个品种，其中文正名也是"卡特兰"。

定程度上是出于贪婪和短视，也是由于植物运输极度不可靠，大多数运往欧洲的植物在抵达时已经死亡。于是，即便要让一点点植物在到达伦敦时还幸存，也需要采集巨大的数量。一位花圃经营者在1819年写给皇家园艺学会的一封信中指出，在运送给他的数千株植物中，只有少数经过旅途仍得以幸存。1827年，一位白教堂地区[1]的外科医生纳撒尼尔·巴格肖·沃德把一只毛毛虫放在一个玻璃罐中让它化蛹，然后很快就忘记了这件事。罐子里很可能有一点儿泥土，因为几个月后，当沃德想起毛毛虫时，他注意到罐子里冒出了一株微小的蕨类和几棵小草。沃德推测，如果将植物放在有一些水分的密封玻璃容器中，将它与伦敦肮脏的空气隔开，那么它有可能会茁壮生长；用这种方法，可能可以在连光线都没有的公寓里种植外来植物。随后，他拿了一个更大的罐子，在里面放了更多的植物，最终创造了一个非同一般的微型花园，引得景观设计师和园艺家都去他家欣赏。沃德医生弄了个室内丛林的消息传播开去，不久之后，一个装满蕨类植物的"沃德箱"就成了维多利亚时代客厅中的必备之物。沃德本人创造了最复杂的沃德箱，其中包括一个鱼缸、一个蕨类花园、一只变色龙和一只泽西岛蟾蜍。

沃德医生进一步推测，他的玻璃箱可能可以克服植物运输的困难。他在1834年建立了一个雏形，在其中塞满英国蕨类

1　白教堂（Whitechapel），伦敦东区的一个区域。

植物,将其送上前往澳大利亚新南威尔士的六个月的航程。这些蕨类在到达目的地时长势喜人。然后,他用密封的箱子将澳大利亚的娇嫩蕨类运回英国,它们也幸存了下来。沃德在1839年发表了一篇杂志文章,描述了他的沃德箱,又在1842年将其扩展为一本书,名为《论密封玻璃箱中植物的生长》。沃德箱被欧洲的园丁直接使用。如今,一千株植物中不是只有一株能在旅途中幸存了,而是超过九百株都能存活。沃德箱让一种新的植物学经济成为可能。人们可以将能盈利的植物(如茶树、烟草、西班牙栓皮栎[1]和咖啡树)从其原生的大陆转移到另一片大陆,从一个国家的一个地区转移到另一个地区。自然的边界就此融化,世界缩小到跟毛毛虫玻璃缸一般大小。在沃德箱中,约瑟夫·帕克斯顿[2]可以将一棵璎珞木从印度运到查茨沃斯庄园[3],约瑟夫·胡克可以将一批货物——成年阿根廷树木——从火地岛运到邱园。

虽然沃德箱改善了植物运输的条件,但大规模的掳掠仍在继续,英国的花园杂志也开始发布对清空丛林的行为的警告。一些热门的旅行目的地已经被严重破坏,基本不剩下什么

1　西班牙栓皮栎(cork oak,学名 Quercus suber)是软木塞的常用原料。
2　约瑟夫·帕克斯顿(Joseph Paxton,1803—1865)是英国园艺师、建筑师。
3　查茨沃斯庄园(Chatsworth House)位于英格兰德比郡,自1549年以来一直是德文郡公爵的庄园。当时帕克斯顿应公爵之邀,担任庄园景观主管。

花朵了；为了找到兰花和发现新的植物品种，猎手们前往越来越偏远地区的丛林，如泗水[1]、纳加丘陵[2]、伊洛瓦底江地区、雅浦岛[3]和法克法克[4]。他们没有放过东印度群岛的每一个岛，就像篦子一般。一位马来西亚植物学家在一本期刊里写道，他的国家已经几乎没有任何兰花了。1878年，一位瑞士植物学家写道："（收藏家）对采集到三五百个精美的兰花标本并不满意，还必须踏遍全国每一个角落，并且在周围数英里之内什么也不留……这些现代收藏家所过之处寸草不剩。这不再是采集，这是肆意抢劫。"一位从哥伦比亚回来的收藏家报告说，堇花兰属曾经繁盛的地方现在"好像被森林大火烧过一样，空空荡荡"。甚至连最难以到达的地方也挤满了兰花猎手。约瑟夫·胡克打算穿越阿萨姆的卡西丘陵，到达时发现已经有一大群人蜂拥而至。他写信给父亲："詹金斯和西蒙的猎手在这里，法尔康纳的手下有二三十人，洛布的手下有我的朋友拉班、凯夫，还有英格里斯的朋友，这里的道路像槟榔屿的丛林一样变得破破烂烂。连续几英里，腐烂的树枝和兰花散布在路上，好像是大风吹来的。法尔康纳的人几天前送出去了一千个篮子的东西。"当人们开始把植物从热带地区运往英国时，一

---

[1] 泗水（Surabaya）是印度尼西亚第二大城市，位于爪哇岛东北角。
[2] 纳加丘陵（Naga Hills）位于缅甸西北部和印度东部之间接壤的边境，属于喜马拉雅山脉。
[3] 雅浦（Yap）是在太平洋西部加罗林群岛中的一个岛，也是密克罗尼西亚联邦最西的一个州。
[4] 法克法克（Fakfak）是印度尼西亚西巴布亚省的一个城镇。

批包括大约五十株。玻璃价格十分昂贵,大部分温室面积都很小,五十株植物摆在里面已经很不少了。后来,英国在1845年废除了对玻璃征收的高额税款,从而开创了巨大植物房的时代,如邱园中的棕榈房用了4.5万平方英尺的浅绿色玻璃面板。收藏家和花圃经营者总是想要拥有更多,来者不拒。1869年,苏伊士运河开通,大大缩短了从非洲、马达加斯加和亚洲到欧洲的航程,让植物更容易活着抵达。猎手的工作做得越来越好,到19世纪70年代,每批植物会包括几千甚至上万朵花。在一次去哥伦比亚寻找齿舌兰属的探险中,四千棵树被砍倒,一万株兰花被从树上剥离下来。就连这个数字都很快被超越了。1878年5月4日,一位名叫威廉·布尔的英国种植者宣布,他即将收到一批创纪录的巨量货物——二百万株植物。

大部分兰花猎手的具体生活几乎都没有留下任何记录,只有他们为谁工作,发现了什么物种,以及——如果他们碰巧死于工作的话——是怎么亡故的。一位猎手写信给他的赞助人,说他尽管有很多发现,但仍然觉得自己会默默无闻地去世,什么都没留下,"除了一本会不会不朽还是个疑问的种子目录"。大部分猎手是德国人、荷兰人和英国人,大部分都很年轻,很可能没几个人成了家。当时的杂志没有提到过他们到底在什么地方成长,如何进入这一行,教育程度如何——如果他们上过学的话;没有提到过他们在环游世界还很难时如何做到的这一点，他们如何自学识别几乎不为人知的植物。显然，他们都极富冒险精神，身体强壮；他们也很明显都有很好的方向感，精通几种外语，并且能忍受孤独。他们主动选择了一种在通常意义上并不舒适的日子，也许完全没有家庭生活，很可能只有微薄的酬金。他们很有可能是逃离中产阶级习俗的难民。他们选择的生活将他们带到世界的各个角落，在那里他们能看到也许再也没有其他人会看到的东西，他们认为这些东西比人类想象的极限还更神秘、特别、美丽。18世纪的伟大旅行者探索文明世界的奇迹，这些成就是人为创造的，其实是人类战胜自然的体现。到19世纪，人类好奇心的方向改变了。犬儒主义的时代可能就是从此时开始的。工业革命证明并不是所有的人为进步都是完美的，其中有许多甚至可能很可怕。达尔文的同事阿尔弗雷德·华莱士[1]曾指出，英国工人阶级的生活环境无比悲惨，甚至远远不如他在亚马逊研究的"原始人"。相比之下，大自然显得纯净而迷人。伟大的旅行者开始离开文明，去探索自然世界。对人类创造潜力的迷恋让位于这样的问题：人类是如何形成的，是什么——如果这种东西确实存在——将人类与自然世界的其他部分区分开来？

不列颠群岛的本地动植物物种数量有限，而英国兰花猎手探索的地方却有着难以想象的无穷多种自然形态。维多利亚时

---

[1] 阿尔弗雷德·拉塞尔·华莱士（Alfred Russel Wallace, 1823—1913），英国博物学者、探险家、地理学家、人类学家和生物学家，与达尔文共同提出了自然选择理论。

代的人是不知疲倦的命名者和分类者,他们开始对在其他大陆发现的各种各样的生物进行分类。这项事业的中心是对兰花——植物各科中最宏大的成员——的定位、识别和分类。当现代生活开始变得混乱而令人困惑时,维多利亚时代的人在寻找宇宙中的秩序,建立一种大纲,可以组织对每一种生物的知识,也许同时在将人类存在的意义合理化。

兰花猎手十分重要,他们造成了重大的影响,但最终却不为人知。他们发现了数百个植物物种,却大多没有因此而被人铭记。世界上有许多地方是他们首先抵达的,但没有一处以他们命名。没有匾牌标记他们的登陆点,也没有人记得他们先于皇家委任的探险家走过了许多地方——发现这些地方的功劳却记在了后者身上。他们从最狂野的丛林中带出来的东西不仅华丽而惊人,而且对科学也是必不可少的。他们看到的世界比同时代大部分人都多,但是最终世界忘记了他们。我曾经认为约翰·拉罗什暴躁易怒、偏爱亲力亲为、有进取心,足以成为一位完美的维多利亚时代的兰花猎手,但我觉得,没有人会记得他的名字,这一点会让他大为怨愤。

第一株在英国盛开的热带兰花不是被专业的兰花猎手采集来的。它是一株紫花拟白芨,是一位叫彼得·科林森的布料商人于1731年在巴哈马发现的,这时离兰花狩猎发展到极盛还有一百年之遥。科林森回到英国时,把这株拟白芨属兰花送给了朋友查尔斯·瓦格爵士，后者把植物放在花园里，用树皮覆盖住其根部，以令其安然过冬。这株植物看起来瘦弱干瘪，但接下来的夏天它开出了一朵可爱的花。接下来几十年，把兰花带到英国的是殖民地行政官和采集花朵作为纪念品的归国传教士。皇家海军"邦蒂号"舰长布莱[1]从牙买加探险归来时带了一些。卡特兰于1818年来到英国，当时一位叫威廉·卡特利[2]的园艺家发现并培育了一些外表奇异的植物，而它们本来是一批运给他的苔藓和地衣的包装材料。在中国，兰花作为上流社会的雅好已有三千年的历史。世界上第一部兰花专著是赵时庚于1228年出版的《金漳兰谱》[3]。随后，王贵学[4]于1247年写成了《王氏兰谱》。在明代，兰花被用来治疗性病、腹泻、疖子、神经痛和大象的病。西印度群岛的人们使用兰花有很长时间的历史，他们服用某些种类的兰花以缓解食用腐败鱼类导致的尸碱中毒，还用假鳞茎作烟斗。马来西亚人用石斛属兰花治疗皮肤出疹、水肿和头痛。祖鲁人用兰花作催吐剂。斯威士人把兰花当作应对某些小儿疾病的药方。在南美洲，弯足兰属兰花被制成鞋匠用的胶水和小提琴弦的润滑剂。不过，在19世纪早

---

[1] 威廉·布莱（William Bligh，1754—1817）是英国皇家海军中将、殖民地官员。他任"邦蒂号"舰长期间，舰上发生叛乱，即为著名电影《叛舰喋血记》（*Mutiny on the Bounty*）描述的故事。
[2] 威廉·卡特利（William Cattley，1788—1835）是英国商人、园艺家。卡特兰属（Cattleya）即以他命名。
[3] 据《金漳兰谱》四库全书版赵时庚自序，此书成书于南宋理宗绍定癸巳六月，为1233年。赵时庚生卒年及事迹均不详，只知其系宋室宗族。
[4] 王贵学，字进叔，漳州龙溪（今属福建龙海）人。

期的英国，兰花是一种全新物种。当第一批热带兰花出现在英国时，它们只被看作稀奇的小东西。1813年，邱园收藏的兰花仅包括四十六个热带品种。

变化发生在1833年，这一年威廉·斯宾塞·卡文迪许在伦敦的一个小型展览中看到一株文心兰属兰花，决定开始自己收藏兰花。卡文迪许是第六代德文郡公爵[1]。他耳朵失聪，长期抑郁，还被怀疑血统不正，因为他父亲与妻子及其最好的朋友同居，并让她俩都怀孕了。不过卡文迪许还是获得了家传的贵族头衔。他总是独自一人生活，渐渐以"单身公爵"之名著称。卡文迪许是一位热忱而有鉴赏力的收藏家。他建立起了一个庞大的图书馆，拥有最初四版对开本和三十九本四开本的莎士比亚作品。他热爱植物，并在19世纪20年代担任皇家园艺学会会长。公爵的园丁是一位叫约瑟夫·帕克斯顿的农民之子，他被任命为公爵的查茨沃斯庄园的景观主管时只有二十岁。帕克斯顿有一种办成事情的天赋。受卡文迪许雇用后不久，他在查茨沃斯建造了二十个温室，其中一个名为"大炉灶"，是当时世界上最大的，长300英尺，宽100英尺，还铺设了7英里的加热管道。在工作之余，帕克斯顿发明了一种名叫"草莓裙撑"的小型网状装置，这是一种为草莓等植物设计的裙子，可以防止蛞蝓弹跳到浆果上。为了纪念他，一个流行的草莓品种被命名为"约瑟夫·帕克斯顿"，直到20世纪50

---

[1] 第六代德文郡公爵威廉·乔治·斯宾塞·卡文迪许（William George Spencer Cavendish, 6th Duke of Devonshire, 1790—1858）即前文查茨沃斯庄园的主人。

年代仍在种植。他将一种矮株香蕉命名为 *Musa cavendishii*，即"卡文迪许香蕉"。这个品种大获成功，帕克斯顿以此获得了英国皇家园艺学会的奖章。据说，帕克斯顿注意到查茨沃斯的一些中国墙纸图案中有一个很小的香蕉，由此受到启发，开始培育矮株香蕉。今天英国所有的香蕉都是约瑟夫·帕克斯顿的香蕉后代。

帕克斯顿最著名的成就之一与1837年在英属圭亚那发现的一株巨大的睡莲有关，他也凭借这个成就被授以爵位。那株睡莲当时被认为是世界上最大的开花植物，一位维多利亚时代的植物学家称其为"植物奇观"。它被发现后，整个英国园艺界都投入了在英国本土种出第一株王莲的竞赛。帕克斯顿赢了。他的王莲漂浮在查茨沃斯的一个特殊的池塘里，叶子直径长六英尺，花比一个卷心菜还大，闻起来像菠萝。这种植物的花期极为短暂，以至于维多利亚女王和阿尔伯特亲王都亲临查茨沃斯观看它开花。有一次，仅仅是为了好玩，帕克斯顿和单身公爵让帕克斯顿七岁的女儿安妮装扮成小精灵，站在漂浮于池塘中的一片巨大王莲叶上，给她拍照。站在王莲上的安妮·帕克斯顿的照片引起了巨大轰动。作家道格拉斯·杰罗尔德发表了一首诗，开头是："不会弯曲的叶子有着童话般的伪装/倒映在水中/许多心和眼爱慕它、赞美它/上面站着安妮，帕克斯顿的女儿。"墙纸、瓷器、织物和吊灯设计纷纷采用睡莲图案，在睡莲叶上摆姿势的孩子成了俗套的摄影题材。帕克斯顿不满足于仅仅让女儿站在叶子上。他发现叶子不仅可以承住安妮，五个发育良好的儿童站在上面也完全没问题，这相当于三百磅的负重能力。他在研究之后认定，叶片能承受如此重量的关键在于其主脉形成了一种悬臂桁架结构。1850年，帕克斯顿为首届世界博览会——万国工业博览会设计了一座壮观的玻璃建筑，即水晶宫。他基于承重能力出色的巨大睡莲叶设计了水晶宫的结构。水晶宫是一个占地十八英亩的展览馆，由纵横交错的铁架及其支撑的近三十万片玻璃板构成。在水晶宫建成之前从来没有过类似的建筑。水晶宫不仅出于审美，而且出于结构目的首次在建筑上的大规模应用，其巨大的玻璃拱顶堪称工程奇迹。在水晶宫里举办的展览令人印象深刻——一株两吨重、创下世界纪录的斑被兰，在金色鸟笼中展示的光之山钻石，裸体雕像，不寻常的陶器、钟表、织物、家具，以及一套来自德国的被摆成各种人类姿势的青蛙剥制标本；据说最后一件深受维多利亚女王喜爱。一些展品具有实用价值，如弗朗西斯·帕克斯推出了他新发明的全钢花园叉，让农民可以轻松地翻土。不过，水晶宫的大部分展品被当时的设计界视为有史以来最没有品味的垃圾。另外，帕克斯顿的水晶宫本身饱受赞誉，被称作"设计的胜利"。它成为维多利亚时代的建筑师和工程师心目中的完美典范，其结构元素在当代建筑中仍在使用。帕克斯顿如果没有研究睡莲叶的悬臂桁架结构，就永远不会建成这座玻璃和铁的宫殿。

单身公爵对文心兰一见钟情之后，就决心投身于兰花，指示帕克斯顿为他建立一套收藏品。十年内，帕克斯顿建立了英国最大规模的兰花收藏。帕克斯顿派他手下的一名园丁去狩猎兰花。1837年,这位年轻的园丁从阿萨姆给帕克斯顿送来至少八九十种欧洲人从未见过的植物,大部分是兰花,也有印度的一种特别的树,是原产于加尔各答的璎珞木。公爵对璎珞木的反应非常热烈,帕克斯顿在写给他妻子的信中描述道:"然后,我把我长久以来珍爱的璎珞木郑重地介绍给了公爵。我在此无法详细描绘这一重要的介绍过程是如何进行的,不过可以这么说,公爵下令将他的早餐端到那棵树所在的画廊厅,让我坐下来尽情诉说我对这珍宝的爱,而他自己在它旁边用早餐。"帕克斯顿为这棵璎珞木建了一个特别的温室,它在那里茁壮生长,不过从未开过花。尽管如此,维多利亚女王还是在1843年前来观赏它了。那一定是世界上最美好的夜晚之一。女王和王夫乘着马车穿过单身公爵的"大炉灶",而帕克斯顿为了迎接他们,用1.2万盏灯将温室照亮。

单身公爵的痴迷点燃了英国上流社会对兰花的热情之火,兰花热从此持续了数十年。兰花被视为财富、高雅和见多识广的象征;它们暗示着对大自然和海外领土的掌控;它们的珍贵使其成为上层阶级的美丽特权。每天都有非常多的新品种被发现,以至于收藏家永远无法休息——兰花是一种让人永远专注的事物。兰花开始流行之后,为它们支付的价格、为获得它们采取的手段以及它们被赋予的重要性,都散发出一种疯狂的气息。这种维多利亚时代的痴迷,这种"兰花谵妄",是一种贪婪的欲望。从强烈程度上讲,它类似于17世纪30年代的荷兰郁金香狂热，在 1637 年达到顶峰，当时一个名为"总督"的郁金香鳞茎在拍卖会上售出的价格足以买下一个农场产出的高价值产品，包括 6 车谷物、4 头阉牛、8 头猪、12 只羊、葡萄酒、啤酒和 1000 磅奶酪。价格最高的郁金香是那些带有漂亮彩色花纹的，当时被认为是质量优秀的表现，而现在植物学家们知道，那是由蚜虫传播的一种具毁灭性的花朵病毒的表征。荷兰的郁金香市场的影响远远超出了园艺界——它成了高杠杆的期货投机泡沫，很快就破灭了。

普通英国人负担不起兰花收藏、温室、园丁和雇用采集兰花的专业猎手的费用。拥有兰花是富人的特权，但对兰花的渴望却没有阶级之分，普通英国人也非常想要兰花。1851 年，一个名叫本杰明·威廉姆斯的人写了一系列文章，主张人人都有权拥有兰花。该系列被命名为《千百万人享有兰花》，最终结集成书出版，大受欢迎，不得不重印了七次。

英国人起初是差劲的兰花种植者，通常会种死手上的每一株兰花。1850 年，邱园园长愤怒至极地宣称英国是"所有热带兰花的坟墓"。不过就算 18 世纪到 19 世纪之交的大型花圃是坟墓，像布莱克和弗洛里、斯图亚特·洛公司、查尔斯沃思公司、麦克贝恩、桑德公司这些花圃也是宏伟的坟墓。它们配有手工玻璃面板，里面是一排排的锻铁植物架。到 19 世纪初，兰花种植技术取得了可观的进展，足以使培育措施更加可靠，英国的温室终于开始开花了。这些植物不再被种植在腐烂的木材和树叶的盆栽中，而是在更健康的培养基中生长。其中或许最重要的进步要归功于约瑟夫·帕克斯顿：英国曾经认为兰花是类似在丛林的环境中繁盛生长的，所以就将温室（他们称之为"炉灶"）充满蒸汽并烧得很热，几乎令人窒息。其实，大多数兰花更喜欢在丛林地表气候温和的地方栖息，如树上和山间岩石上。直到帕克斯顿使用凉爽、干燥一些的温室进行试验之前，英国兰花都是被"煮"死的。1856年，第一株人工杂交的兰花——用不同品种交叉授粉培育出来的植物——开花了。这些早期的兰花"骡子"震撼了植物界。据说，兰花种植者约翰·林德利[1]在见到它时高喊道："天哪！你们会把植物学家都逼疯的！"兰花育种者、植物学家、猎手和收藏家都是男人。维多利亚时代的女性被禁止拥有兰花，因为花的形状被认为太具有性暗示，有损她们害羞的体质，而且不论怎么说，在热带地区采集的费用、危险和对独立性的要求是超越任何维多利亚时代女性的理解范围的。长期以来，英国女性和兰花之间的关系一直不甚和谐。实际上，妇女参政论者在1912年摧毁了邱园的大部分标本。然而维多利亚女王是热忱的兰花爱好者。她创立了皇家兰花种植者的职位，任命著名种植者弗雷德里克·桑德担任。为庆祝她登基五十周年，桑德献给她一束七英尺高、五英尺宽的兰花，一位名叫洛厄的收藏家将一种新发

---

[1] 约翰·林德利（John Lindley, 1799—1865），英国植物学家、园艺家、兰花学家，长期担任伦敦大学学院植物学系主任。

现的兰花命名为"维多利亚石斛",以示对女王的敬意。维多利亚女王对兰花的喜爱增添了它们在英国和世界各地的魅力。1883年,福羽逸人子爵[1]建立了亚洲第一座温室,据说跟一座大宅一样大。子爵在里面摆满了兰花,是英国种植者(特别是弗雷德里克·桑德)给他寄到日本去的。1891年,在桑德的支持下建立起巨大收藏的罗曼诺夫家族封他为俄罗斯帝国男爵。不久之后,桑德自封了一个头衔——"兰花之王"。

1838年,住在伦敦的詹姆斯·布特将一株热带兰花寄给他住在波士顿的弟弟约翰·赖特·布特。约翰·布特非常喜欢这株兰花,要求哥哥多寄些来。他哥哥照做了。接下来几年,布特在波士顿家中收藏了大量的兰花。他过世后,这些收藏按其遗嘱被移交给了马萨诸塞州罗克斯伯里市的约翰·阿莫里·洛厄尔,后者又添加了一些植物,然后在1853年,洛厄尔将所有藏品卖给了他的乡下住宅的租户。在这个人手里,大部分兰花都死了。幸存的少数几株被分给马萨诸塞州沃特敦市的普拉特小姐和一个叫爱德华·兰德的波士顿人,后者再次扩大了收藏范围,培育出了一株据称有小洗衣盆大小的卡特兰属兰花。后来他在1865年卖掉地产,并将所有兰花收藏捐赠给哈佛大学。热带兰花就是这样来到美国的。它们马上就

---

[1] 福羽逸人(1856—1921),日本园艺学家、景观设计师、官员、农学家,曾担任新宿御苑植物园园长。

拥有了一群跟欧洲人同样狂热的崇拜者,美国收藏家很快就能与英国同行分庭抗礼了。新泽西州泽西市的一位名叫科尼利厄斯·范·伍尔斯特的收藏家于1855年购买了他的第一株兰花,而到1857年他已经积攒了近三百种兰花,其中包括一株大到几乎两个人都搬不起来的非洲豹斑兰。纽约州奥尔巴尼市的约翰·拉思伯恩将军于1866年开始收藏。他在1868年给一位朋友的信中写道:"植物和花朵令我非常愉快,以至于我染上了兰花狂热。我很高兴地说,如今这种病已经在这个国家传播甚广,我相信它将成为一种流行病。1867年,我为了成功种植这一科迷人的植物,专门为兰花建造了一座房子。"

1874年,爱尔兰卡里克弗格斯的简·肯尼堡小姐移居到美国佛罗里达州的塔拉哈西市。她带来了自己喜欢的许多物品,包括一些鹤顶兰,这是一种热带兰花,有时也被称为"修女的百合"。肯尼堡小姐在去世之前将这些植物交给了她最好的朋友——佛罗里达州长之女S.J.道格拉斯夫人,后来道格拉斯夫人又把它们给了女儿乔治·刘易斯夫人。刘易斯夫人的兰花过着悠闲舒适的生活。它们冬天住在刘易斯家的温室里,夏天在后院的橡树下晒日光浴。佛罗里达的气候很适合它们,让它得以繁衍生息。肯尼堡小姐的这批植物最终是什么结局并没有记录,但她的鹤顶兰被公认为是佛罗里达第一批在温室里栽培的兰花。越来越多的兰花随后到来。迈阿密、劳德代尔堡、纳兰贾、霍姆斯特德出现了兰花收藏家;棕榈滩和迈阿密的大庄园建造了兰花屋,雇请了常驻兰花管理员;1886年,博物学家查尔斯·托雷·辛普森博士[1]（他后来撰写了最著名的佛罗里达动植物手册）在比斯坎湾买下一片丛林，以每两棵树一株的密度种植兰花；"约翰·索尔的小河"等商业性兰花花圃在佛罗里达州各地如雨后春笋般纷纷出现。在像棕榈滩这样富人很多的城镇里出现了一些公司，它们提供盛开的盆栽兰花供一些特殊场合租用，并在主人不在时照顾他们的植物。

在人们的认知中，当时的兰花狩猎活动开始变得既可怕又浪漫。1939年，一位名叫诺曼·麦克唐纳的年轻大学预科生写了一本名叫《兰花猎手》的书，讲的是他和一个大学里的朋友如何在权衡之后放弃了收集猴子、鞣料云实、巴西棕榈蜡和短吻鳄皮的想法，转而决定去南美狩猎兰花。这本书开头的题词写道："在此警告缺乏想象力的头脑：不要试图按（这本书的）地图追踪兰花猎手的足迹。为了保持这一职业守口如瓶的传统，城镇和河流的真实名称已被特意更改。你大概不会想去那些地方，但是……"序言继续写道："这位年老的兰花猎手躺在枕头上，身体虚弱。……'你会诅咒那些昆虫，'他最后终于开口说，'你还会诅咒当地人。……白天的太阳将把你灼伤，夜间的寒冷会让你缩成一团。你会被发烧折磨，被上百种不舒服折磨，但你还是会继续。因为一个人爱上兰花后，为了

---

1 查尔斯·托雷·辛普森（Charles Torrey Simpson，1846—1932），美国植物学家、软体动物学家、环保主义者。

拥有自己想要的兰花,什么事都做得出来。这就像追求一个绿眼睛的女人或吸可卡因……这是一种疯狂……'"

佛罗里达的男人主导了美国的兰花狩猎。他们搜遍中美洲和南美洲,返航的船上总是有大量收获。他们在离家仅几英里的树林和沼泽里仔细搜索。法喀哈契沼林是个宝藏,在很久以前这里就像兰花超市。猎手从法喀哈契拖出好几千株兰花,堆在马拉的平板车上,装箱,运出,自己再返回法喀哈契,如此反反复复。1890年,两千株蝴蝶兰被从法喀哈契用火车一次性全都拉到纽约城;然后是整火车整火车的香蕉兰、美币兰和绶草。我偶然看到了一张这种供货之旅的泛灰老照片——两匹马,四个戴着太阳帽、穿着短袖衫的男子,两辆宽辐条的推车,车上装满了货物,看上去像是废弃灌木,但实际上是一堆堆兰科植物。佛罗里达的猎手在自家后院里发现了他们本希望在加勒比海地区发现的新物种。其中一些很可能是通过风、鸟或其他什么偶然的运输方式飞越海洋的,而佛罗里达南部正好是它们能自然生长的最靠北的地方。1844年,植物学家让-朱尔·林登(Jean-Jules Linden)在古巴发现了一种有意思的雪白兰花。这种植物没有叶子,根系发达,所以他给它起名叫"鬼兰"(Polyrrhiza lindenii)——"林登发现的有很多根的植物"。1880年,一位名叫A. H. 柯蒂斯[1]的植物探险家在法喀哈契沼林附近的科利尔县发现了一种兰花,跟古巴的那种兰花一

---

[1] 艾伦·海勒姆·柯蒂斯(Allen Hiram Curtiss,1845—1907)是美国著名植物学家,佛罗里达植物研究领域的先驱。

模一样，绝对是鬼兰。一段时间后，该物种在佛罗里达获得了一个俗名——鬼魂。

我在佛罗里达时，美国兰花协会在一个炎热的夜晚举行了一场黑领结晚宴，庆祝协会成立七十五周年。派对在棕榈滩的弗拉格勒宅举行，离协会位于西棕榈滩沃恩庄园的总部只有几英里，离我贴身跟随拉罗什期间经常住的地方也只有几英里。我觉得会有很多收藏家来参加这个聚会，所以很想去。这也意味着，我自从到佛罗里达以来第一次有机会穿好点的衣服了。之前我穿的要不就是沼泽地服装——这些衣服在达到其目的之后我就得扔掉；要不就是植物苗圃服装——宽大的卡其裤和T恤衫，永远沾满灰尘和护根用覆盖物。我带来了一件黑丝上衣和一条鸡尾酒裙，还没从干洗袋里拿出来。我拿不准曾经想象过的佛罗里达生活是什么样了，但我猜自己肯定期待过会有不少场合有鸡尾酒出现。结果根本不是这样。我住在父母在西棕榈滩的公寓——大部分时间我父母都不在那里——每天早晨起床，听一成不变的天气报告，拍上一些防晒霜，然后南下霍姆斯特德，或者向西横穿半岛到法喀哈契，或到迈阿密去，中途在好莱坞停一下，跟兰花种植者交谈、参观花圃、在塞米诺尔保留地见一些人、在树林里散步。我觉得似乎每天都要开车走一百万英里。我的右手食指由于频繁按收音机的扫描电台按钮而变得麻木，我开始做所有那些在炎热天气里旅行的推销员会在汽车里做的事情，像一停车就把地图平铺在仪表板上，大角度弯折遮阳板以获得最大的阴影，以及在车里放几件换着穿的衣服。我鼻子里总是充满花朵香甜的气味、肥料刺鼻的臭味和道路上融化的柏油的酸味。晚上，我回到西棕榈滩（一般带着一身泥），有时后备厢里会有一两株什么人硬塞给我的植物。我首先找找有没有人能让我把植物送出去，然后去高尔夫球场跑一跑（留心鳄鱼），同时思考当天听到的有关植物、佛罗里达、生活和其他事物的信息。西棕榈滩的大部分餐馆打烊比较早，所以我得非常抓紧时间，在一切餐馆都关门之前买到吃的。最晚关门的地方是一处露天购物中心的一家寿司店，它旁边是澳大利亚牛排馆、意大利咖啡店和泰国餐馆。在佛罗里达，我很多时候有些茫然，是那种陌生人的茫然。你听到、看到、闻到、摸到很多新事物，它们之间的界线开始渐渐模糊，融合成为单一的新奇而又陌生的感觉——此时，这种茫然就会浮现。我在佛罗里达有朋友和亲戚，但是待在那里的时候我基本上没有和他们见面。我感觉自己好像真的身处异国他乡，我没打算、也并不想认出我在这里看到的任何东西。

"美国兰花协会的晚宴"听上去似乎应该对拉罗什来说是一个巨大的商机，因为这些收藏家正是他心目中有朝一日会为他培育出来的鬼兰而失声惊叹的那群人，但是我知道就算有人给他一百万美元让他去参加这样的活动，他也不会去。不过，我还是打电话问他愿不愿意跟我一起去，其实就是想让他生气。另外，我并不真的想自己一个人去。我打电话给他的那天，他的心情很舒畅。"我，去那种派对？"他说，"他妈的门都没有。那些人讨厌我。他们认为我是罪犯。他们鄙视我。在植物界，我就是坏消息的化身。"他听起来很高兴，"他们想要我死。我是认真的。你以为我在开玩笑吗？跟你说，不是。老实说，我对他们也有同样的感觉。"

"所以你不跟我一起去吗？"

他哼了一声，别的事一个字也没说。过了一会儿，他挂了电话。

弗拉格勒宅是举办晚宴的好地方。它由金融家、石油巨头、迈阿密最早的开发商之一亨利·弗拉格勒[1]于1902年建造。房内有广阔的空间——就连侧翼都还有侧翼。自1959年以来它一直是一座历史博物馆，但身处其中，仍然可以感觉到当它还是住宅时有多出色。它像船一样呈方形，门廊有六根高耸的圆柱。里面房间很大，天花板很高，由沉重的房梁支撑。房子里所有的东西都闪闪发亮——闪闪发亮的抛光木头、闪闪发亮的抛光银器、墙壁和地板上闪闪发亮的镀金装饰花样。前草坪上为这次派对布置了星星点点、忽明忽灭的小黄灯，在湿热的夜晚显得明亮而又模糊。我开车到达时，宅子的半月形车道上

---

[1] 亨利·莫里森·弗拉格勒（Henry Morrison Flagler，1830—1913）是标准石油的创建者之一。这座房子是他给第三任妻子玛丽·莉莉·凯南（Mary Lily Kenan）的结婚礼物，因主体为白色，又名白厅（Whitehall）。

排满了修长、洁净、闪闪发亮的汽车,还有六个泊车服务生,穿着浆硬的白衬衫,打着领结,在门口和远方某处的停车场之间不停穿梭。我等着轮到我,看着前面的每辆车中先是弹出一个身着长裙、围着披肩的女人,然后是一个穿着笔挺黑色晚礼服的男人。那是个甜美的夜晚,月光明亮,棕榈树俯瞰着车道,投下的影子像巨大的手掌。草坪上满是露珠,闪闪发光。藏在草丛中的蟋蟀在鸣叫。大门不时会旋转开启一下,一阵乐团演奏的音乐随之散入夜空。

房子里面也有些令人眼花缭乱。几百人在门厅里四处走动,更多的人在走过招待处,兰花协会的几位主席在那儿互相握手,并向来宾介绍来自英国的名誉主席——曼斯菲尔德伯爵和夫人、斯克尔默斯代尔勋爵和夫人、阿拉斯代尔·莫里森和夫人阁下。这些英国女人穿着漂亮的蓬松连衣裙,色泽柔和,浅色头发朝头顶梳起,再盘成发髻。六七十张圆形餐桌在门厅里和俯瞰舞池的栏杆边摆开,每一张的中央都摆着不同组合的兰花。它们是由佛罗里达、加利福尼亚、泰国、泽西岛、夏威夷和荷兰的种植者捐赠的。门厅里有三个高平台,高度大约为房高的一半,每个平台的顶部是一个浴缸大小的黄铜碗,用粉红色、象牙色、淡绿色、淡紫色、柠檬橙色和纯白色的兰花填得满满当当。碗中的兰花是当天早上从新加坡空运过来的。无论站在哪里,空气闻起来都很香。一个服务生在人群中穿梭,手托一个盛着开胃小食的银盘,盘中央也有一簇兰花。我在兰展上认识的一个女人抓住我的胳膊肘跟我打招呼,然后低声说，她听说本来会有纯巧克力做的兰花作为甜点，但当天早些时候那些东西不幸融化了。

人们提前捐赠了晚餐后要拍卖的物品——一台古董老虎机、奥运会门票、古董手绘兰花碟、六株罕见的兜兰、一位著名兜兰艺术家绘制的兜兰图画、让皇家园艺学会的官方画家为你最喜欢的兰花绘制图谱的权利、将一种新的杂交兰花以你或你选择的任何人命名的权利。伊丽莎白·泰勒捐赠了六百瓶她名下品牌的新款香水，打包成小礼物送给客人。在拍卖品旁边，一幅她的大画像被摆在画架上。查看拍卖物品的队伍又宽又长，所以我只能在别人身后四处瞅瞅。我能看到，有人为兰花碟出价575美元，为自己最喜欢的兰花的图谱出价500美元。

在去我的桌子的途中，我看见曼斯菲尔德伯爵倚靠在墙上。他的妻子在招待处给我留下了很深的印象，因为她很漂亮，而她的手握起来感觉像婴儿爽身粉。曼斯菲尔德伯爵身材非常匀称，一头闪亮的白发，戴着黑色塑料眼镜，脸上带着心不在焉的愉悦表情。他当时一定从招待处逃脱了。他的头现在有点下垂，他正在做鬼脸，转动肩膀，但不知为何还能不让手中杯里的酒洒出来。我打了个招呼，他看上去精力充沛，开口对我说："没有什么能比一杯美式马提尼让人感觉更好了！"他邀请我过去和他一起靠在墙上。过了一会儿，他说他刚做了个小手术，正在恢复期，而且刚完成了一次非常愉快的旅行——在西班牙跟好朋友去打猎，然后在瑞典跟好朋友去打猎,然后拜访意大利的好朋友,然后拜访巴巴多斯的好朋友。他问我收集哪些物种,我向他承认自己只是兰花世界的旁观者。他叹了口气,说他对兰花的痴迷完全开始于一个朋友从哈洛德百货[1]买的送给他的一株兰属兰花,他自己可是无辜的。"在那之前,我跟兰花从来没有任何关系。我把那兰花放在我的小温室里,很惭愧,它……死了。然后在1971年,我搬到了苏格兰,然后,天哪,我居然开始收藏了。父亲那里留下一位老园丁,他喜欢芦笋和西红柿,却根本不喜欢兰花,所以我总得提醒他。"

伯爵现在看起来精神抖擞。他提到自己有个小酒厂,生产皇家洛赫纳加特别珍藏单麦芽威士忌。一个服务生路过,伯爵挥手把他叫过来,用手里的马提尼换了新的一杯。在这个过程里,服务生一动不动地站着,莫名其妙地看上去比较羞怯,直到伯爵朝他使个眼色示意才走开。然后伯爵转过身来找我。"我们一旦开始涉足兰花,就再也不回头了。"他说,"我变得非常爱它们,您知道吗。我喜欢它们,因为它们有些邪恶,有些神秘,您不觉得吗?开始的时候,我发现很难让它们开花;而真的开花的时候,那是非常大,非常大的胜利。它们是非常非常巨大的挑战。它们会生闷气、噘着嘴、不理你。但是我跟兰花的关系一直在发展!我在庄园里建了一座特殊的兰花屋,有三种气候,全都由电脑控制,这样我就可以拥有不能容

---

[1] 哈洛德百货(Harrods)是一家位于英国伦敦骑士桥的百货商店,拥有近二百年历史。

忍彼此的气候的品种了。我在电脑上存了每一株植物的所有信息——来源,开花时间,所有细节。"

我问曼斯菲尔德伯爵他靠什么为生。他说,在1981年之前,他一直是玛格丽特·撒切尔政府中的国务大臣,也是上议院议员。"现在我——我想您可以说我退休了。"他说,"如果可以的话,我情愿每天都待在兰花屋里,但职责仍在召唤,难道不是吗?"他指了指招待处,然后评论了一会儿门厅的花卉布置。嘈杂的人群渐渐安静下来,乐团正在就座,这意味着晚饭时间到了。伯爵挺起胸膛,然后做了一个鸡抻脖子似的动作——男人们这样做是为了让喉结从领子里解放出来。"您说您一株兰花也没有,是吧?"他问,"像您这样的年轻女士可以现在开始收藏,等您到了我这个年纪,就会获得很大很大的成就。"他自己开始还不到三十年,已经积攒起了苏格兰规模最大的收藏。

"您的哪个孩子拥有兰花?"

他笑了,说:"我有一个三十九岁的儿子,我很确定他想把我的兰花搞到手。我觉得他挺期待我死的。"

太美了

转天我打电话给拉罗什,跟他讲了晚宴和我在那里看到的花、遇到的人。那时我已经比较了解他了,很确切地知道他会说出什么话来,用什么语气说。那天我打过去的时候是在中午,其实无论在一天中的什么时间,拉罗什接起来时,听上去总是好像在沙发上看比赛睡着了,现在刚被叫醒。我觉得我其实从来没把他叫醒过。让我这么想的是他低沉、沙哑的声音和他的举止——昏昏欲睡、易怒、多疑,就像税务稽查员。他一旦确定是我在讲电话,音量就会陡然升高,马上就开始抱怨我不守承诺,没有打电话给他、见他、在什么地方跟他碰头。这些抱怨从来都不是真实的。我在佛罗里达除了跟着他到处走,没有任何其他事情要做。一个明显的事实是,他是我到佛罗里达来的唯一原因,而我很多时候非常想家。安排好计划时我总是感到兴奋,尽力按计划执行。其实,是拉罗什一直丢下我不管。当我第一次见到他时,他的指控令我不安,但我最终说服了自己不再去理会。我打电话给他那天,他含糊地勉强跟我打了声招呼,然后开始责怪我没有早点打来。他说完之后,我跟他讲兰花协会的聚会,我说完之后,他清了清嗓子说:"今天下午我要去劳德代尔堡参加一场小型兰展,如果你想来就来吧。只是个小展会,不过很可能有点好玩的东西。"然后他告诉我怎么去战争纪念礼堂,那是展会举办的地方。

如果在我某次去佛罗里达期间有兰展举行,我总觉得很幸运,但实际上各种各样的植物展会、园艺界会议和植物讲座无时无刻不在举办。迈阿密的报纸总会刊登一份清单,列出本地本周即将举行的有关植物的活动。例如,在那一周要办的有热带开花树木协会的会议,南佛罗里达蕨类植物协会的讲座("如何为展会修剪蕨类植物"),劳德代尔堡兰花协会的会议,稀有水果委员会的讲座("移植成熟的热带果树"),南佛罗里达凤梨科植物协会的展销会,以及黄金海岸兰花协会、佛罗里达本地植物协会、南佛罗里达兰花协会("加利福尼亚的兰花趋势")、南戴德园艺俱乐部、劳德代尔堡晚间花园俱乐部的会议。在佛罗里达,植物到处都是,就像钱一样。植物就是钱。无论我开车到哪里,都会经过跟火车站一样长的温室、在锈迹斑驳的皮卡车上售卖的盆栽棕榈、圣诞树农场、兰花农场、室内植物农场、草皮农场、移树公司(给我们打电话:930-TREE!)、路灯柱上张贴的植物广告("棕榈低价出售"或"芒果树和香蕉树请往这边走")、载着跟车一样长的棕榈树的平板卡车(树干用平纹白细布裹着,看起来像赛马的腿)。如果你不喜欢植物,在这里会很孤独。

与拉罗什交谈后,我准备了一下,然后开车去劳德代尔堡的大礼堂等他。我一开始没看到他,于是去街对面的一家古董店逛了逛,里面没有早于1968年的东西。我可以从商店临街的窗户看到人们在进进出出礼堂。出来的每个人都拿着一个袋子或盒子,植物的顶端从开口探出来。最后,我看到拉罗什的面包车从立有"出口专用"字样标牌的路口开进停车场,开过用来标示可以合法停车的边界的交通锥,最后停在一处有树荫的地方。我走出商店,穿过马路去找他。我走到他面前时,他倚在面包车的门上,脸色苍白,看上去更瘦了。我打了个招呼,问他是否还好。"当然不好了,"他不耐烦地说道,"我他妈要死了。"他不愿意说他怎么就要死了,所以我们只是沉默地站在那里,直到他抽完烟,然后走到礼堂入口。

门票是六美元。拉罗什看着我。"你搞不到免费的票吗?"他问。

"免费?我怎么搞到免费的?"我说。拉罗什皱皱眉,然后走到我前面,对售票员说:"嘿,给我们两张票怎么样?"售票员轻笑一声,伸出手,掌心向上。"我们是在搞研究。"拉罗什坚持道。那人的手没动。礼堂的门打开,一对夫妇走出来,离开了展会。男人背着满满一箱植物,在调整背带。他们走过我们时,他在说:"我真不喜欢卡特兰,迪迪!"她摇摇头说:"好吧,我真不喜欢兜兰,菲尔!"一股热气吹来,坐在桌子上的一张展会简介飘起,然后仿佛叹了口气一般,软绵绵地落在地上。我们身后形成了一条不耐烦的队伍。我数出十二美元,放到售票员手里。拉罗什把票根丢进抽奖箱,推门进去。

兰花展位沿着礼堂四边布置,中间也有几排。在正中央是两个岛式展台,参展商在这里布置了展示。拉罗什指着身旁的一个展示告诉我,这次展会的主题与马戏团有关。那个展示里,兰花被摆在一个微型摩天轮上,周围簇拥着玩具小丑,马戏团动物组成的场景分散其中。我们开始顺时针参观,经过的第一个展位上方有条横幅,上面写着"跳舞的娃娃——粉红秀宝贝!香!",展位是一张长桌,摆满了塑料花盆。大部分植物都很小,叶子刚冒出一点儿尖来。有一棵高大的在展位后面,有长长的拱形叶子,开了一朵花,形状像畚箕。叶子是有些发黑的绿色,花本身是有光泽的黄色——就是刚打好蜡的出租车那种黄色——上面散布着好几百个深紫红色的斑点。斑点略呈卵圆形,一串串排成弯曲的线,看起来好像是有人一边旋转花朵一边喷上去的。盯着这斑点图案令人有些眩晕。长时间地盯着,就有催眠的效果。一段时间后,它使我眼后的肌肉发麻。拉罗什探身过来,斜着眼看它。他把花捏在手里,翻来覆去地看。"这东西真是漂亮极了。"他最后开口说,"跟染料厂爆炸了似的。你知道这是怎么发生的吗?它的染色体全他妈都乱了。这就是这种叫人恶心的图案是怎么来的。日本人喜欢这种。在日本这很可能会引起巨大的轰动。"他深吸一口气,"如果我培育出一种黑色的兰花,紫色的闪电图案贯穿整个花瓣,那我就永远不用再工作了。"

一位穿着紧身粉色短裤的女子在桌旁站住。她瞪着拉罗什手里的花。"这个怎么弄出来的?"她问他。负责这个展位的经销商过来了。女人对他说:"有件事我必须得问你。我的兰花都无精打采的。我哪里做错了?它们的状态太不好了。我一直在给它们用开花促进液,但它们还是无精打采的。"

经销商说:"不要用太多肥料之类的东西。这就像吃得太多,然后产生了进食障碍。跟暴饮暴食一样。"

"但是我觉得开花促进液……"

经销商皱着眉头:"好吧,人们都觉得开花促进液是个奇迹,不过亲爱的,它不是。"

她噘起嘴唇:"我明白了,我明白了。谢谢。现在,我看看,在什么地方有一种闻起来像巧克力的兰花,我想去找找。"

拉罗什轻轻地拍了下她的肩膀。她转过身。他说:"这不关我的事,不过还有一种闻起来跟葡萄味果汁似的,你也应该去看看。"

它们有精彩而奇妙的名字:金圣杯、卡斯妈妈、马基小熊、金佛喜悦树莓、迪迪的肥嘴唇。兰花最初被带到英国时,被认为是一个成员数量较少但非常不寻常的植物科。后来该科新发现的物种数以万计,这促使人们重新考虑兰科的本质。实际上,要记录所有新发现的兰花几乎是不可能的,因此一个正式的注册记录机构于1895年建立,现在由皇家园艺学会管理,并一直为全世界的兰花学家所用。新物种通常由发现者或实际发现者的赞助人命名,或者,如果是杂交品种,那就由首先创造它的人命名。国际兰花品种登录机构现在保存了超过十万个物种和杂交种的名称,并附有解释。

"石蟹兰属(Carteria):于1910年献给普莱森特格罗夫市的J. J.卡特(J. J.Carter)先生,他是第一个注意到它的人。"

"鹳喙兰属(Hofmeistera):我将这个属献给一个最友好、最杰出的人:W.霍夫迈斯特(W.Hofmeister)。我认为这种植物显眼的花粉、美丽的带螺纹的小细胞、奇妙的花被之网,都是微观尺度上的奇迹,所以把它献给显微镜专家霍夫迈斯特是正确且恰当的。"

"寄树兰属(Robiquetia):纪念法国化学家皮埃尔·罗比凯,他有许多重要发现,包括咖啡因和吗啡[1]。"

"瓢柱兰属(Orleanesia):纪念欧尔伯爵、奥尔良王朝的加斯顿亲王,巴西杰出的花艺爱好者和赞助人[2]。"

一些兰花因其外观而得名。鬼兰有许多根。它的正式属名是索根兰属(Polyrrhiza),这是希腊语"许多根"的意思。一个花朵下垂、花瓣松软的属被命名为铠兰属(Corybas),这是女神库柏勒[3]的侍从的希腊名字,他们陪她疯狂地跳舞、享乐。一些兰花的得名源于复仇。在20世纪60年代末,一个美国

---

1 法国化学家皮埃尔·让·罗比凯(Pierre Jean Robiquet,1780—1840)最重要的发现有天冬酰胺(第一种被发现的氨基酸)、茜素(常用染料)、咖啡因、可待因等。
2 路易·菲利普·马利·斐迪南·加斯顿(Louis Philippe Marie Ferdinand Gaston,1842—1922),法国奥尔良王朝的国王路易‐菲利普一世之孙,他与巴西帝国皇储伊莎贝尔公主在1864年结婚。
3 库柏勒(英文作Cybele)是弗里吉亚(安纳托利亚历史上的一个地区,位于今土耳其中西部)人所信仰的地母神,类似希腊神话中的大地之母盖亚。

人——在这里我就管他叫约翰·史密斯好了,在巴西发现了两种文心兰属兰花。一种大而美丽,另一种则微不足道。史密斯向一位巴西男子承诺以他的名字命名其中一种,以此说服他为自己收集这些植物并克服种种困难把它们运到港口。史密斯确实做到了,但以巴西搬运工命名的是微不足道的那种文心兰,不是引人注目的那种。几年后,巴西的兰花育种者用史密斯的大而美丽的文心兰培育了一些杂交品种,最初两种被命名为"贪婪的外国佬"和"大坏蛋约翰"。

商业种植者通常以朋友、关系良好的客户或他们最喜欢的名人来命名新的杂交品种。弗吉尼亚的一家名为查德威克公司的花圃最近注册了一个叫"希拉里·罗德姆·克林顿'第一夫人'"的杂交品种。为向美国兰花协会成立七十五周年庆典晚宴的主席伊丽莎白·泰勒致敬,一种蕾丽兰被命名为"伊丽莎白之眼"。"杰基·肯尼迪"兰花是雪白的,有紫色的边缘;"理查德·尼克松"是淡灰色的,带有棕色的斑点。有一种兰花叫"南希·里根";有一个杂交品种以美国作家琼·狄迪恩的女儿命名;还有一个杂交品种叫"拉贾的红宝石'贝比的宝贝'",是其培育者——布鲁克林道奇棒球队球员贝比·赫尔曼起的名字。日本小提琴家铃木镇一开发了一套向儿童教授音乐的方法,伊利诺伊的一名兰花育种者用他来命名一个新的蝴蝶兰属杂交品种。我在佛罗里达遇到了许多名字成为兰花名的人,那些品种都是由佛罗里达的花圃经营者鲍勃·富克斯和马丁·莫茨命名的。有一次,我和一位叫霍华德·布朗斯坦的兰花评审一起参加展会,他指着其中一株植物大叫道:"我的天,多出色的'霍华德·布朗斯坦'!"霍华德·布朗斯坦还说,这是他见过的最好的"霍华德·布朗斯坦"之一。他见到过很多,因为这个杂交品种很受欢迎,是他的朋友鲍勃·富克斯为他培育并用他的名字命名的。

我们走过各个展位,拉罗什给我讲解。"我曾经非常喜欢这些。这是蝶唇兰……蝴蝶兰。我曾经爱它们爱得死去活来……那是章鱼兰,一种可怜的小东西……看这个硬邦邦的、黑不溜秋的东西,这是兜兰。你想想看,如果你生活在维多利亚时代的英国,那时候说起一朵花,人们想到的就是雏菊,而你却把这个黑的、橡胶似的、有个帽兜的东西放在房子里,那你可就牛了……哦,那儿有人是做蕨类的。它们难道不美吗?太美了。有一段时间我在收集蕨类。它们不好养。它们喜欢去死。这就是它们最喜欢做的事。'我们今天干什么?嗨,我们去死吧!'塞米诺尔人的土地上有很多很棒的蕨类。我要放一些在花圃里。我想我们可以赚一笔小钱。……你喜欢这个吗?我前妻曾经种过这些,所以每次看到它们,我都会感到有点恶心。我们为什么分手?我要是知道那可真是见了鬼了。为什么人类会有分手这件事呢?其实,我们分手是因为她可以一口气听完一张感恩至死[1]的专辑的一整面,而我不能……快点!这是什么?我刚指给你看过。章鱼兰。容易分辨,注意花瓣,形状像小贝壳……这个形状很奇怪。瞧这长长的管子。蛾子用特别长的舌头给这个花授粉。它们跟鬼兰一样,靠巨大的天蛾传粉。那是特别大的蛾子。有一次我在法喀哈契,有一只不知打哪儿飞出来,撞在我脸上,然后我像一个小女孩一样开始尖叫。"我们停在一株兰花前,它的顶部是一片浑圆的花瓣,而两侧又各伸出一片又瘦又长的花瓣,还卷曲成螺旋状,非常显眼。花朵每部分的颜色都不同——可可色、铁锈色、金黄色。在我看来,它像一只坐在汽车里的卷毛狗的侧脸剪影——车窗打开着,风将狗耳朵从脸上向后吹起。拉罗什用手指捋着一只卷曲的耳朵,说:"想象你自己是这种植物。你为什么会有这样的花瓣?这是有目的的,一切都有目的。我用想象力去信仰植物学。我设法让自己站在那株植物的角度,去弄清楚这些问题。只有杂交品种拥有没有真正目的的特征,因为它们是被人拼在一起的,变成了一种不自然的东西。杂交很酷。你是上帝。你让植物做爱。这是一种人造的爱好。"

"有自然产生的杂交种吗?"

"几乎没有。"他说。

"为什么?"

他哼了一声:"好吧,你再无聊也不会去和大猩猩发生关

---

[1] 感恩至死(Grateful Dead)是一支1965年成立的美国摇滚乐团,与嬉皮士运动紧密联系在一起,有大批死忠歌迷。

系,对吧?"

— ❦ —

我们现在在克隆大厅,拉罗什说,这屋子里充满了人工制造的基因。现在我们看到的兰花中有一些是从种子或插条种出来的,但大多数是实验室产品。克隆植物如今很普遍,但直到20世纪50年代末这种方法才被发明出来,当时法国植物学家乔治·莫雷尔为了弄清如何种出无病毒的马铃薯而开发了这种方法。莫雷尔发现,如果将一株马铃薯生长最旺盛的部位的细胞放在生长培养基里,并给予激素和化学刺激,细胞就会开始分裂。植物细胞都是未分化的,除非它们感受到重力和热度,从而朝向地面或太阳;朝向确定之后,一些细胞就会长成根,另一些长成叶,而还有一些则长成茎。莫雷尔意识到,如果不断搅动、旋转培养皿,那么这些细胞会分裂,但不会分化——它们会继续分裂成更多的这种基本细胞,却不会发育成植物。他让这些细胞分裂成几千个基本细胞,然后停止摇动培养皿,将它们分成较小的团块,再把这些小团块放在另外的生长培养基里,不过这次让培养皿静止。过一段时间,小团块就长成了几千株完整的植物,而每一株都有和原始植物分毫不差的基因——它们被称为原始植物的克隆。莫雷尔有许多研究生帮助他进行马铃薯克隆实验,其中一个叫沃尔特·伯奇的年轻人恰好是兰花爱好者,还恰好正在和一个在一家著名法国兰花公司工作的女孩约会。伯奇尝试着将莫雷尔的克隆技术应用于兰花，发现对许多品种收效良好。就这样，兰花成了第一类被大规模克隆的观赏植物。

在克隆技术出现之前，繁殖兰花需要很大的耐心。从种子养成兰花需要很长时间，因为它们很少形成种荚，而且种子需要七年才能长成完整的植株。兰花也可以分株——就是说，一株植物可以分成两株，最多三株——但这样的增长速度不甚令人满意。克隆技术重塑了兰花收藏的本质。现在可以迅速、大量地繁殖大多数品种，产品还具有一模一样的基因，这反过来又使以合理的价格出售这些植物成为可能。兰花过去只住在野外或百万富翁的温室里；通过克隆，它们可以变得差不多跟雏菊一样普通。最好的兰花当然还是要花大价钱。一株展会级品质的贝司南美兜兰价值五千美元甚至更高，而无法克隆的品种仍然很稀少——如构兰亚科，要花一大笔钱才能拥有。然而，许多品种可以在实验室中创造并海量生产，有绝对一致的基因。兰花育种者可以像巫师的学徒似的，将一株植物复制成几百几千株，甚至更多。理论上复制的数量没有限制，完全可以将一株美丽的植物克隆，变成一百万株。

门票票根抽奖的结果宣布了，我们没有中奖。"真的有一种兰花闻起来像葡萄味果汁，"拉罗什说，"我真的很想找到那个狗娘养的。"他挨个展位找，斯图尔特兰花、兰花人、山景兰花、亚历山德拉的兰花、黄金之乡兰花。"我们首次推出这种奇妙的长萼兰属橙色兰花!"来自夏威夷的一位种植者的标语上写着:"所有植物七折。我不想带它们回家!"来自委内瑞拉的一位种植者卖一百美元一株的卡特兰属兰花,他说:"这些花充满诗意。它们水平生长,因为它们想回到委内瑞拉。"各个展位都围着很多人,他们抚摸着茎、叶子、花瓣,把钞票和信用卡推过桌子,指着植物说"想要,想要,想要!""连看都不要让我看到那个""我应该穿紧身衣来这种展会";他们中有老人、年轻人和中年人;夫妻俩一边低声交谈一边同时盯着一株植物,母亲们推着婴儿推车,俯过身去看桌子上的植物;他们身上是白色风衣配高档鞋子,或者是带有兰花图案的开襟毛衣,或者是印着上百朵小卡特兰的丝绸领带,或者是精致的银丝兰花耳环和胸针,或者是正面有丝印兰花图案的短裤和T恤。他们首先闭上一只眼睛,用珠宝商查看宝石的方式近距离查看植物;其次退后一步,歪着头再看一眼,像是美术馆负责人研究绘画的样子;最后付款,脸上笑开了花,有点疯疯癫癫的,像是中了大奖一般。

拉罗什停在角落里的一个小展位旁边。"这个可够古怪的。"他对我说。他指着一排小陶罐,大约只有拇指大小,每个小罐里是一团鳞状的灰绿色根,没有叶子,没有花。拉罗什瞥了我一眼,说:"难道不漂亮吗?"他在开玩笑,我想。他拿起陶罐给我看,植物细小的根在颤抖。"这是一种亚洲的鬼兰。看上去很可怜,但很稀有,因此很抢手。你对这些该死的兰花特别入迷了之后,就会开始觉得它们看起来都很漂亮。"

他说,"这是这种病的一部分。"

一名背着一个婴儿的年轻金发女子也停在这个展位,站在拉罗什旁边,扫视着桌上的植物。

"瞧瞧,"他拿起一个陶罐对她说,"这难道不漂亮吗?"

"太美了。"她说。

拉罗什指着这些鬼兰大声说:"哦,这些植物看起来真是太惨了。它们一定是要死了!"经销商一直在桌子的另一头忙着收一个顾客的货款。他猛地转过头来,瞪着拉罗什。

拉罗什扬起眉毛说:"对不起,哥们儿。"

年轻女子把植物在手里转来转去,用手指捋那些根,然后把它们分开一点,这样就可以看到罐里面是不是还有更多的部分。

拉罗什看着她,然后问:"你喜欢吗?"

"我真的很喜欢。"她说,然后犹豫了一下,"我的意思是……它……它有点……不一样。但我真的很喜欢。"

"虽然它是个丑陋的小东西,但你还是喜欢它。"拉罗什说,"它没有花,没有叶子,它开花时很可能也还是现在这个样子。"他的嗓音很温暖。她点点头。"我知道你为什么喜欢它,"他说,"这就是这种病的一部分。"

在这样的地方和拉罗什在一起是一种神奇的体验。人们会注意到他。他的外表引人注目。他可能有全佛罗里达最不古铜的肤色,瘦削的身形让他的身体看起来像是插在地上,而不是从地上立起来。在劳德代尔堡的展会上,他穿的罩衣几乎完全褪成了白色,挂在他身上就像衣服晾在晾衣绳上一样。他的眼睛几乎没有颜色,加上门牙都掉了,让他看起来像个鬼魂。但即便如此,人们似乎还是喜欢他。他在礼堂里时几乎一直在和别人聊天。有些人看过我在《纽约客》上写的关于他的报道,凭着对杂志上的照片的印象认出了他,于是,他们走过来,跟他说一些关于那篇文章的友好的话,这让他很高兴——他会回答"是的,那是我,是我偷了那些兰花",并自豪地谈论那桩案子。或者,他会自发向经销商或观众发表评论,或者大声讲下流话,这总是会给他招来一些目光,通常还会有人过来攀谈。他一直在说话;他对一切都懂一点,要不就是很善于装成这样;他能随口说出一大堆拉丁名和植物学知识,而在我们参观展会的过程中,他开始热心地教我这些东西。他永远不会停止令人困惑。我总是对人们喜欢他的程度感到惊讶。他们喜欢他,尽管事实证明他厌恶人类,而且他也没有任何一般意义上受人欢迎的品质,如人们通常认为的好看的容貌、温和的举止、宜人的性格;他的幽默感具有冒犯性且略带色情意味;他习惯迟到,经常承诺做不到的事。我认为,他们喜欢他,是因为他可以像对待自己的问题一样认真对待他们的问题,还因为他的自信具有感染力——他使人们感到自己天生就能做正确的事情。他甚至可以说服你,让你觉得如果错误的方向是你唯一的选择,那它就是对的。在劳德代尔堡展会几周前,有一次我想和拉罗什谈谈。我住在父母在西棕榈滩的公寓,他住在北迈阿密,所以我们安排在两地中间的一个地方见面。我告诉他我必须早点见他,因为我妈妈和我一起在佛罗里达,我得借她的车,而我不想让她一天都困在家里。拉罗什很肯定地说,他总是在黎明时分起床,可以在早上七点半左右见我。他还承诺会想一处好找的地方跟我见面,并在早上打电话告诉我怎么去。他甚至提出打电话叫我起床。我早上六点半就醒了,然后在高尔夫球场上短暂地跑了跑,回来洗澡,换好衣服。到十点我还是没等来他的电话,所以最后还是给他打了过去。他父亲接的,说约翰正在睡觉,如果把他叫醒了,他可能会很生气。拉罗什给我回电话的时候已经快十一点了。在我严厉责问他之前,他抢先宣布说他觉得还是不要和我见面了,因为我是和妈妈一起来佛罗里达的。"我的意思是,她怎么说也是你妈妈,"他说,"我的意思是,那很重要。你不是每天都能见到妈妈的,你知道吗?听着,咱们这么办。我认为你应该和妈妈出去玩,带她出去好好地吃顿午餐或早午餐,享受美好的一天。你明天再打电话给我,我告诉你怎么安排,我们会见面、谈话的,一切都没问题。"他非常确定这是正确的计划,甚至说服了我这不仅是正确的计划,还是我自己可能一直想做的事情。

当我们在劳德代尔堡的展会里走来走去时,他说了一些最难听的话——比如,我问他现在的女朋友是做什么的,他说:"她是个婊子。"然而一分钟后,他开始吹嘘说她聪明绝顶,在做现在的"迈阿密潜艇"连锁餐馆公司的销售职位之前,曾经上过医学院。和往常一样,他讽刺每个人、每件事,但随后他讲起自己和已故的母亲一起进入法喀哈契的一次旅行,又变得多情而悲伤。他们走到一片空地上,突然沼泽中出现了这些东西:一片开满了明黄色睡莲的池塘、一只水獭、一只北美黑啄木鸟和一只凝视着池塘的美洲红鹳。我已经习惯了他身上的种种矛盾,但他仍然能让我困惑。他总是逼得我不再信任他,然后又变得似乎可靠得令人吃惊;他总是逼得我认为他是个怪人,然后又展示出一些一点儿也不古怪的品质。我第一次见到他时,他告诉我他发现了世上唯一的宝石级化石珍珠,扯得天花乱坠,以至于我忍不住去调查了,结果没有一个我采访过的人说这事可能是真的。我真的很想正面质问他这件事。有一次他又提起来,但在我正要诘问他时,他说:"你知道我为什么这么爱那颗珍珠吗?因为只要我还拥有它,那就好像我还拥有得到它的那一刻。我找到它的地方是最原始的大自然,现在已经没了,已经全被开发完了,树林没了。我找到它的时候还有老婆,现在她是我前妻了;当时我还有妈妈,而她现在已经死了。但是,拥有那颗珍珠就像还拥有那一刻,我妈妈还活着,我仍然处在幸福的婚姻中,我发现它的那个地方仍然那么美。"我再也没有提起过珍珠的问题。我不是容易上当的人;不过,质疑它是否真的是世上唯一的宝石级化石珍珠,与他所说的它对他意味着什么相比,真是一点也不重要——这就像对一个深深沉浸在爱情中的人说,你心爱的人又丑又矮。

我不得不从花海中抽身出来,休息一下。我的眼睛很疲倦。我总是过于努力地去看花朵中心，因为我一直能在皱褶和穗状花序中看到脸——小舌头、盲眼、浮肿的嘴唇、拳击手被打扁的鼻子、龙虾、带着微笑的毛毛虫。我看到一张脸，就会盯着它，试着记住它让我想起了谁或什么东西，直到我的眼睛开始刺痛。还有，那些颜色和图案中似乎有一些深不见底的东西在吸引着我，所以我就盯着、盯着，直到拉罗什变得不耐烦，把我推走。一个小时左右之后，我建议休息一下，于是我们走到礼堂的小吃店，坐在一张歪斜的漆布桌子旁边。我喝了发酸的加奶咖啡，拉罗什吃了一个热狗，我们都呼吸着小吃店油腻的空气。"你想知道一个经销商能在这样的展会上赚多少钱吗？"拉罗什吃完时问我，"能赚一大笔。植物生意的利润很高。植物是一种商品，就跟五花肉一样。我给你讲个例子。在法喀哈契和科利尔-塞米诺尔州立公园[1]里有价值八百万美元的棕榈树——八百万。一棵大王椰能卖四千美元。景观设计师喜欢它们。前几天我在想，如果一周偷一棵棕榈，那一年能赚五万美元。"我问他是否在考虑去偷棕榈。"当然不是，"他不满地说，"这桩小买卖是很不错，但我的底线是站在植物一边。比如说，对于鬼兰，我是想拿它赚点钱，但我真的希望这种植物能免于灭绝。甚至在当时，在我们把它们从法喀哈契里带出来时，在我自己病态的小道德里，我都感到有点内疚。"他站起来，在口袋里翻找香烟，"人们为植物发疯。我有一次

---

[1] 科利尔-塞米诺尔州立公园（Collier-Seminole State Park），佛罗里达西南部的一个州立公园，离法喀哈契沼林不远。

带一个女人进法喀哈契,她想看的是——哦,其实就是鬼兰。她梦里都是这种植物。我知道有个地方有一朵正在开,于是我们走进沼泽,走了两英里,穿过了一些特别恶心的东西,她几乎是一直在跑,然后我看到了一种我不喜欢的东西,所以我说'噢,芭—芭拉,你可能得走慢点',因为在她正前方有一条六英尺长的响尾蛇。她站住不动,我用大砍刀把蛇砍成两截,我有准备,他妈的我已经受够了,可她又跑了起来。她只是迫不及待地想去看那朵该死的花。她让我想起了一个朋友,他在厄瓜多尔发现了一种奇怪而美妙的兰花,却没有意识到自己当时已经进入军事禁区了。于是他被宪兵拦下,他们非常生气,要他交出他的那袋子植物。于是他说:'来吧,开枪吧。我是不会抛下植物离开的。我宁愿你们打死我。'他们看他的眼神就跟他是个疯子似的。他的确是。"

美好生活

被盗的那些兰花有一些死了，剩下的被粘到法喀哈契的树上。

法喀哈契的巡逻员把从拉罗什手中没收的兰花放回树林里，等着观察它们能不能存活。这不是我第一次听说兰花能被粘到树上。拉罗什被捕后我第一次去佛罗里达期间，遇到了一位名叫罗杰·哈默的博物学家。他在飓风"安德鲁"过后徒步穿越法喀哈契，每当发现被风暴吹落地面的兰花，就会用几滴叫"液体指甲"的胶黏剂把它粘到还没被刮倒的树上。兰花能耐受这种胶水。一般来说，兰花比人们想象的要坚韧许多。它们看起来像玻璃一样脆弱，但其实不然。兰花幼苗在被运往世界各地时，被塞进盒子里，缠成一团，被压扁、推搡，看似难以呼吸，但大部分时候，收货者打开盒子，解开缠成的结，拂去灰尘，发现它们什么事都没有。我第一次见到兰花在运输中是什么样子，是看一位兰花种植者打开从新加坡运给他的货物。那是一堆幼苗，乱七八糟的，当时我以为他会去投诉。相反，他拽了几株出来，好好欣赏了一番，说："嗨，你们好啊，宝贝们！"野生兰花也会经受很多考验。飓风"安德鲁"过后，人们发现被吹倒的树木彻底死掉，但树上的兰花依然在茁壮生长。拉罗什告诉我，他和前妻曾经经常开着车到处去执行兰花救援任务。他们会去翻建筑工地的垃圾堆，寻找被砍倒、弃置的树上附着的兰花。如果拉罗什可以不惹出麻烦就走到花朵跟前，那么他会把它们撬下来，带到附近的树林里，固定在直立的树上。

关于佛罗里达的百折不挠的植物完全可以写一本书。我曾经在棕榈滩县的洛克萨哈奇保护区遇到过一些这样的植物。这个保护区是一片平坦的沼泽，植被大多是灌木丛、香蒲属植物、及腰高的杂草、小片落羽杉，都比地平线高不了多少，除了在沼泽地中央的三棵瘦削的木麻黄。这几棵树不是特别高，但是在那个平坦的世界里，它们像摩天大楼一样耸立着。闪电只要发生在这片地方就会自动被它们吸引过去，而且由于佛罗里达南部总会出现闪电，所以它们被反复击中。如今，它们的树枝已经有一部分没了树皮，树干内部很可能已经被烤焦了，但不知何故它们仍能设法站立，仍然是活的树。佛罗里达的不死植物甚至有一个最强者——五脉白千层，一种来自澳大利亚的平平无奇的树，1906年被引入佛罗里达用作观赏性园林植物。这种白千层可以长到五十英尺高，有海绵状的白色树皮，看起来有点像枝叶稍长一些的桉树。它们吸水性很强，一天可以吸干一英亩湿地，因此，也被用来帮助抽干当时被认为无用的佛罗里达沼泽。20世纪30年代，房地产开发商用飞机将白千层的种子撒在大沼泽地上。白千层喜欢生活在佛罗里达。自引入以来，它们的数量增长了几千倍。它们以每天50英亩的速度扩张，已经抽干了大沼泽地总共760万英亩面积中超过50万英亩的土地并将其占领。白千层的叶子含油量很高，一旦起火会剧烈燃烧。1985年，由白千层树叶引发的大火使佛罗里达两百万居民失去了电力供应，因为由油质助燃的烈焰达到了输电干线的高度。没人对这种树有感情，现在大部分人还更进一步，认为它们是四处作恶的魔鬼。问题在于，白千层很讨厌死亡。如果一棵白千层被冻死、饿死、砍倒、毒死、折断或点燃，那它会在死前那一刻释放出两千万颗种子，向四面八方播种。所以在某种意义上，与其说它最终死了，还不如说它活得更滋润了。杀死这种树的秘诀在于逐渐推进，因为死亡的刺激是导致它射出种子的原因。带我第一次在法咯哈契远足的巡逻员是白千层清除专家，他说有一种微小、矮胖的澳大利亚象鼻虫以白千层的叶子和花蕾为食，他们已经进口了三百只这种虫子，释放在大沼泽地里，希望能削减白千层的数量。他说，如果不成功，唯一一种不对这种树产生刺激而还能杀死它的方法是"边砍边喷"——先砍几下，然后喷上一点除草剂，过一会儿再回来，再砍再喷，就这样一直砍一直喷，直到这棵树懒洋洋地死去。

外来者通常在佛罗里达过得很好。该州所有植物中有25%是外来的。佛罗里达最常见的兰花是小小的线柱兰，来自印度。它的种子偶然混入几袋草籽中，然后被运到迈阿密，人们无意中把它播种在几千块草坪上。巴西肖乳香到处都是，它们像白千层一样，是作为园林植物进口的，但后来逃逸到野外并生长繁盛。它们也像白千层一样讨厌死亡，如果被点燃、砍倒或拔起，它们会给自己重新播种。它们在大沼泽地上过得无比舒适，占据了大片土地。植物学家得出结论：清除它们的唯一方法是把生长处的整个表土层全都刮掉。在亚洲很常见的白茅的种子混入包装材料中，粘在筑路设备的轮胎胎面上，进入了佛罗里达。有害的空心莲子草由家乡南美潜入佛罗里达后，迅速取得了成功。我下定决心进入法喀哈契去看被盗兰花的那天，在迈阿密的报纸上读到一篇文章，说当地的越南农民被命令销毁他们种植的蕹菜，这是一种在亚洲很常见的蔬菜。这些越南农民是新到佛罗里达州的，蕹菜也是。文章没有提到农民的生活状况，但蕹菜现在的长势异常凶猛，把当地的航道都堵塞了。几周之后，我又读到了另一则格外成功的移民故事，这是一种有毒的南美蟾蜍，人们把它们引入佛罗里达是为了让它们吃甘蔗上的害虫。它们现在长到七英寸，体重超过三磅。最近，它们被指控用毒汁杀死了家养宠物，用一身可怕的脓疱吓唬游客。

从我在西棕榈滩的住处去法喀哈契沼林有两条路。法喀哈契在佛罗里达半岛的另一侧，跟西棕榈滩大致在对角线两端。一条是沿鳄鱼小径向西开，而我更喜欢走另一条路，是很窄的州道,好像是用美工刀划出来的一般,每隔几英里就要转一个直角的弯。这条路蜿蜒穿过棕榈滩县和亨德里县,绕奥基乔比湖南岸,然后穿过大沼泽地,沿着甘蔗农场的边缘穿过伊莫卡利[1]附近的塞米诺尔保留地,经过早已过气的景点的幽灵般的标牌,如"鳄鱼大观"和"原住民村"[2]。这条路慢一些,但能开阔眼界。去看粘到树上的兰花那天,我知道应该尽量早到,赶在沼泽的炎热变得令人无法忍受之前;但我太喜欢小路了,不想走更快的路线。那个早晨风很大,所有棕榈树的叶子都被吹向前方,像在拍时尚大片的模特的头发。我开车经过的所有街区都没有行人,出棕榈滩后终于有了人影,是许多人排成单列长队在路肩上行进。他们抬着横幅和长杆,前者上面什么都没写,后者顶部系着鸟的羽毛。我驶过时摇下窗户,想听听他们是不是在高呼什么口号,或者在说些能解释自己在做什么的话,但他们全都一言不发,我听到的只有四十双脚踩着路边的沙子的声音。开过"狮之领地"野生动物园[3]的入口后,就到了甘蔗地里。这些田地有好几英里长,好几英里宽,栽满了跟我差不多高的甘蔗,有的地方的甘蔗已经收割,地上留着枯干的残茬。几辆卡车在甘蔗田的道路上开进开出。经常能在离路很远的地方看到一些房子,距离让它们小得像玩具,但我在哪

---

[1] 伊莫卡利(Immokalee)是位于科利尔县的一个居民点。
[2] "鳄鱼大观"(Gatorama)是一个鳄鱼农场,"原住民村"(Native Village)是好莱坞市附近的一个主题乐园。
[3] "狮之领地"野生动物园(Lion Country Safari)是位于洛克萨哈奇的一个野生动物园兼主题公园,开业于1967年。

里都看不到人。甘蔗田无穷无尽，已经有几英里的甘蔗被我甩到了身后，而面前还有几英里。这时我停在一个加油站，进店去想买罐健怡可乐，但货架上一种无糖软饮料也没有。

在奥基乔比湖高大的驼峰状大堤附近，我看到一个路牌，指示在一个叫约翰·斯特雷奇公园的地方有野餐区。我想爬上大堤去看看湖，于是开了过去。约翰·斯特雷奇公园的停车场里有六辆黄色的出租车。在通往大堤顶部的步道上有三个身着鲜艳纱丽的粗壮女人在慢慢地走着，在出租车对面的开放式凉亭里还有大约二十个成年人和一群四处跑动的孩子。几个男人在烧烤架边烤肉，几个女人在野餐桌旁布置桌子。整个公园飘着孜然的气味。我爬到大堤顶上，看着蓝色的大湖。那三个粗壮女人已经在堤顶了，而我后面还有两个女人在朝这儿走。她们提着身上的纱丽以免粘上泥土，每当纱丽被风吹动，上面硬币大小的小光片就反射出点点亮光。我们每个人都点头互相致意，然后凝视着蓝色的湖水。最后，我们一起走下去，我跟着她们进入凉亭。一个在烤肉的男人告诉我，他们都是劳德代尔堡一个巴基斯坦大家庭的成员，到这个公园来聚会野餐。其中几个人是劳德代尔堡的出租车司机，停车场的出租车是他们的。烤肉男人穿着正装长裤和浆硬的白衬衫，还戴着闪闪发光的大颗珠宝。他一边说，一边翻动烤架上滋滋作响的肉饼。"辣味羔羊肉饼，"他用铲子指着解释道，"巴基斯坦汉堡。你听说过吗？"

"应该没听说过。"

"我们有很多吃的，"他说，"你可以跟我们一块儿吃。"

我告诉他我不能久留，因为真的已经迟到了。他看起来很沮丧。"我明白，"他说，"佛罗里达有很多人害怕我们的食物。"

过了约翰·斯特雷奇公园，公路蜿蜒穿过几个小镇，叫魔鬼的花园、豆子城、柑橘中心、哈勒姆和旗帜洞，绕过一些湿地，叫电报沼泽、开瓶器沼泽、草地沼泽和格雷厄姆沼泽。大地如大理石般光滑，没有丝毫褶皱，一直延伸到远方的地平线。我的眼睛注视着绿缎般的地面和蓝碗似的天空，然后在废旧轮胎、正在飞行的鸟、古老的篱笆、生锈的桶上停留片刻。我对面几乎没有车开过来，我也一直没在后视镜里看到过别的车。我经过无数空置土地，看着它们落到车后，而又有更多的空地扑面而来。我的前后都是空荡荡的道路，上方是空荡荡的天空，世界这种纯粹的巨大让我感到彻骨的孤独。这个世界大得无边无际，人们总是迷失在其中。有太多的想法、事物和人，有太多的方向可以走。我开始觉得，人之所以会对某件事充满激情，一个很重要的原因是这样便可以把世界缩减到一个更容易对付的规模，这使世界看起来并非硕大且空无一物，而是充满了可能性。假如我是个兰花猎手，那么我想自己不会把这个世界看成令人伤心的空荡荡的地方；我会把它视为饱藏机遇的良田，我所爱的事物在其中等着我去发现。

沿着这条路到处都是浅沟，里面堆满了黑色的污物、棕褐色的水和一团团缠在一起的杂草，看上去像是鳄鱼可能喜欢闲逛的地方。在其中一条沟附近有一个老景点的广告牌，上面用巨大的哥特体字母写着"保证有鳄鱼！！！"。这算不上什么了不得的保证，因为鳄鱼在佛罗里达和蟋蟀一样普遍。其实，该州每个县都有一位正式的"对付讨厌鳄鱼的贼盗"，负责按人们的要求清除多余或和环境不协调的爬行动物。在最后一次去法喀哈契途中，我停在一个加油站，当我用擦窗刷刮掉挡风玻璃上的虫子时，四条小鳄鱼快速地从一条浅沟窜到另一条浅沟，离我的脚大概六英寸远。在那一刻我穿的是凉鞋。大约一秒钟后，我换成了普通的鞋子。

在开上通往法喀哈契的路之前，我停在一个路口，看到另一个标牌。我要朝右拐，这个标牌指向左边：大赛普里斯塞米诺尔印第安保留地。游乐区。比利沼泽野生动物园。坐风扇艇！打野猪！生态旅游！大赛普里斯牛仔表演！"比利沼泽野生动物园"中的"比利"是詹姆斯·E.比利酋长，他在佛罗里达美洲狮案中获得的无罪判决是拉罗什的一个主要灵感来源。比利酋长曾在得克萨斯参观过一个极具异国风情的私营大猎物狩猎区，玩得非常尽兴，觉得部落也应该弄一个；他回来之后，塞米诺尔人就建立了这个野生动物园。他们在大赛普里斯保护区中的一块两千英亩的土地上放养欧洲的黇鹿、印度的印度羚、中国的梅花鹿、地中海地区的科西嘉摩弗伦羊和非洲的白长角羚。游客花一千美元，就可以在向导带领下游览此地，还能把他们杀死的任何动物带回家。抗议迅速如潮水般涌来。

比利对记者说，塞米诺尔孩子在学校里甚至被视为小鹿斑比的杀手，备受嘲弄。此外，部落不得不在野生动物园四周竖起造价昂贵的大栅栏——不是为了将进口动物挡在里面，而是为了将本地动物挡在外面，因为佛罗里达美洲狮和短吻鳄发现异国肉食味道不错，在动物园开业的最初几周就杀死了几十只里面的动物。比利最后承认野生动物园带来的麻烦超过了收益，把它重新包装成了一个摄影场所。拉罗什和比利酋长从未见过面，但他们的个人故事却有一点相通：两人似乎都以引起争议为乐，并且天赋异禀，总能脱离困境，在争议中不断前进。

29号州道穿过伊莫卡利镇，经过一家坎特利·卡巴德连锁餐厅和一座梅隆-派克工厂，"美味柑橘"包装厂和"梵天"养牛场，柑橘园和亨德里县监狱；过了亨德里县就基本都是未开发的大自然了，只有警告美洲狮会穿过马路的交通告示牌、几座平房以及组成考普兰路监狱27号的几座小楼。监狱附近有一个看上去已经废弃的小商店，但是有个人在门口打扫车道，所以我决定试试看。我离开棕榈滩时气温是81华氏度。现在至少又热了15华氏度，我非常想喝点什么。我艰难地推开店门，它发出可怕的声音。店里几乎一片漆黑，木地板倾斜、翘起，货架摆成滑稽的角度，冰箱里除了几罐黏黏糊糊的汽水和几个落满灰尘的棕色啤酒瓶外差不多什么都没有。两个矮壮女人坐在收银机后面，脸上带着刻薄的表情。我买了一罐可乐去外面喝，但它的味道很古怪，有一瞬间我甚至怀疑有毒，就把它倒了，回去找别的东西。我没看到什么想喝的东西，不过一个塑料盒装的树莓果冻吸引了我。那两个女人的眼睛一直没离开我。我把果冻放在柜台上，拿出钱包，可她俩都没有动作。终于，两人中更壮的那个拿起果冻，在手里转了几圈，最后说："不行，小姐，这个不卖。"

"法喀哈契"是塞米诺尔语，意为"分叉之河""狩猎之河""葡萄藤之河""黏土之河"或"泥泞的小河"。"沼林"是本地俚语，用来形容狭长的沼泽森林。法喀哈契沼林呈楔形，包含几十片较小的沼林和一连串渗穴湖，连接这些湖泊的自然水道切入佛罗里达南部的石灰岩地层，水道中的水来自一段六十英里长的排水渠，北起奥卡洛库奇泥沼[1]和克卢萨哈奇河[2]。法喀哈契有非凡的个性。其中的一些渗穴深近一百英尺，而除此之外的土地几乎完全是水平的。哪怕有一两英寸的高度，生态环境都会完全改变。抬高的土地从泥泞的沼泽变为易碎的土壤。树木占据了这些有几英寸高的地方，形成树丛——落羽杉岛、橡树头、松树岛、大王椰沃土树丛。不同树种的需水量不同，所以抬高的高度决定了什么样的树会长在上面。几英寸就是红树林和桤果木沃土树丛的不同。这类树丛有的只有十几棵树，但也有几千棵的。法喀哈契中的树木有一半以上是热带品

---

[1] 奥卡洛库奇泥沼（Okaloacoochee Slough）是一片位于佛罗里达西南部的州级森林。
[2] 克卢萨哈奇河（Caloosahatchee River）是位于佛罗里达墨西哥湾沿岸地区的一条河流，是大沼泽地的主要水源之一。

种，但其本质还是温带森林。这两种同时存在的生态环境意味着法喀哈契里有通常不会同时出现的物种——例如，热带树种大王椰和在温带地区生活的落羽杉在这里并排生长，全世界只有法喀哈契有这番景象。法喀哈契中央的大王椰沃土树丛有三千棵树，是世界上这类沃土树丛中最大、最健康的。大王椰是法喀哈契的瑰宝之一。它是一种罕见的棕榈树，有巨大的水泥灰色树干和一簇纤细的绿叶，形状像是个一百英尺高的羽毛掸子。大王椰和一种古巴棕榈有亲缘关系，习惯温暖的气候；法喀哈契是它们能生长的最靠北的地区。探险家早在1860年就记录了这片沼泽中的大王椰，但直到20世纪20年代，迈阿密海厄利亚赛马场的拥有者将一些大王椰从法喀哈契移栽到赛场内场，它们才出名。凤梨科植物在法喀哈契也繁荣兴旺。在一些较深的泥沼中，每棵树的树枝都被白花星花凤梨压得沉沉欲坠——这是一种巨大的凤梨科植物，通体绿色、棕色和红色驳杂，令人瞩目。在法喀哈契中生长的北美本土兰花的种类比其他任何地方都多，其中有十一种从来没在北美其他地方被发现过。

  法喀哈契看上去完全是大自然，但实际上是一片破败的大自然。它被干预过、入侵过。有一段时间，人们尝试清理其中潮湿的草原，犁成田地，种上橙子、葡萄柚、橘子、番茄、芒果和冬季蔬菜。在沼泽地里开展农业是糟糕的选择。农民最终离开了，但他们造成的印记遗留下来。即使到现在，仍然可以在自然的草坪底下看到一行行的田埂，在棕榈和落羽杉中间看到一些饱经风霜的柑橘树。并非本地树种的白千层、巴西肖乳香和木麻黄来到沼林中大肆生长。同样，胡鲇通过渗穴湖游进，并留了下来。犰狳也是如此：杰克逊维尔的一家医院在麻风病实验中使用的犰狳成功逃脱，来到这里，留下了后代。沼泽周围养牛场里的牛逃了出来，成了野牛，在沼泽中过了一段时间的舒适生活，直到佛罗里达州政府于1948年雇了一些狙击手消灭它们。法喀哈契最大的非自然成就要数猪了。狩猎俱乐部过去在本地的农场饲养、增肥普通家猪，然后让它们在沼泽里自由走动，俱乐部成员则兴致盎然地去追踪、射杀它们。有的猪没有中弹，而其中有的又适应了沼泽生活。它们的后代现在在法喀哈契繁衍生息，并已从温顺的农场品种变成了巨大、凶恶的沼泽猪，完全是疯狂的野生动物。

如果没有塔米亚米小径[1]，那么抵达法喀哈契仍然会很难。这是条从麦尔兹堡到迈阿密的路，穿过法喀哈契保护区的南端。这条路在修成之前，穿越法喀哈契是一趟艰险重重的旅行。1908年，一位旅行者这样描述："我们开始时划独木舟，但结束时坐在牛车上。我们划过二百英里布满鲜花的湖泊，跋涉过蝮蛇出没的沼泽小径，顺着佛罗里达大沼泽地的边缘曲折前行，在松树覆盖的沙地上坐牛车走了五天，穿过被淹没的草原和大赛普里斯地区的泥沼，但还是差二十五英里未能抵达那个大湖。"

---

[1] 美国41号国道的最南一段称为塔米亚米小径（Tamiami Trail）。

经过三次尝试，塔米亚米小径才成功建成。第一次是在1915年，当时一群筑路工人试图从泥沼中开出一条路来，但失败了。1923年，一群自称为"开拓者"的人从麦尔兹堡动身，发誓要成功穿越沼泽。"开拓者"有二十五人，大多是佛罗里达的商人，他们希望一条通往迈阿密的优质公路能让这片位于西南海岸的土地多吸引一些商业投资。他们预计这次旅行需要三天时间，而两天后他们就消失了。据推测，住在沼泽地中的米科苏基印第安人认为"开拓者"是入侵者，把他们抓了起来。差不多一个月后，疲惫不堪的"开拓者"才出现在迈阿密附近。再过五年，真正的筑路工人才穿越成功。

1947年，李县潮水落羽杉公司（下称"李县潮水"）开始砍伐法喀哈契的落羽杉。为了进入沼林，该公司建造了几十条电车轨道，每两条之间的距离都是1650英尺。电车轨道必须架高。人们挖出泥土，堆成一条长长的小丘，然后在上面铺上铁轨，这意味着每条高架电车轨道旁都有一条掘出的壕沟。每条壕沟里都积满了水，其中一些是蓄积的雨水，但大部分是从周围沼泽渗进来的水。有轨电车修好、壕沟积满水后，法喀哈契的水位下降了两英尺多。伐木人员乘坐蒸汽火车头，在电车轨道上往返。他们看到一棵成熟的落羽杉后，就把它砍出凹槽、锯断、拉倒、用铁链拖出、运到佛罗里达州佩里市[1]的一座双锯片锯木厂，在那里它被切碎，制成镶板、木瓦片、棺材

---

1 佩里（Perry）是佛罗里达北部的一座城镇。

和腌菜罐。木材勘测员、砍树工、锯木工、挖掘机驾驶员和运木拖车操作员搭起帐篷,住在沼泽边缘,形成村落。砍树工大多是塞米诺尔人。其他工人有黑人也有白人,都比较好斗。有的工人不喜欢沼泽地的生活质量。几个锯木工声称总是在林中遇到骷髅,还有一些工人甚至辞职了,他们说是因为这里令人毛骨悚然——虽然这些锯倒法喀哈契落羽杉的人每个月可以领到八百美元工资,在当时相当丰厚。无论如何,任务进行得不错:李县潮水每年从法喀哈契运出一百万板英尺[1]的落羽杉。

到1952年,法喀哈契的落羽杉几乎被砍光了,因此,李县潮水停止在该地区的运营,离开了。伐木活动进行的五年中,电车道将树林切割得支离破碎,壕沟排干了沼泽,被砍倒的树摧毁了灌木丛,被拖出的原木在沼泽地地面上刻下又长又深的沟渠。李县潮水离开后,土地测量员形容法喀哈契为"绿色地狱"。

1966年,李县潮水售出了7.5万英亩的法喀哈契及其周边土地。买主是姓罗森的兄弟俩,叫朱利叶斯和伦纳德,他们将自己的公司称为海湾美国公司(下称"海湾美国")。罗森兄弟出生在巴尔的摩,初入商界时做的是厨具生意。在20世纪40年代后期,他们自行炮制了一种洗发水,命名为"九号配方",声称可以让秃头男人重生秀发。他们在电视上给"九号配方"打广告,广告时长五分钟到三十分钟都有,这是有史

---

[1] 板英尺(board-foot)是美国和加拿大用于木材体积的专业计量单位。1板英尺的木材为1英尺长、1英尺宽、1英寸厚。

以来最早的一批电视广告之一。这种洗发水的主要成分是羊毛脂，他们大部分广告都以伦纳德·罗森称赞羊毛脂的优点开始，他说："您见过秃头的绵羊吗？"罗森兄弟凭借"九号配方"发了大财，更重要的是，他们发现了向大众推销任何东西的秘诀。最终，他们与一个名叫米尔特·门德尔松的房地产销售员联系上了，后者说服他们，土地也可以像生发洗发水一样销售。像罗森兄弟一样，门德尔松也富有创新精神——他在佛罗里达各地都购买了广告牌位置，在上面写上"佛罗里达土地：首付十美元，月供十美元"。他已经用这种销售攻势卖出了几百块价格虚高的地皮。罗森兄弟想跟门德尔松一起做一笔类似的投资，于是，伦纳德·罗森和门德尔松坐上一架飞机，勘察佛罗里达南部，寻找可供他们购买后再出售的闲置土地。他们的第一个项目是开普科勒尔，这是一个114平方英里的半岛，在墨西哥湾和克卢萨哈奇河之间。他们规划了13.8万块地皮，铺设了1700英里的道路，但没有为学校、商店、供水设施、下水道和垃圾填埋场做任何预备工作。不过他们确实建造了开普科勒尔花园——这处景点设有一个鼠海豚水池、一个有每一位美国总统的半身像的"爱国者花园"，以及一个名为"水之华尔兹"的喷泉，其中的喷嘴可以喷出85英尺高的水柱。

在罗森兄弟拥有这片土地期间，开普科勒尔的地皮仅售出了四分之一，开普科勒尔花园很快被废弃。不过他们还是设法赚了一笔，并还想推销更多的佛罗里达土地。他们与李县潮水达成了交易，着手开发西南海岸的废弃地区，包括李县潮水拥有的地产和现在属于大赛普里斯沼泽保护区的土地。罗森兄弟从未真正购买过他们要出售的大部分土地——他们买了一点，剩下的只是签署了购买期权协议——尽管如此，他们的推销小册子仍将海湾美国称作"此类土地世界最大的销售商"。

海湾美国修建了两百英里的运河来排干这片土地。这项工程相当艰难。跟大部分是沙洲的开普科勒尔不同，李县潮水的土地是水位不高的沼泽，底下的地表是一层坚硬的岩石，除了用炸药炸开没有别的办法令其挪动分毫。然后，他们绘制了这片土地的地图，对其测量、分割，在排干的沼泽地上规划了三百英里的棋盘状路网。地下水水位下降了十四英尺。没有了水的沼泽从草原和落羽杉沼林变成了一种高地生态系统，其中生长的植物是林下灌木和脆弱的树，以及像巴西肖乳香这样的难缠的入侵者。罗森兄弟将地产的一部分命名为"金门庄园"，另一部分则叫"马场之礼"。在金门庄园附近，海湾美国建造了一个有两百间客房的酒店和一条飞机起降跑道。金门庄园和马场之礼中没有建起一座房子，但如果去看他们的推销小册子，则会有不同的印象：

> 在海湾美国开发的这个占地广大的社区中，无论走到哪里，都能感受到富人天堂的氛围、魅力和幸福，但几乎人人都能负担得起。
>
> 美丽的家园从宽阔的街道和大道出发。令人印象深刻的是，金门的房子是为适合普通人的收入水平而建造的，

就像金门社区本身一样。

步入金门社区,您可以在金门庄园乡村俱乐部游览、放松……这里是顶级的水准,有一座专业高尔夫球场,一些重要比赛会在此举办。您可以在"乡绅"餐厅或高雅的"小美食家"餐厅用餐,在私密的"花花公子"厅品鉴鸡尾酒,也可以入住金门酒店,令您舒适的客栈。这里可以游泳、划船、钓鱼、打网球和参加各种社交活动。在金门,您会体验到一种全新的美妙生活方式。

马场之礼的特色是优雅的地中海风建筑高耸在地平线上,仿佛西班牙的城堡……但在全西班牙,甚至在那整个著名的平原上,都不会有如此充盈的美好生活!

在这两处地产项目中,金门庄园的规模更大一些。如果海湾美国真的开发了它,那它将是世界上最大的分割出售的住宅地块。

海湾美国公司出售的地皮每块五英亩,标价1250美元,可以分期付款,每月十美元。这些地皮被宣传为滨水物业,有通往墨西哥湾的水道,但实际情况并非如此,除非你计划划筏子从排水渠进入墨西哥湾。那些在购买前几乎没有机会实地考察地产情况的人基本不会提出问题——例如,土地实际离水有多近——而他们正是罗森兄弟希望吸引的对象。在海湾美国的设想中,其理想客户是居住地远离佛罗里达而且没有太多钱的人；或者是从海外回国的军人，他们可以靠优待军人政策获得贷款；或者是喜欢做美梦的人。为了吸引这类客户，海湾美国采取了一系列不同的销售策略。他们在《价格真合适》节目上送出房子[1]，在全国各地设立销售办事处，寄出几百万份"友好晚宴"邀请函，宴会上经常有当地的体育明星或名人。一些邀请函暗示，晚宴是为了庆祝受邀人的纪念日、生日或升职。寄给军人的邀请函宣称，海湾美国隶属于美利坚合众国武装力量。推销晚宴开场时通常会放一部宣传金门庄园物美价廉的影片。晚宴过程中，公司会建议，明智的客户除购买一块地皮为梦想之屋所用外，还应再买几块作为投资。海湾美国称，由于迪士尼世界破土动工，并且金门庄园所在地区拟建机场和高速公路，所以这块土地的价值即将起飞；几年后，客户肯定能以巨大的利润售出多买的地皮。海湾美国还为更具雄心的客户准备了教学小册子，名为《如何用佛罗里达土地赚钱》和《以金门的方式打造您繁荣的未来》。

晚宴过后，推销员与每一位客户都坐下来商讨，营造出一种紧张的气氛。根据推销员的说法，地价正在不断攀升，过不了多久，一般人就买不起佛罗里达的土地了。海湾美国保证，会安排所有在晚宴上购买土地的人去佛罗里达实地考察，入住海湾美国酒店，机票、吃、住全包，客户自己不用花一分钱。在这种宴会上，当一个客户下定决心购买时，负责这个人的推

---

[1] 《价格真合适》(*The Price Is Right*)是美国的一档电视节目，始播于1956年，形式为竞猜者给出对商品价格的估计，离真实价格最近的可获得该商品。

销员会跳起来高喊"23号已售!",或者公司雇来的托儿会跳起来高喊"我买了一块!"。如果客户对一块地感兴趣却犹豫不决,推销员会提出,在客户考虑期间,可以先将这块地从待售地块列表中移出。几分钟后,这个推销员会跳起来高喊"这块地等不了太长时间了!",催促客户当场做出决定。

并不是每个买主都坐着免费航班去了佛罗里达。一些人看了地产的影像之后就很满意了,于是签下一份合同,觉得到打算退休时再去看这块为退休住宅购置的地皮也不晚。去参加免费佛罗里达之旅的人被放进一架嗡嗡作响的小飞机里,从沼泽地上空飞过,推销员从飞机上探出身去,丢下一袋十磅装的面粉,说落地之处就是这位客户的地皮。如果客户看到了其他喜欢的地皮,推销员也会把面粉袋丢到上面。有的推销员会开车拉着潜在客户在待售地块上走好几英里,一直到与沼泽地的交界处,然后对客户说,要么签买地合同,要么自己走回去。海湾美国在酒店房间里安了窃听器,推销员可以听到下不了决心的客户说的话,根据每个客户的具体疑虑调整销售策略。海湾美国的销售活动从20世纪50年代中期一直持续到1970年。事实证明,廉价的土地、在温暖的佛罗里达生活的前景和在那里拥有美好生活的承诺确实令人着迷。超过4.6万人飞过沼泽,将面粉袋丢在最喜欢的地皮上;超过47万英亩的土地被售出。罗森兄弟最初在开普科勒尔上投入了12.5万美元。几年后,他们公司的价值达到了4.5亿美元。

优雅的地中海风建筑从未开工过,也没有金门酒店,没有小美食家；盖起来的房子大概有三十座。这片土地被水淹没，无法进入，没有电话和电，蚊虫遍地，土壤是沙质，不适合居住。最近的便利店在十英里外，最近的医院在二十英里外。虽然有排水渠，但大部分土地每年仍然会被水淹没六到八个月；它干燥时又极其干燥，会像纸一样突然起火。金门有点像世界末日，阴郁而遥远；又仿佛一块棋盘，上面是不知通往何方的道路和从未盖好的房子。在1970年对海湾美国的诉讼中，一位怨言满腹的客户称，海湾美国告诉他，他买的地皮已被纳入那不勒斯市的发展规划中，这意味着它的价值会飙升，他可以在几年后卖掉"发笔大财"。主审法官在意见中写道："其实，这块地皮不在那不勒斯市的发展规划中，而在大赛普里斯沼泽。"根据联邦贸易委员会1974年的同意令[1]："金门不是一个已开发好的社区。金门主要是闲置土地，购物设施未完工、不充足，度假设施未完工。几乎没有便利设施和公共服务。"

佛罗里达的土地异常肥沃。房地产开发在这里的发展势头一直很迅猛。在20世纪50年代中期之前，该州甚至不监管大规模土地销售。一般认为，佛罗里达州的地产骗局从1824年就开始了。那年，美国政府将塔拉哈西附近的一大片土地赠给

---

[1] 同意令（consent order）是纠纷双方达成协议后权威方面（如法院）下达的命令，有法律约束力。

拉法耶特将军[1]，以感谢他给予革命的帮助。大家都以为他会把它卖回给当地农民，他的确也是这么做的，但要价至少是土地实际价值的两倍。19世纪30年代，一位名叫彼得·斯肯的纽约人兜售圣奥古斯丁附近的土地，称其"覆盖着真正的佛罗里达马唐草"。他让"马唐草"这个名字听起来罕见而又神奇，竟然真的卖出去了几百英亩长着马唐草的土地——虽然其实他并不拥有它们。然后是约翰·惠特尼，他向北方人保证，佛罗里达"昆虫既不多也不麻烦"，向他们出售沼泽地；汉密尔顿·迪斯顿在19世纪80年代出售大沼泽地水面之下的地皮，后来骗局崩盘，他在浴缸里开枪自杀；理查德·博尔斯在19世纪和20世纪之交以"一笔好投资胜过干一辈子活"为口号，销售实际上在水面之下的地皮；巴伦·科利尔在法喀哈契附近将一百万英亩的沼泽灌木丛林地弄到手，想要复制一个巴黎；查尔斯·罗德斯感觉市场上在售的高价滨水物业不够多，因此于20世纪20年代在湖里筑起狭窄的长堤，作为滨水物业出售，然后他还挖了宽阔的运河，把毗邻的沼泽地也作为滨水物业出售——这种做法被称为"构造手指岛"；当然还有底特律汽车大亨卡尔·费舍尔，他在第一次世界大战后来到佛罗里达，把三百万立方码的沙子倒在一片红树林沼泽上，创造了迈阿密海滩这个城市。

---

[1] 拉法耶特侯爵吉尔贝·迪·莫提耶（Gilbert du Motier, Marquis de La Fayette, 1757—1834）是法国将军、政治家，参与过美国革命和法国革命。美国独立战争期间，他说服法国王室让他带领一支法军和美国大陆军并肩作战。

骗局和房地产开发之所以蓬勃发展，是因为佛罗里达的土地与美国其他地方都不同。首先，佛罗里达的土地是弹性的，可以拓展出来更多。佛罗里达半岛是美国本土最晚从海洋中浮出的一块陆地，大部分刚刚稳定下来不久，而其中还有一部分——即那些沼泽和湿地——仍然处在浮出的过程中。只要有大量的土壤，再开挖几条运河，就可以排干一块正在浮出海面的沼泽，得到新的土地。佛罗里达的沼泽真的可以变成房地产。这个州的许多土地确实是人造的。1850年，州政府进行了一次调查，结果显示佛罗里达的湿地有三分之二不适合开发和耕种。从那以后，这部分湿地有超过75%被抽干，大部分新获取的土地现在已经完成了建设，或被标记为开发用地。佛罗里达已经规划但仍然空置的地块比任何其他州都多。目前，在2600个供分割出售的住宅地块中，有200万块空置地皮，其中大部分在被排干、填土之前甚至都不是土地。如果所有这些可用地皮都得到开发，那么该州人口可达9100万。

佛罗里达的吸引力不仅在于不断扩张的土地面积，还在于其土地所代表的品质。在19世纪早期，农业在美国生活中占主导地位，而佛罗里达是美国农民的梦想，因为它有廉价的土地和长达十个月的作物生长季节。到20世纪，美国人的雄心壮志从美好农业转变成为"美好生活"，佛罗里达也随之转变——它仍然代表着农民的梦想，但现在也代表了中产阶级的梦想：一个可以找到健康、温暖和休闲的地方。佛罗里达不肮脏，不工业，不死板，不排外。它不像沙漠那样灼热干燥；它美味而又丰饶。它让人感觉很新，看起来也很新：新制造出来的土地，指向新房地产项目地点的广告牌，被挖出来然后倒在海滩上的亮闪闪的新沙子。佛罗里达对美国人来说就像美国对世界其他地方一样——一个崭新、自由、纯朴的开始。

佛罗里达是潮湿、温暖的热带地区，基本上没有明显的特色，可以被无限转换。它像被催眠的人一样易受影响。它的本质特征可以被反复重新想象。大沼泽地被巴西肖乳香污染，这个问题很棘手，但现在人们正在刮除受污染土壤的表层以杀死入侵树种，然后计划在上面铺上很厚的无菌土壤，再用塑料人造雪覆盖，将其变成滑雪场。任何潮湿的佛罗里达落羽杉沼泽都可被排干，变成一块分割出售的住宅地，而且它可以被塑造成托斯卡纳村庄或新英格兰小镇的样子，而这个仿造的托斯卡纳村庄或佛蒙特小镇可能会挤满来自纽约、芝加哥或海地的人——他们把自己变成了佛罗里达人。坦诚而平凡的佛罗里达不会施加给你什么，所以你可以把自己的梦想施加给它。

1967年，海湾美国认罪，承认使用"虚假、误导、欺骗和不公平的做法"出售其佛罗里达土地。第二年，伦纳德·罗森将海湾美国卖给宾夕法尼亚州一家名为GAC的金融公司；他和朱利叶斯各获得价值6300万美元的GAC股票。伦纳德后来又成立了另一家土地公司，向德国投资者推销内华达沙漠里的荒地。1977年，他因涉嫌税务欺诈被起诉，大陪审团调查了他控制的秘密离岸银行账户；他表示不抗辩，被罚款5000美元，并处三年缓刑。

为收购海湾美国，GAC给了罗森兄弟价值近1.15亿美元的股票。GAC继续销售海湾美国的地产直至1975年。到那时，GAC负债达3.5亿美元。随后它宣布破产，清算花了十三年，一般认为这是佛罗里达商业公司史上最大、最复杂的重组，涉及超过9000名债权人、2.7万名业主和50万英亩土地。破产后，海湾美国酒店被卖给了一群整脊师，他们很快也破产了。然后它被卖给一家叫"好莱坞国际批发产品"的南美公司，其保安人员用酒店储存成包的大麻。曾供搭载潜在客户的飞机使用的海湾美国机场，现在起降的是运送毒品的货机。

为履行破坏开普科勒尔湿地的赔偿协议的一部分条款，GAC向佛罗里达州捐赠了法喀哈契的近一万英亩土地；然后州政府开始收购私人持有的海湾美国土地，一英亩一英亩地推进。这片地区最终成为法喀哈契沼林州立保护区。保护区内目前还有好几千块私有土地，州政府仍在继续收购，但由于大多数地皮不到两英亩，所以有好几千名个体业主，每次购买都意味着要与通常住得很远的一个个体业主进行缓慢的谈判。这个收购项目是佛罗里达的土地保护计划中最复杂、最具争议性、牵涉诉讼最多的。有一百户家庭最后真的搬进了金门庄园。他们住在孤零零的房子里，没有电话、电力和城市供水服务，周围的闲置地皮在慢慢变回沼泽。许多买了金门地皮的人很可能从来没来看过，其中大多数在政府提出收购后都愿意立即出售。生活在金门对高度独立的人很有吸引力。住在金门的许多独立人士强烈反对政府的收购计划。一段时间以前，一位购房者自封为"东科利尔县土地所有者改善委员会"的主席和研究主管。该委员会的口号是"上帝承诺用剑杀死从孤儿寡母手中夺走土地的政府官员"。

金门社区棋盘状的道路还在。人们现在在上面玩直线加速赛车、扔垃圾、降落载着毒品的飞机，路边则成为藏匿走私货物的地方。沼泽在渐渐收回土地，所以人们还能追逐过马路的熊和美洲狮，去钓排水渠里的鲷鱼和颌针鱼。打给科利尔县消防局的火警电话中有一半是报告曾经在海湾美国名下的土地起火。一些是由雷击引起，剩下的就是所谓的"猎人的闪电"：猎鹿人放火烧毁一片树林，被烧过的土地上几周内就会长出新的嫩芽；猎人们知道，新萌发的植物肯定会吸引鹿前来。从高速公路上开进该地区只能通过一条几乎没有标记的路，叫作米勒路延长线。科利尔县不维护米勒路延长线，而如果放任不管，这条路很快就会杂草、灌木丛生，或者被堆积的垃圾掩埋。但是多年来，有位神秘人士会以大约每月一次的频率开来一台推土机或平地机，铲断爬过路面的植物，把垃圾推到路边。人们给这位匿名人士起了个外号，叫"幽灵平路机"。幽灵平路机清理的土地不再是"金门庄园"和"马场之礼"。现在它的正式名称是科利尔县197号地块，住在附近的人简单地管它叫"街区"。

— ❀ —

一位叫迈克·欧文的巡逻员在法喀哈契沼林的办公室里接待了我。我们打算先去"街区"开车转转,然后再去看被偷采的兰花。这条路是白垩路面,炎热异常,两旁长满高至腰间的杂草,所以视野里除了正前方外,别的几乎什么都看不到。这些街区方方正正,跟真实的城郊街区一样,宽阔的白色道路跟真实的城郊道路也一样。一些路口有印着普普通通的路名的路牌,以及从囊叶铁兰、盐草和毒漆藤丛中伸出来的停车让行标志。在"街区"中行驶不像穿越丛林,而像穿越所有房子和人都被抹去的城郊。每过一会儿,我们就经过一片从茂盛植物中清除出来的空地,很可能是原来通往某户人家的车道的起点。有一些空地堆着大量垃圾——没了门的生锈旧冰箱、一堆黑色的轮胎、一张草坪椅。在一片空地上我看见一辆小皮卡,看上去似乎还能开。车斗上装着一打蜂箱,但四周不见养蜂人的踪影。我沿着这条路远眺几英里外的地平线,看到一线微光,然后它变成一个亮点,又变成一个更大的亮点,最后变成了一辆黑色轿车,看上去仿佛在生长而不是在移动。只一瞬间,它就开到我们面前,然后又在瞬间飞快开走,道路恢复了空荡荡的模样。除我们之外,一辆汽车、一个人都看不到,令人毛骨悚然;但最后看到了一辆汽车这场景却好像更令人恐惧——像是一个入侵者在入侵另一个入侵者。我打开窗户,探头出去。只有些许声响,但每一点响动都被放大了——巡逻员的车的低沉轰鸣，看不见的昆虫的飕飕声和嗡嗡声，一只鸟的鸣叫。这是一种怪异的有声的静止；这个地方有一种怪异的过于充盈的空虚。它比鬼城更像有鬼。鬼城只是没有人，而这里连建筑物也没有。这里不像从未发生什么大事的平静之地——这里充满了对上百万件事做了计划却从未完成的那种感觉。

在排水渠上方的一个涵洞中，一个男人在排开鱼竿，一个小男孩蹲在他身边，把整个手插进一桶鱼饵。经过他们时，巡逻员放慢速度，打开了他那侧的车窗。"外头可够热的。"他对那个男人说。汽车的引擎盖上缓缓升起一股裹着热浪的水蒸气。

"是够热的，先生。"男人点点头。小男孩站起身来，向我们挥动沾满虫子的手。

巡逻员在下一个拐角转弯，开上了回办公室的路。我们经过的每个停车让行标志都有几十个猎鹿弹打出的弹孔。开过几个街区之后，我们遇到了一辆福特野马越野车。司机是个高大的男人，留着长长的黑胡子。他停下野马，招手叫巡逻员过去。大胡子男人穿着卡其布裤子，系着一条扣头亮闪闪的皮带，但没有穿上衣。他额头和锁骨上淌着汗，胸部看起来像潮湿的发酵面团。他告诉护林员他刚刚看到一只黑熊在过马路，后面有两只猎犬和一名手持突击步枪的男子在追赶。跟大胡子男人说话的时候，巡逻员一直把手放在枪上。他做了一些笔记，然后对那人说："那么，你说你在哪里看见熊的？"

那人捋着胡子，皱起眉头，片刻后说："老实说，先生，在这片林子里很难形容,不过我想应该是在斯图尔特街和德索托街的交口附近。"听到有人用街道名称描述沼泽中熊跑过的地方真是奇怪。然后我意识到几年前它本来会成为某人的住址,这种感觉就更加奇怪了。

我们回到保护区办公室。我为步行进入沼泽做好了准备。我第一次走进法喀哈契时不知道应该穿什么衣服,只知道要尽可能多地遮盖身体,但也要避免被煮成半熟。最终我穿的是长袖衬衫、棉和莱卡混纺的紧身裤、中筒袜和廉价运动鞋。这套衣服其实效果不错,不过持续不了太久。远足结束后回到巡逻站时,我从车上拿了些换穿的衣服,跑到洗手间,不停地洗了十分钟的脸,然后脱下每一件沼泽地衣服,全部扔掉。衬衫被驱虫剂和防晒霜浸透,紧身裤被泥浆泡得僵硬,鞋子和袜子由于踩过渗穴里的淤泥而变得漆黑。不过不管怎样,现在能摆脱它们了,我还是高兴得一心只想甩掉所有衣服,塞进垃圾桶。在回酒店的路上,我停在一家凯马特超市,进去买了一大堆廉价长袖衬衫、紧身裤和运动鞋,以备将来进沼泽用。我回到纽约后谈起沼泽地远足时,每个人都问我穿什么。我描述那些衣服时,他们似乎很惊讶。我想他们可能本来觉得我会穿一些更耐磨、保护性更好的衣服。如果走在沼泽中时能穿一些感觉很安全的服装,如防水到胸部的涉水衣或包裹全身的潜水服,那当然很好;但如果真这么干,那就会死于虚脱,如果涉水衣里灌满了水,那会在死于虚脱的同时被淹死。一些法喀哈契巡逻员在沼泽里穿的是国家公园管理局制服和普通皮靴。比起靴子我更喜欢运动鞋,因为虽然靴子更坚固,感觉更安全,但我觉得穿运动鞋能更好地感觉到渗坑底部的情况,好确定里面是否有鳄鱼。这是拉罗什给我的建议,但我第一次走进渗坑时,我意识到,他从来没有告诉我,如果觉得自己发现了一条鳄鱼,该怎么做。沼泽无比贪婪,即使从脖子到脚都被衣物覆盖,我还是觉得自己一丝不挂。水是冰冷的,蚊子通过衣领和袖子溜进衬衫里,每一株有刺的植物都会钩住紧身裤,有沙子的渗穴淤泥直接渗透袜子和运动鞋,弄脏了我的脚踝和脚趾。我的肚子上和脸上有蚊子咬的包。第一次远足快结束时,我非常紧张、疲惫,竟然有生以来第一次出了荨麻疹。

开车带我转"街区"的巡逻员迈克·欧文打算把我送到一个大渗坑附近,拉罗什的一些兰花被粘在那里。他说他不会和我一起进沼泽——他打算把我留在那儿,因为他自己还有其他事情要做,而另一个巡逻员凯瑟琳已经在湖边了,她会带我走进去。他提到,凯瑟琳可能会带着一些志愿工作者,这样他们也可以看看被偷采的兰花。我换好沼泽地服装后,我们沿着法喀哈契的唯一道路行驶了几英里。在我看来全程每一英里都一样——丰沛、绿色、坚不可摧。几分钟后,我们靠边停在一个丰沛、绿色、坚不可摧的地方。片刻之后,凯瑟琳从树林里走出来。她身材结实,脸颊通红,一头蓬松的棕色卷发,身上的巡逻员制服在腰以下完全湿透了。在她身后是两个大个子男人，是我见过的最高大健壮的人，身体像一整扇牛肉，肩膀像烤牛腰肉。我曾经读到过，有个据说生活在法喀哈契里的"臭鼬人"，身高七英尺，体重七百磅。这两个大个子男人穿着宽大柔软的囚衣，头发用布随意包裹着。"过来。"巡逻员说，向我招手。迈克·欧文说待会儿再见我，然后回到车里开走了。

我走下路肩，进入沼泽，没看脚下；如果我看了的话，也许就不会走下去了，因为只有不想太多，我才能从较高的水岸迈入黑色的深水。水淹到我的膝盖，然后又没过了膝盖。漂浮在水面上的狸藻属和天胡荽属水草缠在我的腿上。水底的泥浆是柔软的，但不是那种令人愉快的柔软，而是黏软，像在牛奶里泡了太久的麦片。巡逻员很快就出发了，我们排成一队在她身后跋涉——先是我，然后是一号巨人，然后是在他身后几英尺的二号巨人。巡逻员提到，兰花在沼泽的一个湖里，我们可以穿过它，因为它虽然很深，但不像法喀哈契别的一些湖那么深，如深入地下九十七英尺的"深湖"。我们走了大约十分钟，到了一个地方。树下的灌木丛中出现一处空隙，从水面上往下看，看不到沼泽的底部。这就是那个湖了。湖的中央有几棵圆滑番荔枝树，巡逻员招手让我过去，看她粘到这棵树上的兰花。树枝上用铁丝捆着几条整根切割的细原木。拉罗什移除兰花的时候把兰花附着的树枝部分整个锯了下来，因为他不想冒撬下兰花而伤害它们的风险。拍照取证后，巡逻员取回了兰花，然后他们还是把它保留在原来的树枝上，只是把树枝绑到圆滑番荔枝树上。他们把兰花放到沼泽几个不同的地方。这里有两株章鱼兰、一株蝶唇兰和一株鬼兰。没有一株在开花——它们只是一小团一小团的根和杏仁状的假鳞茎；除了无叶的鬼兰外，其他几株都有浅绿色的锥形叶。捆扎铁丝绕树几圈，以牢牢固定住细枝。这个糅合体看起来怪模怪样的，但是到目前为止兰花还没有死。

为了找到一个观看兰花的好角度，我们不得不从大腿深的水走到齐腰深甚至更深的水中。这是默诵《法咯哈契战略计划》中的章节的好时机，其中写道："该保护区吸引向往完全未开发的地区的游客，他们喜欢艰苦的远足，不厌恶在沼泽齐腰深的水中跋涉。"当我们四人都走到树下时，巡逻员终于把我介绍给了巨人，说他们在考普兰路监狱服刑，参加了囚犯工作释放计划，那座监狱就在从法咯哈契出去的路上——我来的时候路过过。两个男人都很羞怯，用很小的声音咕哝着说话。介绍之后，我发现他们俩都带着三英尺长的大砍刀。我不知道在那之前我为什么没看见砍刀，但也许是因为这一路他们大部分时间一直走在我身后。我讨厌跟带着砍刀的罪犯一起远足。我们在湖里站了一会儿，时不时地，其中一个人或另一个或两个人同时举起大砍刀，然后狠狠抽进水里，脸上带着吓人的神经质般的表情。他们挥刀非常凶猛，砍刀砸在水面上的声音听起来像是在打人的屁股。巡逻员探身过来，低声告诉我，她给他们大砍刀，是因为他们都怕蛇，拒绝在没有什么保护措施的情况下进入沼泽地。拿到大砍刀之后他们同意进来了，但虽然手持利器，却仍然像兔子一样警惕地站着，手僵硬地高举在水面上方。每当有气泡上升到湖面,一片树叶落下或一只鸟吱吱叫几下,巨人和我都会惊慌。我惊慌时会动弹不得。一个巨人惊慌时会紧张地突然跳起,然后另一个巨人也会紧张地突然跳起,他们的总体重搅动水面,柔滑的波浪泛起,划过湖面。每次他们上下跳动,冰冷的黑水都会拍打我的肚脐。沼泽炎热而又安静,除了巨人的砍刀抽在水面上时飞溅和狠拍的声响。在这样的地方你可能会消失,是那种真正的消失——在一个漆黑的渗穴里,或在厚厚灌木丛下的温暖淤泥中。一旦沉入水中,就没人能在这样的地方找到你。就在这时,我好奇心骤起,但还是决定等到我们走出沼泽,坐进一辆安全的政府汽车之后,再去问巨人们他们是怎么进的监狱。

人人都能种兰花

我遇到了佛罗里达著名的兰花种植者汤姆·芬内尔。我跟他讲了拉罗什制造、销售海量鬼兰的计划。汤姆说他觉得拉罗什的想法过于疯狂。"鬼兰肯定会死,"他说,"它们是没法种的。它们逆向演化,把自己蜕变得只剩根和花,只能在一种非常特殊的微气候中存活,根本不可能完美复制出来。"我告诉他,拉罗什相信自己能凭鬼兰成为百万富翁。"那也是太疯狂了,"他说,"全美国可能也就只有一百个真有毛病的人想要鬼兰吧。除了他们外,我觉得就算去食品展销会上卖,一毛钱一株,也不会有人买。"汤姆·芬内尔本人恰巧就是百万富翁,不过不是因为他的兰花。在我认识他之前不久的1994年,他和妻子特鲁迪中了佛罗里达州发行的彩票,奖金是676万美元。两周后他们关闭了"兰花丛林"——芬内尔家族在霍姆斯特德附近经营了三十多年的事业。

汤姆的祖父于1923年买下了"兰花丛林"的土地,当时这里是一片硬木沃土树丛。他在这块地上盖了一栋房子和一个兰花花圃,没有动剩下的丛林,而只是将热带兰花挂到树上。他只打算把丛林弄成一个不同寻常的超大号家庭花园,但1926年《迈阿密先驱报》刊登了一篇关于这个地方的文章,第二天,他家门口就出现了近两千名好奇的游客。最后,芬内尔家将"兰花丛林"变成了一个旅游景点,鼎盛时期在每个旅游旺季能吸引五万名游客,他们的花圃年销量可达六万株。但是到汤姆和特鲁迪中彩票时,"丛林"已经陷入了困境。飓风"安德鲁"摧毁了他们的全部十三个温室,吹倒了"兰花丛林"丛林部分的一半树木,乘着旅游大巴跟团来游览"兰花丛林""猴子丛林""珊瑚城堡"等地方性景点的游客全都不再来霍姆斯特德了。

不过我在炎热的一天去了霍姆斯特德,那是在我和囚犯一起远足之后。汤姆邀请我去看"兰花丛林"里还留下的东西并访问他的一些种兰花的邻居。他还想让我见见"蛇男孩",那是个年轻人,租住芬内尔家土地上的一座小屋。不过我去的那天蛇男孩不在。汤姆说,蛇男孩收集有意思的爬行动物和蜘蛛,把那座小屋都装满了。汤姆说的时候兴致盎然,不过我们没法去看,我对此只感到有些许遗憾。装满爬行动物和蜘蛛的小屋并不吸引我,不过我也开始理解拉罗什如何和世界相处了——感到遗憾的是这部分的我。我第一次听说拉罗什的事时,以为他是个极端主义者,对兰花充满疯狂的激情,跟人们一般对植物——或者说对任何东西——的感情差别很大。然后我在佛罗里达遇到了越来越多的"兰花人",他们献身于自己的植物,把所有精力都倾注在上面。然后我又听说了类似蛇男孩这样的人，同自己的蛇和虫子一起住在小棚子里；住在塔米亚米小径路边的一个老人，拥有一座落羽杉气生根的私人博物馆；还有迈阿密的一个叫马里奥·塔布劳伊的毒贩，一直在收集世界上每一种濒临灭绝的动植物的标本。塔布劳伊拥有一家"动物进口无限公司"，他以公司的名义得到了一只长颈鹿、两只猎豹、一只名叫美杜莎的双头蟒蛇以及数十只珍禽，还有价值7900万美元的可卡因和大麻。我想和塔布劳伊先生聊聊他对稀有生物的热情，但在我去佛罗里达之前不久，他将一名为政府工作的线人剁成小块，然后在后院的烧烤架上烤熟，于是他以谋杀和勒索罪被判入狱，刑期是一百年。我给关在监狱里的他写过信，但从没收到过回信。后来我听说，塔布劳伊因为上庭作证，获得了良好表现积分。他作证指控托尼·席尔瓦，这是著名的鹦鹉专家和濒危动物活动家。席尔瓦与母亲合作，用穿孔塑料管从巴西走私了几百只非常罕见的风信子金刚鹦鹉到美国。似乎有成百上千的人裹在他们对自然世界的特殊激情中。我仍然认为拉罗什和他的计划很特殊——其实可以说是超越了特殊——但我开始感觉他更像一个连续体的终点。有一些人被非人类生物迷住了，像恋人一样追求它们。他是这类人中最古怪的那个。

芬内尔家低矮而宽敞的房子和"兰花丛林"的剩余部分地处静僻，在霍姆斯特德一条没有便道的路旁边。虽然飓风卷走了丛林的大部分，但房子四周仍然全是茂密的绿色植被，拥向街道。所有植物都是超大型的。巨大的棕榈叶在房子四周形成了一圈帘子。前院里的观叶植物的叶子长四英尺，和我的大腿一样宽。从芬内尔家的车道上看去，丛林就像礼物包装纸一样，把整个房子都包住了。汤姆在门口迎接我，带我进去。他是我在佛罗里达遇到的最高或第二高的兰花人，身姿优雅，举手投足散发着贵族式的风范，这让他看上去似乎更高了。他六十多岁，下巴朝前，一头浓密的白发，说话从容不迫。成为百万富翁以来，他和特鲁迪四处旅行，给自己的房子买了一些好画，永远不用再经受兰花人的痛苦——培育植物，使它达到最佳状态，却只是为了看着顾客把它运走。发财之前的汤姆虽然没资格挑剔，但有时实在不能忍受把喜欢的植物卖给不喜欢的顾客，所以会在最后一刻决定不再出售那株植物，将顾客赶走。这种做法吓坏了他的孩子们。他儿子告诉我，他自己开办花圃后，立刻定下不带感情的原则——"所有植物向任何人出售都可以"——但唯一的例外是他祖父几十年前在南美采集的一株卡特兰。

在我们动身之前，汤姆带我在房子里转了一圈，指出了一些最好的植物，还跟我讲了芬内尔家族的历史。他家的历史可以追溯到南北战争结束后的肯塔基州，汤姆的曾祖父在那里做马具生意，还热衷于搞发明，现在在所有二十二种获得专利的马靴中，有二十种是他发明的。他的作品还有芬内尔马尾套件，是一种用来固定马尾的奇特装置。他的大部分发明至今仍被使用。汤姆的曾祖母则热心地照料一个大玫瑰花坛、一个温室、一些来自墨西哥的珍稀植物以及一位传教士朋友从马达加斯加给她寄来的兰花。他们的儿子李（汤姆的祖父）在成长过程中也做一些园艺活。后来李得了肺结核，医生告诉他应该多待在潮湿的地方——如温室，所以他开始做大量的园艺工作。他最终在肯塔基州蓝草地区的辛西亚纳开了自己的花圃。他偏爱兰花，并成了阿勒格尼山脉以西的第一位商业兰花种植者。1888年李·芬内尔的花圃正式开业，当时还没有订购植物这件事——花圃经营者必须得亲自去丛林采集植物。李于1888年前往哥伦比亚和委内瑞拉采集兰花，带回了超过一千株卡特兰属。1891年，他又去了一次。他还雇用英国和德国的兰花猎手，在世界各地的丛林中为他采集。在南美之行中他发现了一些新物种，但拒绝将它们提交给英国皇家园艺学会的国际兰花品种登录机构，因为他是爱尔兰人，非常瞧不起英国人，不想和他们扯上任何关系。

芬内尔兰花公司在辛西亚纳的温室位于利金河[1]南支，曾多次被洪水严重破坏。在一场具有毁灭性打击的洪灾之后，李不得不宣布破产。1922年，他决定把自己、家人以及他的兰花和凤梨科植物搬到佛罗里达。他将三辆卡车改装成兰花运输车，在肯塔基和佛罗里达之间往返两次，把所有的花都运到了南方。当李买下后来成为"兰花丛林"的土地时，南戴德县还

---

[1] 利金河（Licking River）发源于肯塔基东部，为俄亥俄河的支流。

没开发，仍然是自然状态。李在丛林中清理出一片空地，建了一座房子、一个花圃和一个植物实验室。他在实验室中研究让兰花种子发芽的技术，并最终开发出了如今著名的蛋糕烤盘法和土耳其毛巾法。（芬内尔家族颇具创造力。在曾祖父的马靴和李的蛋糕烤盘法之后数年，李的儿子老托马斯开发了"黄油球"牌速冻火鸡。）1926年，一场凶猛的飓风席卷霍姆斯特德地区，重创李的房子，几乎完全卷走了丛林。全家人躲在他们的斯蒂庞克敞篷车里等待风暴过去，所幸全都安然无恙。然后《迈阿密先驱报》刊登了那篇文章，"兰花丛林"再次受到风暴冲击，不过，这次的风暴是成千上万的植物爱好者。1941年，李·芬内尔去世，其遗孀多萝西坚信他在"兰花丛林"里四处埋藏了许多钱财，因此，在接下来的十年里花了很多时间在这片土地上挖洞，以寻找隐藏的宝藏。最后，多萝西和李的儿子老托马斯（他当时在海地为美国农业部工作）终于确认，不管是在"兰花丛林"的地下还是别的地方都完全没有藏钱，就提议家族把它卖掉。当时，老托马斯的儿子汤姆——就是我那天去霍姆斯特德见的汤姆——在哈佛读本科。一次回家时，他意识到自己无法接受将"兰花丛林"卖掉，于是中断了几年学业，帮助母亲经营它。他回到哈佛后换了专业，从政府管理转到生物学。1949年，他回到"兰花丛林"全职工作。

汤姆回国时正值美国人开始对兰花着迷。士兵在太平洋地区看到奇妙的热带物种，其中许多人从战场回家途中于夏威夷停留,收到了一只兰花花环。雷克斯·斯托特[1]正在陆续出版他大受欢迎的系列侦探小说,其中的主角尼禄·沃尔夫是个精明的侦探,也是兰花爱好者。沃尔夫住在纽约一幢褐砂石建成的公寓楼里,每天两次登上楼顶,每次待两个小时,去看他养在那里的一万株兰花,其私人植物学家西奥多·霍斯特曼陪着他。1951年,《星期六晚邮报》[2]刊登了菲利普·威利[3]的一篇文章,题为《人人都能种兰花》。威利在文中写了自己参观"兰花丛林"时看到的"魅力无法抗拒的奇观",然后描述了芬内尔的蛋糕烤盘兰花栽培法,这种简易、廉价的方法使养兰花这个昂贵的爱好成了人人都能负担得起的东西。在当时,这样一篇说养兰花不是富人专利的文章,肯定是像一篇题为"人人都能养马球用马"的文章那样令人吃惊。威利写道:"芬内尔的想法被认为是异端。……就连普通业余爱好者种植兰花,用到的设备都比在美国养个孩子需要的东西更多、更昂贵。"该杂志因威利的这篇文章收到了大量回应,数量仅次于早些时候刊登的一篇写珍珠港的文章。芬内尔家在文章发表后也收到了大量来信,以至于不得不雇用三名秘书来回复。"每个人都想知道如何获得兰花以及如何前往'丛林'。"汤姆说,"实际上,大约有三分之一的来信里只有已经签好字的空白支票和一张小

---

1 雷克斯·斯托特(Rex Stout,1886—1975年),美国侦探小说作家。他在从1934年开始发表的系列侦探小说中塑造了尼禄·沃尔夫这个形象。
2 《星期六晚邮报》(*The Saturday Evening Post*)是美国的一份双月刊杂志,创刊于1897年,至今仍在发行。
3 菲利普·戈登·威利(Philip Gordon Wylie,1902—1971),美国作家。

字条,写着'请给我寄些兰花,什么品种都行。'"

汤姆说,他想首先向我介绍他的邻居们,将"兰花丛林"的行程安排在一天的最后。我们穿过前院去他的车那边。叫"前院"也很有意思——它只是繁茂植被中的一块空地,像地毯上出现了一块光秃秃的地方。甚至这光秃秃的地方也并不完全是光秃秃的。在割过的草坪上,那些令人难以置信的观叶植物见缝插针地偷偷溜了过来。它们巨大无比,就像科幻世界中的植物,怪异的叶子张牙舞爪。我避开汤姆的视线,尝试把自己裹进一片叶子里。蛇男孩的狗在车道上蹦蹦跳跳,所以出发后汤姆先开到小屋那边,看看蛇男孩是不是可能在家。蛇男孩不是汤姆的儿子,但是汤姆对他的态度有些父亲的感觉。植物圈子里有许多子承父业的例子,也有一些人实际上扮演着父亲和儿子的角色。对兰花的激情能在一个家族中持续几代人之久,也许原因在于父亲向儿子灌输了对兰花的热爱,或者一些关于植物的本能在家族里流传了下来,就像民间传说一样。汤姆·芬内尔是兰花人的儿子、孙子和曾孙,他自己的儿子汤姆三世现在也是兰花人。蛇男孩极度热衷昆虫和植物,和它们意气相投,这让他差不多也能算是芬内尔家的人。小屋的门似乎紧闭着,所以过了一会儿,汤姆耸耸肩,发动了汽车。

在佛罗里达,人们去任何地方都是开车前往。如果是兰花人,那开得还要更多。汤姆过去每年到全国各地参加几十场兰展。"有一年我做了整整十七次展示,"他说,"我需要两个拖车来拉所有的兰花和展示材料。那不是小拖车,而是大约十六英尺长的大拖车。我开一辆,特鲁迪开一辆,我们开车一整天不停,因为如果停下来的话,拖车会变得太热,兰花会死。而我的展示真是不错。现在有了限制,最大展示只能到一百平方英尺,虽说没人真正遵守;不过那时候想怎么弄就能怎么弄。有一年我做了一个六百平方英尺的展示,有一个三层的瀑布和几十株我最好的植物。其中一株在一场展会中开了一千六百朵花。"我问他最得意的展示是什么。他轻轻敲着方向盘,一分钟后说:"有一年,我以'杰克与豌豆'为主题,做了一个精彩的展示。我用泡沫塑料雕刻杰克,然后给他穿上我儿子汤米的衣服。那个真是很不错。"

一些标牌飞速掠过我们身边:本地树种苗圃、汉克观叶植物批发、克里凤梨、上帝(神圣)罪——悔悟——唯一的选择。每寸土地都生机勃勃——草、果树、乱蓬蓬的灌木、不知名的绿色植物。我们开过一片像玉米一样栽成一排排的无花果树。地里还种着好几百列我通常在花店里看到的小植物,每一株都比我看到的大一百倍。汤姆停在一个写着"莫茨兰花"的标牌下。"我想让你见见马丁·莫茨,"他说,"他的万代兰养得非常非常好。他有自己的一套想法。其中有的很有争议,而他本人有点儿……嬉皮士,不过我非常喜欢他。""莫茨兰花"是一个院子,里面有几个破破烂烂的大棚。马丁的房子也在院里,还有几座附属建筑,看上去死气沉沉的。两只泥土色的大狗在院子里悠闲地散步。车道上有一辆新款宝马,车牌是VANDA 1[1]。我站在车旁可以看到,在随风抖动的遮阳布后面,是一行行深紫红色的东西、淡紫色和白色。片刻之后,马丁·莫茨从大棚里出来。他看上去大约五十岁,身姿瘦削而灵活,胡子刮得很干净,晒黑的皮肤看起来好像永远不会褪色。他穿一身土黄色的衣服,松松垮垮的,从指尖到肘部都有泥土。"芬内尔先生!"他兴高采烈地说,"我正在想事情呢,你就来了。"他看看我,又说,"亲爱的,我正在做一份今后二十到三十年的植物计划,以对抗时间的力量。"

汤姆在口袋里翻来翻去。"给你的种荚,马丁。"他说,掏出一个镰刀形状的棕色东西。"这是李·摩尔从秘鲁给你捎来的。我还想给你拿一个蛇男孩发现的东西,但他不在家。"就在此时,一辆卡车开来,停到汤姆的车后面。驾驶员爬下来,开始卸下卡车斗里的箱子。马丁朝那边瞅了一眼,说:"啊哈,宝贝到了。"我说我从没听过有人这么隆重地招呼一辆卡车。"我得跟你说清楚,我搞了太长时间学术,还在痊愈过程中,"马丁说,"我仍然在努力消除一个20世纪诗歌的博士学位给我带来的影响。"他开始背诵叶芝早期的一些作品,然后在一副对句中间停下来,打开一个箱子。里面是六株兰花,叶子看上去不太健康。马丁说它们是从秘鲁运来的,跟许多从国外运来的植物一样,已经在迈阿密的美国农业部检疫设施里被隔离了

---

[1] Vanda 即为"万代兰属"之义。

二十一天。隔离期结束后，植物经烟熏消毒再被交给收货者。马丁背完了叶芝的对句，停顿了一下，对卡车司机说："告诉你老板，我可不喜欢我的植物烟熏以后成了这个样子。我敢保证，听到这个消息后他会，呃，非常感谢我。"司机耸耸肩，递给马丁一个笔记板和一支笔，说："是啊。现在您签个字。"

马丁的大棚里摆满了万代兰，这是兰科的一个属，花瓣呈圆形，花面宽阔舒展，叶子跟菠萝顶部的叶子很像。万代兰的外观容易让人接受，唇瓣不是口袋状的，也不像其他一些品种那么怪异。万代兰品种颜色繁多，叶子可能有斑点，或者叶脉突出，或者没有什么特殊之处。那天我们很走运，马丁的许多植物都开花了，形成一片片紫色或粉红色的晕染，在昏暗的大棚看上去像是在发光。马丁说，他的大部分进口植物来自泰国。他正在实验室里研究一些新的杂交品种，打算亲自把它们培育到萌发。杂交是兰花业内一个玄妙的问题，具体做法是用两株品质优良的植物进行异花授粉，以最终得到具有父本和母本的最佳品质的杂交品种。自然界有超过六万种兰花，而登记在册的杂交兰花至少也有六万种，加起来就有十二万种，而这些全都可以用来与天然或杂交品种异花授粉——换句话说，要想算出来有多少种可能的杂交组合，可能得需要一个计算器。有时杂交产生的是特征不甚理想的弱化或突变品种，没有带来回报；而有时则会产生美妙的崭新花朵，如可以兼具一个亲本的丰富颜色及另一个亲本的精细形状和适当硬度。事先无法知道哪些杂交会得到好效果，而哪些不会。一个成功的杂交育种者必须拥有良好的直觉和好运气,深刻了解打算使用的每个亲本,还要有很多时间——因为新的杂交品种要过大约七年才会开第一朵花。

如果兰花育种者能培育出一个好的杂交品种,就会成为市场热捧的对象,会有人上门来求购。然后,因为兰花的血统并不保密,所以任何人都可以用同样的亲本复制这个杂交种,但那还是要等七年才会开花。换句话说,培育出新杂交种的种植者实际上对这种花拥有七年的版权。在这七年里,它的商业价值为这位种植者所垄断。在此期间,种植者还可以垄断因创造一个新杂交种而带来的地位——可以用花圃的名字为该品种命名,参加美国兰花协会的竞赛,因培育技术而得到关注,甚至能影响兰花的未来。种植者可以根据自己想象中的特征进行杂交育种,而如果培育出的杂交种流行开来,在竞赛中获奖,那么其他种植者可能会开始研究具有相同性状的杂交种。例如,马丁想要培育出一些复古风格的万代兰,像维多利亚时代的兰花猎手卡尔·罗贝林在菲律宾地震后的废墟中首次发现的非洲豹万代兰时的样子。其他一些种植者则朝相反的方向努力,他们的杂交品种更大、更有雕塑感、更生动、更极端。谁能在兰展上取得成功,征服引领时尚潮流的兰花评论家,就能为万代兰定下未来的发展方向。

培育一个好的杂交品种跟发明一道新菜谱一样麻烦。许多兰花种植者根本不涉足这个领域,而是专心将已有品种养到极致。马丁告诉我,他认为很多宣称培育出了新杂交种的育种者实际上从中国台湾或泰国的花圃购买新品种,然后把发明的荣誉据为己有。"我绝对可以肯定,你听到的那些新杂交种里,有一些是从遥远的地方运来的。"马丁说,"佛罗里达的育种者刚宣布培育出一个新杂交种,然后就这么巧,马上有人在泰国的花圃里看到一模一样的品种,这种案例太多了。想想看,兰花有好几百万甚至好几十亿种杂交的可能性还从没有人尝试过,所以要不就是美国育种者买了泰国新出的杂交种,然后说是自己种出来的,要不就是发生了人类创造史上最离奇的巧合。"他说,许多兰花人都希望能把新品种推向市场,享有创造者的名声,但由于实在太忙,懒得自己去做。"这是基本荣誉感的滑坡,这是对想法的偷盗。在泰国培育出杂交种的人很可能是佛教徒,所以不会提出异议。对佛教徒来说,抗议窃取知识产权是违背信仰的,所以这边的种植者无论购买什么品种,都可以宣称是自己种出来的,而不必担心遭到驳斥。"

我们穿过大棚时,马丁和汤姆在交换关于兰花的故事,辩论植物采用伪对抗还是伪交配策略实现授粉各有何优劣。我走在他们身后几英尺处听着,在一朵性感的粉红色花朵旁驻足,嗅了嗅。它闻起来像柠檬海绵蛋糕。"那朵花很棒,"马丁说,"大概值一千美元。"我们走过一张桌子,上面摆满了小花盆,里面的植物都没开花。马丁拿起一个花盆,用一根手指戳进土壤,然后摇了摇头。汤姆扬起眉毛,问:"这些是做什么用的?"

"这是我们一个失败的实验。"马丁说,"马丁·莫茨博士有天晚上做出了一项重大的经营决定,于是,我们就有了这么多东西。"

总有经验丰富的买家前来拜访莫茨兰花。那天下午,当马丁带我们参观时,恰巧有两位买家上门。他们叫理查德·富尔福德和丹尼丝·麦康奈尔,都是优雅、精致的牙买加人,是马丁这里的常客,且都拥有丰富的兰花收藏。理查德是住在迈阿密的商人,丹尼丝只是来美国旅游,她说她住在牙买加一个叫"沼泽远足"的巨型庄园里。马丁知道他们要来,所以在听到理查德的车开进来时,大声念了几句《罗密欧与朱丽叶》,然后招手让他们走进大棚,到我们这边来。他们跳下车,跑上车道,从大棚入口的绿布下钻进来,然后脚步就渐渐放慢到欣赏商店橱窗的速度,几乎停住了。他们慢慢地朝我们走来,穿过一群开着咖啡杯大小的紫色花朵的植物。它们的上方悬挂着板条木篮,里面的植物盛开着亮白色和粉红色的花。当理查德和丹尼丝终于走到我们这里时,脸上都是眩晕般的表情。"上帝,我觉得我可能快挺不住了。"丹尼丝说,叹了口气,"理查德,帮我控制着点我自己。"她告诉马丁,自己已经向丈夫保证要克制。他现在也在迈阿密,不过不想来马丁这里。"他不是兰花人。"马丁向我解释。

"对,他不爱好这东西,"丹尼丝说,"他的爱好是吃。"

"丹尼丝今天已经买了一箱植物了。"理查德说。

丹尼丝挥挥手:"得了吧,那一箱只是幼苗。也许有四五千株,但只是幼苗。"

"喔,真可以。"马丁说。理查德和丹尼丝开始慢慢离开我们,朝一张摆着斑驳黄色花朵的桌子走去。"你这儿好东西太多了,马丁。"丹尼丝说。

"我花了十年时间才养出来那个。"马丁说,指着一朵其中最大、最鲜艳的黄花,"一个人生命中的十年啊。"

"瞧瞧那唇瓣。"理查德说。每个人都静静地站着。一只大黄蜂飞过,像醉汉一样从一边飘到另一边。它撞到那朵黄花上,弹起来,又撞上另一朵。花被这只胖胖的大黄蜂撞得微微颤抖。"丹尼丝,"马丁说,"你应该拥有这株植物。像你这样品味这么好的女士应该拥有!'欢笑嬉游莫放过了眼前,每个聪明人全都知晓。'[1] 你为了自己,也该拥有它。"

"确实是太吸引我了。"她说。

"你需要找点什么合适的东西,能装进手提箱里走私回牙买加的吗?"马丁开玩笑说,对她眨了眨眼,"因为,亲爱的,如果你需要,那么这个漂亮的小东西很合适。"他拿起一个花盆,里面装着世界上最可爱的植物。我曾发过誓,每次到佛罗里达来都不会买哪怕一株兰花,但现在又觉得要是不能拥有这一株,我大概会后悔死的。花瓣的底色是便笺纸那种米黄色,而在这黄色的背景上有一簇喷射状的艳粉色细小斑点;花朵通

---

[1] 这是莎士比亚作品《第十二夜》中的两句诗。译文出自朱生豪译本。

过一根如甘草糖一般扭曲的茎与植物本体相连。花瓣丰满柔软，摸上去令人愉悦。花的中心看上去像小猪的脸。我凝视着这株植物，同时感觉它好像也同样在凝视着我。它并不漂亮，但很吸引人。我觉得我可以盯着这朵花的中心看几个小时。

"噢马丁，我用不着走私，"丹尼丝说，她把"r"发成颤音，让他的名字听起来很浪漫，"我不用按手提箱的尺寸买花。我有进口许可。"她和理查德走向大棚后面。其中一人发现了一朵奶油粉色的花，用手指着它。他们都大为惊讶。"这是什么，马丁？"丹尼丝喊了出来，"我要疯了，马丁。"

他看了看她和理查德指着的是什么。"哦，对。是不是很显眼！"他拉长调子说，"保佑它的小心脏。"然后他假装忙着干别的事情。丹尼丝看了理查德一眼，轻轻地说："一定是一个特殊的杂交种。他不会告诉我们是什么。"

"啧啧啧，"马丁说，没有抬头，"汝等不可贪心。"[1]

就在这时，马丁的一只长腿泥土色大狗快步小跑进大棚，狠狠地咬了我一口。我喊的声音大到足以立即吸引每个人的注意。马丁牵住狗，开始说这件事多么有趣，因为那条狗从来没有咬过任何人。我觉得他说的东西太学术性了，所以听了短短一小会儿，就一瘸一拐地朝房子那边走，去找狂犬病药。我出来的时候，丹尼丝已经定下了大约四十株她想买的植物，放在一起。马丁在给她写收据。"咱们来看看，丹尼丝，"他斜着眼

---

[1] 这句话原文为"Thou shalt not covet"，出自《十诫》，随教派而不同。

看收据,"我们已经把你所有的钱都花光了吗?"

她呻吟了一声:"噢马丁……真不好意思,我们必须得走了。"

"嗯,好的,"他说,"行。现在,亲爱的,我要宣布一个消息。莫茨博士决定,从你看上的那些神秘的粉色万代兰中挑一株送给你。"他笑了,"我信仰第十一诫:汝等不可扣着美丽的新品种万代兰,不给汝之最亲爱的顾客和朋友。"他走向摆着那不知名花朵的桌子。丹尼丝和理查德的目光紧紧跟随着他。丹尼丝看起来好像屏住了呼吸。马丁端起其中一个花盆,转向我们,说:"亲爱的,我跟没跟你们讲过我对有组织宗教的看法?"

这一天进入了金黄色的时段,太阳仍在地平线上徘徊,仍然希望能把人烤死。汤姆说我们该走了,所以我向马丁道别,并安排在一两天后再来见他。我们回到车里后,汤姆坐了几分钟,想我们下一站该去哪里。随便往哪里开都有兰花种植者。在以马丁家的车道为中心的半径一英里范围内,很可能有十亿株兰花。这是我在佛罗里达从未习惯的一个事实——能看到数量极多、范围极广的像兰花这样具有异国情调的珍奇之物,却没有什么仪式感。它们种在破破烂烂的花盆里,摆在长长的工厂架子上,不过,这并没有让兰花看起来像普通商品——这经常让我想起一次去参观海瑞温斯顿[1]的珠宝车间,看到价值二十万美元的一批梨形钻石就堆在一个旧雪茄箱里。其实比起在有红色天鹅绒衬里的展示柜中看到它们,这种方式更令人吃惊。汤姆说他想带我去看终极的植物盛宴,是一个叫"克里凤梨"的地方。那儿的温室占地32.9万平方英尺。在这32.9万平方英尺的温室中,有360万株兰花和140万株凤梨科植物。"那是个很大的地方,"汤姆在我们朝那里开的途中说,"真的'比大更大'。"

原来的"克里凤梨"已被飓风"安德鲁"夷为平地,所以它实际上是一个全新的"比大更大"的地方,建筑以乳白色的金属板材搭成,白色高尔夫球车在其间穿梭。真的有个人叫克里,但汤姆和我到达时,克里正在忙着处理一批新运来的货物,是一百万株蝴蝶兰属兰花,所以花圃的工长提出由他来带我们参观。"克里凤梨"并不是能走着参观的那种地方,必须得坐高尔夫球车,而要想跟人交谈得通过对讲机,用带编号的区和分区来说明自己在哪里。工长是个俊俏的小伙子,名叫迈克,穿着米色马球衫和短裤。他爬上一辆高尔夫球车,让汤姆和我坐在后面,然后高尔夫球车轻轻一动,我们就像高尔夫球似的,被一个推杆推向庞大的温室。

他说首先给我们看一些凤梨科植物。"具体是什么?"汤姆问。

---

[1] 海瑞温斯顿(Harry Winston)是一家美国奢侈珠宝商,始创于1932年,是顶级珠宝生产商之一。

"彩叶凤梨属的'火球',"迈克说,"我们这里种了大概一英亩。"他开进温室,沿着一条车道行驶。每条车道两侧各有一条长长的架子,高度大约到腰间,有几英尺宽。车道有三个网球场那么长,而这座温室里有好几十条车道,架子上摆着成千上万株植物。在这些安静、有序的不锈钢金属架子上,存在着一个很有大自然感觉的微型丛林。迈克把高尔夫球车停在一条长架旁,上面摆着的植物在叶序中心长着坚硬的红色穗状花,绿色的叶子也是硬邦邦的,从茎上像香蕉皮一样一层层剥开。这就是彩叶凤梨属的"火球",在这座温室里有成千上万株。它们将被打包运送到全国各地的家得宝、花卉市场和凯马特。

"我给你讲个故事吧,"汤姆说,"你知道这些彩叶凤梨是从哪里来的吗?跟你讲,有个家伙,就住在这附近的一个拖车公园里,就在古尔兹[1]。他一个人住——噢,不过其实是跟一条狗和一匹小马一起住在他的拖车里。真的是这样。有一天,他在自己弄来的一株兰花上发现了一个神秘的小芽。他把这个小芽粘在一个挖空的椰子壳里,然后它长大了,就是这种好看的凤梨。他建立了自己的小花圃,只卖从那株凤梨分出来的幼苗。他从这上面赚了肯定已经有五万美元。他靠那株植物生活了好几年。那就是他的生活,他的生计,就是他偶然发现的一株凤梨。"

---

1 古尔兹(Goulds)是佛罗里达州迈阿密－戴德县的一个城镇。

"太神了。"迈克说,心不在焉地从车附近的植物上摘下枯叶。

"然后,那家伙要退休时,我去到他那里,从他手里把起初的那株植物给买了下来。"汤姆说,"当时它已经非常巨大了。我买下来之后,这里挖去一点,那里砍掉一点,把它修剪得小了一些。而且你猜怎么着,它还是长在那个挖空的椰子壳里。"

迈克发动高尔夫球车,我们沿着车道缓缓行驶,探出长架边缘的叶子拂过我们的身体。有一个长架上高高堆起很多塑料小花盆,里面的植物枯萎、下垂。温室里别的长架就像棋盘格一样井井有条,但这个架子是一团糟。迈克朝那边点点头,说:"失败的花烛属项目。"

"是什么?"汤姆问。他伸手拿起其中的一个花盆,用手指捻起里面的泥土。

"伊莱恩,"迈克说,"一个叫伊莱恩的品种。是用辐射创造的。我们用射线照射发了芽的植株,希望得到一些有意思的变异,但没成功。"

我问他,他们打算怎么处理所有这些失败的伊莱恩。"把所有这一万盆都扔进垃圾箱。"他说。

我问他扔掉成千上万株植物是否让他悲伤。我并不是多愁善感,我只是想知道,创造出一万个新形式的生命,然后又将它们全部扔进垃圾箱是什么感觉。迈克噘起嘴唇,用一只眼睛斜视着我。最后他说:"嗯,这当然让我难过。真的难过。我不喜欢看到那些钱都打了水漂。"

那天要想再跟汤姆去"兰花丛林"已经太晚了,于是他说让我过几天再来。再来的时候,我走了一条蜿蜒穿过霍姆斯特德的路线,只是为了再开过那些花圃。经过"克里凤梨"时我突然想到,那些伊莱恩很可能已经不在了。

植物犯罪

在南佛罗里达，植物一直在消失。大部分其他生物也是这样。在我去"克里凤梨"之后，也就是所有的伊莱恩都消失之后，有一天《迈阿密先驱报》报道，在法喀哈契附近的大赛普里斯沼泽中，青蛙偷猎活动极为猖獗，偷猎者每个月将两吨美国青蛙偷运出沼泽——这相当于大约1.5吨的青蛙腿，它们最终会被端上餐桌。一天晚上，一些偷猎者在宿营地接受了采访，当时他们正在给青蛙剥皮。他们说，除了黏液比较让人讨厌外，青蛙狩猎其实是一种不错的谋生方式。另一个例子则说明种甜椒不是好的谋生方式——汤姆·芬内尔的一个邻居被人从地里偷走了价值两万美元的甜椒。他怒气冲天，把剩下的甜椒都从地里拔出来，说再也不会种了。

作为植物偷猎者的拉罗什有很多同行。其实，植物犯罪是迈阿密警方报告里的常客，跟通常的袭击、抢劫和盗车之类并列。那个冬天，我没有收集植物，而是开始收集植物犯罪的新闻：

1992年2月6日——一伙窃贼试图在周末的某个时候进

入西27小街6500号街区的一座住宅,但没能撬开前门。他们转而割开房后的纱门,偷走了8株兰花。

1992年4月30日——有人在周六翻过篱笆进入东43街700号街区的一座住宅,偷走了几株兰花。这些植物价值超过1000美元。

1985年7月18日——弗兰克·拉贝特放在自家露台上的价值1800美元的植物被盗。拉贝特说,他丢了1棵8英尺高的棕榈树、1株6英尺高的白色鹤望兰属植物、1株蕨类、6株兰花和2株盆栽植物。

1984年9月2日——价值超过2000美元的植物和露台家具从巴里·伯拉克的后院不翼而飞。伯拉克报告的失物有总计1400美元的35种兰花,1株200美元的鹿角蕨属植物,总计150美元的10株悬挂植物,总计200美元的5盆植物,以及总计150美元的3把金属露台椅。

1984年5月6日——6株总价值逾700美元的展会级兰花在芭芭拉·卡特的后院被盗。

1991年1月10日——有人将一棵矮种棕榈树从罗恩·普利卡普的前院挖起运走。一名目击者告诉警察,两个男人挖起那棵树,把它放在皮卡车斗上,驾车离开。

1991年1月10日——棕榈树丢失。

1995年2月12日——一棵价值250美元的棕榈树从院子里被盗。有人把树挖起,填平树坑,然后带着这棵15英尺高的棕榈树离开。

1991年7月27日——兰花被盗。

1991年5月16日——兰花被盗。

1991年3月10日——兰花被盗。

1991年1月31日——兰花被盗。

1990年9月20日——兰花被盗。

1995年1月5日——一棵棕榈树和一个电表在西南22街200号街区的一座住宅外被盗。住户早晨从房里朝外看时,发现这些东西不见了。

1994年8月20日——一个小偷从一所住宅的前院偷走了一棵盆栽的江边刺葵。

1991年5月6日——苏铁已经成为德兰地区对市场潮流嗅觉敏锐的盗贼的热门目标。今年到目前为止,整个西沃卢西亚县[1]在深夜被挖起运走的苏铁已多达400棵,其中2棵从德兰邮局被盗。

1997年7月20日——波尔克县警长办公室正在调查威尔士湖市[2]附近的斯塔尔湖花圃发生的两起盗窃案,共有30余株兰花被盗。警方认为,这两起窃案都发生在7月20日晚上9时至7月21日早上6时之间。该花圃于7月26日凌晨再次遇窃。

1994年4月21日——警察在周六夜间10时45分看到一名男子用超市购物车推着一棵大型棕榈树。警察走近他时,他

---

[1] 德兰(DeLand)是佛罗里达中部城市,沃卢西亚县(Volusia County)的首府。
[2] 波尔克县(Polk County)是佛罗里达中部的一个县。威尔士湖(Lake Wales)是其中的城市。

丢开推车,企图藏到一辆面包车后面。警察找到了他,他说这棵棕榈树是他从一处住宅偷来的,他打算把它卖掉换钱,去买可卡因。

我有时也收集其他国家的植物犯罪新闻。英国人有犯关于兰花严重罪行的倾向。邱园在展示收藏时必须将兰花放在防碎玻璃柜中,用摄像头全方位监控,像蒂芙尼展示其珠宝那样。1993年,在伦敦附近,一株罕见的六英尺高的猴面小龙兰绽放出浅粉色的花朵,自然学家信托基金[1]不得不雇请两名保安在旁守卫,以免它遭到收藏者的破坏。我还读到一起地球以外的兰花犯罪,发生在苏联:

1988年4月,莫斯科——一家苏联报纸昨天报道,警方逮捕了一名业余生物学家,因为他偷走了在太空培育出来的唯一一株兰花——"宇航员",打算在黑市上卖给一名兰花收藏家。据《社会主义工业报》报道,"宇航员"是在"礼炮6号"太空站里培育出来的,于1980年返回地球,在这次拙劣的行窃中死亡。"宇航员"由于起源于太空,被认为是无价的。

警方逮捕了这个倒霉的业余生物学家,三十六岁的弗拉基米尔·秋林。秋林是基辅科学院植物园的园丁,曾参加过清理切尔诺贝利核电站的特遣队。具体情形似乎是,警察突袭他的公寓时,发现这株独特的兰花已经枯萎,濒临死亡;而他已经

---

[1] 自然学家信托基金(Naturalists' Trust)是英国各地致力于自然研究保护的基金会曾经采用的名字,自20世纪80年代起,各地基金会陆续改名为"野生生物基金会"(Wildlife Trust)。

找好了在莫斯科的买家，约定交易"宇航员"。据报纸说，这株兰花在专家到达前死掉了。

在地球上的植物犯罪事件中，拉罗什的贪欲非同寻常，但也并非独一无二。法喀哈契、大沼泽地、大赛普里斯和洛克萨哈奇等地自从被发现，就一直遭到掠夺。有时，兰花猎手在首次探索未知沼泽后，会拒绝透露发现新物种的具体地点，希望能保密。1956年，法喀哈契的常客小弗雷德·富克斯在圆滑番荔枝泥沼发现了石豆兰属的粗尾兰属，但他对位置守口如瓶，试图保守这个秘密。不过，收藏者最后还是设法找到了这个地方，到1962年，这种植物已被采集殆尽。将任何植物或动物从州或联邦保护区带出都是非法的，但无论如何还是有人从州或联邦保护区带出植物和动物。每天造访佛罗里达各保护区的游客总会把气生植物从容易够到的树上拽下来——结果就是，法喀哈契的木板人行道两侧一臂距离之内，所有树上都不再有凤梨科植物了。最近，人们对一种特别罕见的法喀哈契蕨类产生了极大的热情。它叫"手形蕨"，看上去跟一只由绿色薄膜做成的人手一模一样，其孢子从手腕处生长出来。手形蕨生长在菜棕的"脱靴器"[1]部位——就是树叶和树干连接处的分叉结构——它们在法喀哈契的数量比美国其他任何地方的都

---

[1] 脱靴器是一种简单的装置，运用杠杆原理，让使用者不需要蹲下或坐下就可以轻松脱下皮靴。其前部呈两齿叉状，和菜棕树叶和树干连接处的形状相似。

多。拉罗什告诉我,他知道塞米诺尔保留地里有个地方,长着成千上万株手形蕨,等到有了时间,他要运营一个手形蕨营销项目。手形蕨很难采集,因为它如果被搬移就会死亡,因此,拥有它的唯一方法是收集孢子,自行培育出植物。法喀哈契的巡逻员对手形蕨特别关注。拉罗什因偷采兰花被当场逮捕大约一周后,两丛即将释放孢子的手形蕨消失了。

在大赛普里斯沼泽,池杉经常被盗,作为盆景用树出售。大礁岛[1]上曾有一棵冠军桃花心木[2],其树顶的树枝上生长着一些附柱兰属的美币兰属。1970年,有个人想得到那些兰花,就把这棵树砍倒了。被抓获的植物偷猎者盗取的目标包罗万象,有各种蕨类、杜鹃花灌木、各种棕榈树、仙人掌和全叶泽米铁等。一名男子在法喀哈契被抓时所开的卡车上放着二十棵沼地棕,他打算把它们运到一个购物中心,在那里这些树将被剥去叶子,再装上丝绸做的人造叶子,放在美食广场里或精品店前。两名男子在大赛普里斯被抓时带着一百一十磅金水龙骨,他们在迈阿密开了一家萨泰里阿教[3]商店,宣称用这种蕨类泡水喝可以治愈前列腺疾病。树林里的一切好像都有人偷,因为有太多东西可以卖出高价。1993年,三名携带大批高山绢蝶

---

[1] 大礁岛(Key Largo)是佛罗里达礁岛群(Florida Keys)中靠北的一个岛,也是礁岛群中最大的。美国国道1号连通此岛和北美大陆。
[2] 在美国,每个树种最大的几棵被称为"国家冠军树",有专门机构负责造册登记。
[3] 萨泰里阿(Santeria)是在古巴发展起来的一种宗教,是西非的约鲁巴(Yoruba)宗教和罗马天主教在古巴融合的产物。

的偷猎者在大沼泽地被捕,这种蝴蝶在日本的售价是每对3.7万美元。法咯哈契的巡逻员经常逮捕采用"枪和灯"手段的猎手——这是在夜间非法猎鹿的方法,使用泛光灯照射,让鹿无法动弹[1]。短吻鳄消失的事件一直都在发生。最近,两名男子因在洛克萨哈奇杀死一条短吻鳄被捕。他们开枪把它打死,切掉其二十九英寸长的尾部,装进一条独木舟。然后,在划出沼泽的途中,独木舟不知为何翻了,他们争执是谁弄翻的,最后动起手来。当巡逻员逮捕他们时,他们还在打架。

首次见到马丁·莫茨几天之后,我去参加棕榈滩兰花协会的一场会议,他在会上发表了演讲。会场离西棕榈滩的格雷伊猎犬赛狗场[2]大约一英里,在一座奇怪的低矮建筑里,而这座楼又在西棕榈滩机场降落航道的下方。我到达时已经来了不少人,他们在房间里走动、交易植物、吃饼干。协会主席站在讲台上。"有没有人开的是白色本田,停在外面了,车里有只浣熊?"他喊道,"不管你是谁,我要告诉你,你没关车窗。"几分钟后,他用拳头捶了捶讲台,说:"请就座,我要向大家介绍世界上唯一的英语教授兼兰花学家。他跟他的植物说话时会引用弥尔顿的话。"马丁在开始演讲之前带我在会场里转了转,

---

[1] 鹿有一种习性,被强光突然照射时会站在原地一动不动,而不是逃避开。
[2] 格雷伊猎犬(Greyhound)是一种用于狩猎和竞速的狗,是陆上速度仅次于猎豹的哺乳类动物之一。在美国,格雷伊猎犬竞速是合法博彩项目。

把我介绍给几个人。一位是殡仪馆馆长兼兰花收藏家；一位是七十五岁的男人，他先是向我吹嘘他的迷你卡特兰，然后又炫耀他三十岁的女友；还有一位叫萨维拉·奎克的女人，以总是有幸和鬼兰结缘而著称。萨维拉有克丽奥佩特拉式的长眼睛，鼻子小而圆，讲话慢条斯理。她告诉我，她是农民的女儿，在迈阿密以西长大，当时那里还只有落羽杉沼林和大片的一本芒，其中有一片辽阔的荒地，叫"飞牛牧场"。她经常在周日骑马到各处沼泽里，寻找有意思的东西，特别是兰花，尤其是无叶的品种，如章鱼兰和鬼兰——当时采集野生兰花还合法。萨维拉发现想要的东西后，就从马鞍上站起身来，伸手去够。"马知道我在干什么，"她对我说，"我在找平衡时，它们一动不动。只有一匹例外，是我的金黄色公马。我站起来的时候它总是有点摇晃。"她把野生植物带回家，挂在院子里的树上。这是几十年前的事了。自那以来，迈阿密以西的树林消失，萨维拉长大，结了两次婚，搬了几次家，有了孩子，退休了，但她年轻时采集的兰花仍然在后院里生长。

萨维拉说我可以去她在博因顿海滩[1]的家，看她古老的鬼兰。她说我要去的话只能在第二天，因为她和丈夫鲍勃正在收拾行李，准备夏天去阿肯色。但我很高兴终于能看到鬼兰，一分钟都不想再多等了。第二天，我到萨维拉家时甚至比约好的时间还早，这可能是我有生以来第一次提前赴约。萨维拉正忙

---

[1] 博因顿海滩（Boynton Beach）是棕榈滩县的一座城市，为迈阿密大都会区的一部分。

着打电话,为她的兰花安排夏季居所。她丈夫在门口迎接我,然后带我到餐厅,让我在桌边坐下,然后进了另一个房间,几分钟后出来,给我看一些他用奇异木材雕刻成的笔。过了一会儿,我的眼睛从笔上移开,从饭厅的窗户往萨维拉的温室里看——我想试试能不能瞥一眼她的鬼兰。温室跟一辆拖着集装箱的大卡车差不多大,里面摆满了植物。一阵微风轻轻推动吊着的篮子,让绿色的遮阴布沙沙作响,使风铃片互相碰撞,发出慵懒的声音。

萨维拉放下电话后赶快走进餐厅,坐在一张椅子的边缘上,两手手指不断交叉又分开,斜着眼看我。"那么,你想了解那些鬼兰?"她问,"哦,我不知道!我真的应该告诉你我的秘密吗?哦,我想应该。这对兰花好,是吧?每个人都总是试着从我嘴里套出这个秘密,因为似乎只有几个人能种植鬼兰,而我是他们之一。"

鲍勃正在收拾他的那些奇异木材笔。"亲爱的,我不知道你在做什么,不过你确实很有一套。"

"我发现的秘密是,鬼兰喜欢芒果树。"萨维拉继续说,"把鬼兰幼苗放到芒果树上洒水器能喷到的地方,它们很喜欢。我如果能从其中一株得到一些花粉,就马上放进冰箱。在朱庇特[1]有个很棒的姑娘,能给我把那些种子养到发芽。那些小家伙们也喜欢圆滑番荔枝树。现在我正在一个花盆里养一棵圆滑

---

[1] 朱庇特(Jupiter)是棕榈滩县最北的城镇。

番荔枝,去阿肯色时我也会带着它。它还没长好。等它长到足够大,我会把鬼兰挂到上面,然后我们再去阿肯色的话,就可以把它放在车里一块儿带走了。"

兰花界很多人都知道萨维拉在鬼兰上的成功,总是有人打电话向她求购。那个星期她已经接到了来自坦帕和加利福尼亚的各一通电话。加利福尼亚州的一个女人跟萨维拉说,她非常想要拥有一株鬼兰,问萨维拉卖多少钱。"我告诉她一百美元,"萨维拉说,"老实说,我本来可以说一千美元!她有很多钱!她说她非常想要!但我能感觉到,她想买只是因为想要炫耀。我觉得鬼兰对她来说只是用来显示地位的。"我问她最后怎么处理的这件事。她皱皱眉,说:"我告诉她,如果我有了一些种子,会再打电话给她。我很可能会这么做,不过我不打算真给她种子。我能感觉到,她是那种对兰花只有三分钟热度的人,最后会让它们死掉。"

有时鲍勃和萨维拉会在植物展会上出售他们多余的兰花。不久前的一次展会上,一个男人在奎克家的摊位旁徘徊许久,然后开始跟萨维拉搭话。他们也许谈论了鬼兰,也许没有。他也许说了自己有个朋友想买一株,也许没有。可以肯定的是,那人从奎克家买了一株小兰花,离开了。两天后,这名男子打电话到萨维拉家里,说自己还想要一些兰花。她同意让他过来看看她的收藏。"他表现得非常和善、亲切,诸如此类,"她说,"所以我才让他过来,尽管他在展会上只买了一株小兰花。"这个人对她的鬼兰特别感兴趣,所以他到达之后,她把他带到房子侧面，给他看了芒果树上的一丛鬼兰。大部分当时没有开花，但其中一株已经开始形成两个种荚。那人当晚又给萨维拉打电话，以一百美元求购一个种荚。她当时没有想好要不要卖，不过在第二天给他回了电话，说她决定了，可以卖给他，然后她解释说种荚还没成熟到可以采摘，所以他暂时还不能拿到。她说等到种荚长好时会打电话通知他。她有他的名片，但上面印着一个寻呼号而不是普通的电话号码，地址也是邮政信箱而不是普通住址。

几天后，萨维拉想看看鬼兰的种荚长得怎么样了，于是她走到芒果树那里，弯下腰查看——种荚没了。一个完全不见了；另一个成了两半，一半仍然与根相连，另一半掉在树底的草丛上。萨维拉形容自己是个极其情绪化的人。她对我说，她现在真希望自己没有对种荚的损失感到那么沮丧，但过去无法挽回，当时她情绪真的非常差。她勃然大怒，在院子里和房子周围发疯般地走来走去。然后，她收集起种荚的碎片，去朱庇特找帮她把种子发芽的南希·普莱斯。南希看了种荚，说它已经彻底破坏了，但萨维拉坚持不走，最后，南希同意去实验室做详细检查，看看还有没有救回来的希望。萨维拉回家后，给那个好奇的男人打电话，想得到一些同情。她跟他讲了发生的事故，并提醒他，他说的是为一个朋友买种荚。她问他，那个朋友有没有可能耗尽耐心，不想再等种荚了。好奇的人说，他对种荚的遭遇感到非常惋惜，但她记错了——他不是为朋友买种荚，而是为自己。他说，肯定是别的鬼兰追逐者听说萨维拉有种荚，把它们偷走了。

在种荚失窃之后，有人闯入奎克家的温室，偷走了将近三百株植物，其中二十三株并不很漂亮，但价值很高——只有兰花人才会喜爱它们。奎克夫妇随后在温室里装上监控摄像头，在院子里安了警报系统。过了一段时间，萨维拉在一个植物展会上看见了那个好奇的人，这是自种荚失踪后她第一次见到他。她几乎认不出他来了，因为他彻底改变了容貌。"我第一次见到他时，他是金发，现在是黑发了。"萨维拉说，"当时他戴着眼镜，现在他改戴隐形了。甚至穿衣风格也变了！当时他一身休闲打扮，而我这次看见他时，他穿的是那种特别男人的衣服。"他们没有交谈；其实，这个好奇的人甚至特意不让萨维拉看见他的脸。

萨维拉中断了这个话题，说我们应该去大棚里走走。外面异常炎热。萨维拉提到她的女儿已经离开了佛罗里达，现在住在阿拉斯加州的安克雷奇市[1]。我们走在摆满植物的长架中间，时不时需要低头躲避吊在空中的兰花篮子。一只欧斑鸠在其中一个篮子里筑了巢，用圆圆的眼睛冷静地盯着我们，发出猫一般的呼噜呼噜的声音。它的尾巴上有一道霓虹橙色的条纹，看上去不是自然形成的。"那是我干的，"萨维拉指着那只鸟说，"当初她在这里筑巢时，我在她身上喷了那道条纹，因为我想跟踪她，看看她会不会回到这个篮子。有条纹的话，我

---

[1] 安克雷奇（Anchorage）是阿拉斯加最大的城市，位于阿拉斯加南部。

就不会把它和其他小鸟搞混了。"我们接着慢慢往前走。萨维拉指出我应该看的东西——一株上好的万代兰、一株彩虹色的蕨类、一株她十几岁时采集的卷曲的小兰花。所有这些我都很喜欢。她的植物的叶子富有光泽，外形饱满，像是用洗发水和护发素处理过一般。傍晚的光线让粉色和紫色花的颜色看起来像白炽灯，而红色花的颜色像信号弹。萨维拉说我们可以去看鬼兰了，我顿时欣喜异常。我们从呼噜呼噜叫的欧斑鸠下面走过，绕过房子侧面，走到芒果树边。在这里，我希望能第一次看到鬼兰的花。这些兰花的绿色的根裹在树干上，形成一个星状的网，像石子打破窗户后裂纹的形状。我立刻能看出，没有一株鬼兰在开花，顿时失望得像泄了气的皮球。确实有一团根有一个微小的淡绿色突起，萨维拉说它一两个月后就会变成一朵花。我抚摸了一会儿光滑而有弹性的兰花根和粗糙的芒果树皮，然后我们回到房子里。萨维拉打开一个小卡片盒，取出一沓索引卡，上面记录着她采集的所有野生植物的信息。她递给我两张卡片。一张写着"小鬼兰，1989年5月采集于大赛普里斯"，另一张写着"鬼兰，1989年5月采集于大赛普里斯"。这是她芒果树上的两株植物。

她收起索引卡，说种荚的故事还有个尾声。兰花种子从种下到发芽大约需要八个月；而种荚被盗八个月后，萨维拉收到了那位好奇男子的来信。"那是圣诞节前后，"她说，"不过不是圣诞卡，只是一张纸条。连'圣诞快乐'都没写，我一开始觉得很奇怪。上面只写着：'亲爱的萨维拉，我希望你已经从种荚的悲剧中走了出来。你如果又有了一个种荚,就给我打电话。'这是不是很奇怪?"她猜测,由于她在同意卖给他种荚之前犹豫过,所以他怕她又改变主意,就决定抢先下手,把种荚偷走。她认为,他在某天晚间潜入她的院子,偷了一个种荚,还不小心把另一个种荚也破坏了。然后他试图让种子发芽,等了八个月才意识到长不出来,于是又给萨维拉写了这张纸条,摆出友善的样子,想从她这里再骗到一个种荚。她收到这封信后再也没给他打电话,但也没把他的名片从橱柜门上取下。她试着打听关于他的事,但她认识的所有兰花人都没有听说过这个人。她觉得她再也不会收到他的信了。

佛罗里达州最臭名昭著的植物罪案之一发生在 1990 年春天,有人闯进 RF 兰花的一座大棚,偷走一批获奖兰花,价值十五万美元。这些被偷采的兰花有许多是无可替代的,其中有很多展会级兰花,得过美国兰花协会的最高荣誉,被用作"种马植物"——它们是体型巨大、活力四射的植株,出身名门,被用于繁殖和克隆。这起案件在兰花种植者和收藏家中引起了轰动,因为这很可能是佛罗里达有史以来最大的兰花盗窃案,也许是美国有史以来最大的;而对这类特殊的兰花而言,则毫无疑问是最大的。受害者是 RF 兰花——这让这件事更具新闻价值,因为 RF 兰花是南佛罗里达最优秀、最成功的花圃之一,其拥有者罗伯特·富克斯在业内大名鼎鼎,每个人似乎都知道他。

鲍勃·富克斯[1]在1985年才全职投入商业种植,但富克斯家族从事植物行业已有三代人了。富克斯家族最早来到佛罗里达的人是鲍勃的曾祖父查尔斯,他曾是田纳西州迈兰市[2]的一名面包师。1912年,四十八岁的查尔斯得了疟疾,医生建议他搬到南方去。查尔斯的一个朋友正好要去南佛罗里达勘察土地,就邀请他一起去,但他拒绝了,因为那周有个马戏团来迈兰演出,他不想错过。几周后,他改变了主意,在佛罗里达州霍姆斯特德市和朋友会合。在1912年,霍姆斯特德还没怎么被开发,没有几座房子,没有餐馆,没有冰箱,只有几部电话,而电话线不论是用什么做的,都绑在松树上。查尔斯和朋友决定去附近走一走。这一走就是十天,在此期间他们一直没有走出松树林。查尔斯爱上了这片土地,把一箱佛罗里达金柑寄到田纳西家里,向他们展示自己对佛罗里达的感情。富克斯家中没人见过金柑,他们觉得查尔斯寄来的是古怪的小橙子。查尔斯回到田纳西后,和妻子卖掉了他们的大部分财产及面包店生意,带着孩子、衣物和两只活鸡来到迈阿密。上次来佛罗里达时,查尔斯为家人在霍姆斯特德买了一座房子。他们到达时发现房子状态很差,采光不良,到处都是蚂蚁和跳蚤。房子周围的道路很窄,崎岖不平。一家人安顿下来后,查尔斯的长

---

[1] 鲍勃(Bob)是罗伯特(Robert)的昵称。
[2] 迈兰(Milan)是田纳西州西部的一座城市。该地与意大利米兰在英文中的拼写相同,但读音不同。

子和次子——查理和弗雷德——每周日骑摩托去集市上采购。有一次,男孩们从集市上买了几个椰子,为了能腾出双手来开摩托,他们把椰子塞在上衣底下。回家途中,他们撞上了路上的几颗野生椰子,从摩托车上摔下来,被上衣底下塞着的从市场上买来的椰子砸伤。查尔斯初到佛罗里达时试图以种地为生,但霍姆斯特德的土壤只是硬珊瑚岩上的一层薄薄的砂土,要想种点什么,就必须先用炸药在地面上炸出一个洞。查尔斯最终放弃了种地,重操烘焙旧业,很快就开发出了一种配方,可以烘出柔软的三明治白面包,他将其命名为"奶油面包"。"奶油面包"后来成了佛罗里达最受欢迎的面包,而富克斯家的面包店最后发展成一家生意兴隆的全国性企业,名为"霍尔萨姆面包房"[1]。

在20世纪20年代,当查尔斯的儿子弗雷德——就是鲍勃·富克斯的祖父——开始独立生活时,美国很多地区已经开始了现代化进程,但南佛罗里达仍然没怎么开发,甚至比西部还原始。这片地方尚未被探索,丛林密布。1921年,美国兰花协会理事会议的记录中写道,一些理事"风趣地讲述了他们(在佛罗里达)寻找本土兰花的努力以及试图将它们从茂密的树林中运出的困难——有时树林离有人烟的地方很远"。就连他们这些人也认为佛罗里达的沼泽令人恐惧,仿佛是一种可以把人活活吞下的动物。仅仅在二十年前,穿越南佛罗里达的尝

---

[1] "霍尔萨姆"拼作 Holsum,和意为"有益健康"的 wholesome 发音相同。

试还被认为是不理智的。1898年,一位叫休·威洛比的冒险家成功划独木舟穿越大沼泽地,令人大为震惊。威洛比在日记中写道,他吃油炸蓝鹭、龙虾和菜棕沙拉,配自己带的熏肉、柠檬水和口香糖。他本来打算睡气垫床,但却没成功。"这个实验失败了,最后我睡在(床垫上)却并不给它打气,因为我每次翻身,它都会像鳄鱼一样咆哮,而且它的中间是鼓起来的,所以我老是会滑下去。"威洛比能活着回来,让他的朋友们大吃一惊。"自从回家就经常有人问我,难道你没有发烧吗?你在那疟疾丛生的可怕沼泽里待了那么久,难道就没生病吗?我回答说,整个冬天我一点小痛小病都没有,只是在佛罗里达礁[1]发生了一次意外,鼻梁骨从中间断了。"

佛罗里达的自然状态和西部大为不同。开拓西部的先驱穿过广袤无际的平原和山脉,一双眼睛都看不过来。向西的旅途经过的那些空旷、宏伟的空间,让人类看起来像一张白纸上的涂鸦,孤独又微不足道。南佛罗里达的开拓者兼探险家则是向内部深入,走进一个钢丝绒一般黑暗、茂密的地方,一个已经有太多生物生活在其中的地方。佛罗里达的开拓者不得不面对一个黑暗、茂密、过于丰饶的地方中可能隐藏的东西。要探索这样的地方,就必须在其中消失。我认为,比起自己可能会消失的念头,忍受孤独大概要容易一些。

---

[1] 佛罗里达礁(Florida Reefs)是美国本土仅有的一片活珊瑚礁,在佛罗里达礁岛群东南方数英里,和礁岛群平行,呈弧状。

— ❦ —

弗雷德·富克斯和父亲一样是个优秀的面包师，时常在霍尔萨姆帮忙，但他其实更喜欢户外工作。他一开始独立生活，就选择务农为业，并热衷于户外探索。他养猪，种秋葵，并培育出一种美味的鳄梨，给它取名为富克斯鳄梨。他喜欢和住在他家附近的塞米诺尔人一起去大沼泽地打猎。他又高又壮，喜欢吃生鹿肉。他和其他几个人——老汤姆·芬内尔、比尔·奥斯门特、海军上校C.C.冯·保尔森、罗利·伯尼——都是同代人中伟大的沼泽探险家，当时南佛罗里达仍有很多可以探索的地方，而这代人之后就不再有了。今天，我仍然为弗雷德·富克斯和他的探险家同伴们的生活所深深震撼，尤其是当我坐在车龙中，等待通过佛罗里达之路[1]的收费站时——公路两侧全是瓦片房顶的联排别墅，铺天盖地，看起来像世界上最大的一锅焗土豆。那时他们已经睡在了常规床垫上，有了汽车，能去看电影，同时仍然可以从房后走几英里就进入沼泽，找到从未有人见过、想象过的东西。弗雷德在沼泽中发现了许多不同寻常的东西。在法喀哈契，他发现了一颗炮弹，可能是杀死了塔拉哈西酋长[2]的那颗。在大沼泽地，他走进废弃的甘蔗和香蕉种植区，在一个古老的印第安人营地里发现了一张

1　佛罗里达之路（Florida's Turnpike）是佛罗里达91号州道的别称。
2　塔拉哈西酋长（Chief Tallahassee）是19世纪末期的一位塞米诺尔人首领。

《是的，我们没有香蕉》的唱片[1]。他从1935年左右开始收集兰花，从沼泽中采集了可能有几万株，其中包括十五到二十种新品种。他发现并命名了几十种新的气生植物物种，还收集树生的蜗牛和树木本身。他对大王椰印象尤其深刻，这种棕榈全美国只在南佛罗里达有，生长在法喀哈契里，树顶上长着很多簇叶子。由于大王椰几乎从不会倒下，弗雷德决定在自己的土地上种十四行这种树。在1945年的飓风中，弗雷德的农场大部分都被摧毁，而他和妻子把自己绑在种下的一棵大王椰上，得以幸存。1947年后来被南佛罗里达的人们称为"永远在下雨的一年"，大量降水倾泻而下，把弗雷德的农场冲刷得一干二净，但他没有损失一棵大王椰。

弗雷德的儿子弗雷迪——也就是鲍勃·富克斯的父亲——也颇具发现的天赋。他曾经跌入塞克斯沃土树丛[2]的一个深坑，这是一片古老的硬木森林——原始海洋在1.2万年前退缩，南佛罗里达露出海面，随后这片森林就生长起来了。弗雷迪被困在坑里时注意到一种罕见的蕨类，自查尔斯·托雷·辛普森博士在1903年最后一次观察到它之后，人们一直认为它已经灭绝了。弗雷迪刚能走路，就和父亲弗雷德一起进行兰花狩猎了。弗雷德通常会在弗雷迪的腰上系一条绳，这样就不会把他

---

1 《是的，我们没有香蕉》(*Yes! We Have No Bananas*) 是一首美国滑稽歌曲。
2 塞克斯沃土树丛（Sykes Hammock）位于富克斯家在霍姆斯特德拥有的土地上，现在由于城市发展仅剩很小的一块，称"富克斯沃土树丛保护区"（Fuchs Hammock Preserve）。

丢失在淤泥里。弗雷迪十几岁时帮家里的农场干活,把绞猪肉塞进肠衣里。长大后,他成了霍姆斯特德旁边的纳兰贾镇的邮局局长,同时经营一家兰花公司作为副业。那时霍姆斯特德大部分土地都已被清理,种上了作物,连梦想在仍然保持原始状态的松树树林里走十天都不可能了。来到南佛罗里达的兰花猎手要想发现什么不寻常的东西,只能更加深入丛林。弗雷迪身材高大魁梧,喜欢冒险。他乐于在法喀哈契、大赛普里斯和大沼泽地的腹地中跋涉,寻找兰花;后来,出于同样的目的,他的足迹遍及南美和西印度群岛的几乎每一个国家。

弗雷迪的儿子鲍勃·富克斯现年五十岁。他从小就接触植物——他在父亲弗雷迪的温室里有自己的兰花架,还建立了自己的非洲堇属收藏。鲍勃在十三岁时随弗雷迪踏上第一次国际兰花狩猎之旅,目的地是多米尼加共和国。这次旅行本应在圣多明各开始,但他们乘坐的飞机燃料不足,降在了圣地亚哥[1]。该国当局对这次意外降落疑虑重重,派了全副武装的士兵去迎接飞机。富克斯父子下到停机坪,弗雷迪拿出一桶肯德基炸鸡分给士兵们,以示善意。他们显然很高兴,给了弗雷迪和鲍勃三天采集植物的时间。鲍勃十九岁时在尼加拉瓜发现了一个新物种,在皇家园艺学会登记为香蕉兰属的富克斯[2]。他高中毕业

---

[1] 圣多明各(Santo Domingo,全称 Santo Domingo de Guzmán)是多米尼加共和国首都和最大城市,圣地亚哥(Santiago,全称 Santiago de los Caballeros)是该国第二大城市。

[2] 即 Schomburgkia fuchsii,这种兰花是一种自然杂交种。

时，父母送给他的礼物是一个温室。不过鲍勃没有直接进入兰花行业，他先是去上大学，获得了艺术学位，然后在霍姆斯特德教初中美术。1970年，在任教同时，他在纳兰贾的祖父母的土地上开了一家小型兰花花圃，起名为RF兰花，因为他的父亲弗雷迪仍在经营自己的生意——富克斯兰花。1984年，鲍勃的一株叫"罗伯特"的万代兰在迈阿密世界兰花大会上获得了最高荣誉，令他在兰花界声名大噪。在这次胜利后，鲍勃从教师岗位上退休，全职经营兰花业务。

我第一次见到鲍勃是在南佛罗里达兰展的前一天晚上。这个展会一年一度，在迈阿密会议中心举办。参展商需要在开幕前一天晚上把展台布置好。我当时在会议中心里跟马丁一起，看他搭莫茨兰花的展台。马丁和鲍勃·富克斯并不很合得来，主要因为他们都主营万代兰，而且对花瓣的形状和大小的品味截然不同，又因为商人之间天然就要互相竞争，还因为他们就是不喜欢彼此。不过，马丁还是说，我应该认识鲍勃，因为他是兰花界的重要人物。在一次休息时，马丁带我去RF兰花的展台，把我介绍给了鲍勃。他的体型甚为引人注目：他看起来至少六英尺高，身材魁梧健壮，像高中橄榄球队的线卫。他是绝对、完全不会晒黑的那种人。他的头发是淡红色的，粗糙坚硬。他留着蓬松的小胡子，总是斜着一双蓝眼睛看人。在南佛罗里达兰花界，人们对我提起他时，经常形容他很英俊——他是唯一一个有这种待遇的人。

其实，当时就有几个女人在他旁边叽叽喳喳，试图吸引他的注意，但并不成功。其中一个在说："鲍勃，鲍勃，你知道'倒挂金钟属'这个词来自你家的姓氏吗？[1]"另一个喊道："鲍勃，鲍勃，我要问问你，那株万代兰……"鲍勃不理睬她们，因为他在看着他的母亲。她正在朝我们走来，拖着一条三英尺长的浮木，鲍勃想把它放进展台。女人们还在喋喋不休。他一直对她们视而不见，而是转身指着展示的侧面说："妈妈，求求你了。我想要把浮木放在这儿。"

我在兰花世界认识的每个人都知道鲍勃·富克斯。有的人对他赞不绝口，说在自己眼里他就是兰花世界的国王。而另一些人在我问起他时会深深吸一口气，再缓缓呼出，然后说鲍勃这个人有争议。一段时间之后，我开始看出来，这些人在用礼貌的方式说他们讨厌他，或者至少在说他令他们不高兴而又嫉妒。我马上就想明白了为什么有些人讨厌他——他脾气暴躁，固执己见，有时会格外喜欢与人争辩，而且显然并不是每个人都同意他在兰花育种上的观念。人们嫉妒他的原因也很多——他出身于佛罗里达的兰花贵族家庭，他的事业非常成功，他赢得了很多奖项，大众热爱他的花和展示，他几乎跟擅长培育兰花一样善于培育顾客。或者就去他家看看！如果你喜欢花；或长着荧光羽毛的外国奇异鸟类；或完美的绿松石色的游泳池，池底中央用瓷砖拼出一个万代兰的图案；或带有一个瀑布的珊瑚岩池塘，里面养着一种特殊的带斑纹的鱼，当你投喂时就会

---

[1] 柳叶菜科下的倒挂金钟属学名为 Fuchsia，而"富克斯"的拼法是 Fuchs。

涌到水面；或者一圈美丽的木质看台，你可以坐在那里看瀑布和鱼；或者一座宽敞透亮的宏伟大宅，里面摆着利摩日[1]的古董和皇家伍斯特[2]蓝花瓷器，精美的家具，非洲打来的猎物的头部标本，一个红宝石和黄金制成的法贝热彩蛋，蛋黄是一个微型镶宝石兰花雕塑；或一条从前院伸出去的小径，通往一个由七个温室组成的一尘不染的花圃，里面有十万株糖果色的鲜花——那么你很可能会喜欢他的房子。迈阿密展会后的一个下午，我去了鲍勃的家。他带我参观了一圈之后，把我带到一个大棚旁边的草地上，进入一个巨大的奇吉小屋——肯定有四个酒店普通房间加起来那么大——我们坐在可爱的椅子上，面前是可爱的桌子；旁边是赤陶花盆装的卓锦万代兰，叶子如铅笔一般纤细；头顶上是几个吊扇，扇叶转动时发出嗡嗡的响声；我们面前的柠檬水里的冰块互相碰撞，闪闪发光；鲍勃身后是一片如茵的绿草、绿色的棕榈叶和他温室里的模糊的绿色，而在所有这些绿色之上是霍姆斯特德蔚蓝的无云天空；一阵西风刮起，把鲍勃的淡红色头发吹起又放下，像心不在焉地乱翻东西的顾客；在我们身后，汽车碾过他家车道上的碎石，然后"吱"的一声停下，然后一扇车门打开又关上，听起来像豪车，没过太长时间，商店里的收银机"叮"的一声打开又合上；很

---

[1] 利摩日（Limoges）是法国中南部城市，历史上因陶瓷工业而闻名，被称为"法国瓷器之都"。
[2] 皇家伍斯特（Royal Worcester）为英国高级瓷器品牌，历史可追溯到1751年成立的伍斯特通金制造厂，自1788年起成为英国王室御用瓷器。

长一段时间里我什么都不想说，只想沉浸在这绿色、偶然响起的旋律和丰富而炎热的慵懒中，就这样度过一天。最后鲍勃开口，说他不知道是什么让人们如此嫉妒他；但在那巨大的奇吉小屋里，微风吹拂，我被繁盛的绿包围，那一刻我的确很嫉妒他。

鲍勃·富克斯的名声在1984年的迈阿密世界兰花大会上达到顶峰。世界兰花大会每三年一届，在不同的城市举办。举办过的城市有格拉斯哥、东京、檀香山、圣路易斯、新加坡和长滩。迈阿密只在1984年办过一次，当时参展商的数量创下纪录，来自佛罗里达和世界各地。兰花大会上会颁发许多奖项，但兰花人真正梦寐以求的是展会的最佳单株兰花奖。在世界最大的展会上赢得这个奖项，特别是在迈阿密这个美国兰花种植和收藏之都，就相当于在兰花奥运会上赢得金牌。这届世界兰花大会的最佳单株兰花奖颁给了鲍勃·富克斯拥有的"罗伯特"万代兰。这是一株亮红色的兰花，有一个小小的黑色唇瓣，花中心有一块黄斑，大型的花瓣上镶嵌着血色的花脉，花朵饱满、圆润。它的深颜色浓郁、性感，但同时形状和整体外观有某些特性，让它看起来有点像一只泰迪熊。"罗伯特"令人难忘，因为它非常漂亮，因为它在世界最大的展会最近一次在这个国家举办时赢得了最重量级的奖项，因为它获胜之后用于育种，又培育出了其他数千株非常漂亮的兰花，因为它让鲍勃·富克斯成了明星。它令人难忘，还因为"罗伯特"万代兰的成功很可能标志着鲍勃·富克斯和另一个叫弗兰克·史密斯的种植者开始互相敌对。

弗兰克·史密斯跟鲍勃年龄相仿，自己在佛罗里达的花圃——克鲁尔-史密斯兰花——也很著名而成功。这座花圃在迪士尼世界附近的阿勃卡[1]。弗兰克·史密斯有兰花评审资质，自己的植物在各种展会上也赢得过许多奖项。他和鲍勃·富克斯是竞争对手，但他们之间的敌意超过了普通竞争的程度。世界兰花大会后，鲍勃由于靠"罗伯特"万代兰取得了惊人的胜利，决定不再当初中教师，而是全职从事兰花业。他似乎从一开始就总是能惹一些人不快。一位年长的女性兰花评审曾起诉他，索赔一百万美元，称他在南佛罗里达兰花协会的一份备忘录中诋毁了她。人们如果能在展会上击败他，就会特别高兴。在一个展会上，一个男人的兰花赢了鲍勃的兰花，会后他来找鲍勃，说："富克斯，你知道我等能打败你这一天等了多久吗？"在全职从事兰花业之前，鲍勃一直在为获得南佛罗里达地区的兰花评审资质而努力。这是一个漫长的过程，所需的学习及做实习评审的时间加起来长达六年。这是一个地位很高的职业，因为评审被尊为兰花界的高级权威，可以通过评奖时的选择来影响兰花育种的趋势。例如，偏爱小而圆的花瓣的评审可以将奖项授予花瓣小而圆的植物，这反过来会鼓励育种者追

---

[1] 阿勃卡（Apopka），佛罗里达中部城市。

求花瓣小而圆的植物,并提高那些获奖植物的商业价值。1983年,鲍勃完成了所有科目,向美国兰花协会的评审委员会提出申请,要求获得南佛罗里达地区的评审资质。他的申请被拒绝了。他被告知,有人给委员会写了一封信,说鲍勃试图用他最好的植物的插条贿赂展会评审。这封信是弗兰克·史密斯写的。弗兰克在信中说他的指控有理有据,因为自己就是鲍勃试图行贿的评审之一。

1990年,RF兰花的惊天窃案发生。警方进行了调查,但由于没有目击者,线索也很少,他们告诉鲍勃,发现兰花或窃贼的可能性不大。一个叫罗伯特·佩里的兰花爱好者当时正在和妻子一起游览佛罗里达各处的兰花花圃。窃案发生后两天,他们去了克鲁尔-史密斯兰花。四处参观时,罗伯特·佩里注意到一批看起来异常美丽的植物被随意地堆在一个僻静的温室深处。佩里爱上了其中一株——银灰色的花,红得发紫的唇瓣。由于那些植物堆在一起,佩里没法靠近那株银灰色兰花,但他看得足够清楚,知道自己从没见过任何类似的品种。出去的时候,他问一位花圃工人能不能买那株植物长出的幼苗,也就是还没成熟的兰花植株,但工人告诉他那堆植物都不卖。一个月后,佩里翻阅一本以前的兰花杂志,看到一则RF兰花的广告,上面是一张银色的花的照片,在他看来跟在克鲁尔-史密斯把他迷住的那朵花一模一样。他认为,那样一种极其特殊的兰花不太可能存在于又一个花圃中。他听说过RF兰花遇窃的事,现在想了起来。佩里从未见过鲍勃·富克斯,但决定打电话给他，告诉他自己在克鲁尔-史密斯看见了一株同样的稀有兰花。几天后，一位警长、鲍勃·富克斯、罗伯特·佩里和鲍勃生意上的合伙人迈克·科罗纳多在半夜驱车赶到克鲁尔-史密斯兰花。佩里带领这些人来到那座僻静的温室，可里面是空的。那一堆植物，包括那株银灰色的兰花，都消失了。佩里顿时目瞪口呆。他们快要离开时，迈克·科罗纳多走进另一座温室。片刻之后他就跑了回来，给警长看一个来自富克斯兰花的植物标牌，他说是在地上发现的。警长记录下了所有的信息，但最终没有足够的证据以任何罪行指控任何人。

关于被盗的兰花后来怎么样了，一直众说纷纭。很多人认为罗伯特·佩里的记忆并不完全可靠，虽然那些兰花从RF兰花消失了，但它们从未在克鲁尔-史密斯出现过。有人认为它们被盗后，弗兰克·史密斯可能在没有意识到它们是赃物的情况下买下了它们。也许迈克·科罗纳多发现的标牌跟被盗的植物根本就没有关系——可能是弗兰克·史密斯以前从鲍勃的父亲的花圃合法购买的植物的标牌，这就是为什么上面写的是"富克斯兰花"而不是"RF兰花"。弗兰克·史密斯甚至在证词中推测，他是被富克斯"设计"了，因为自己拒绝了鲍勃的兰花评审资质申请，鲍勃想报复。

疑似失踪植物在克鲁尔-史密斯重新出现又消失后的秋季和冬季，有人开始给几个南佛罗里达兰花种植者打恐吓电话。弗兰克·史密斯在几周内接到了一些这样的电话。1991年2月20日上午，他在一小时里接到了两个恐吓电话。第一个是弗兰克的一个叫简·多尔蒂的朋友接的,她那个早上在克鲁尔-史密斯的办公室喂养她和弗兰克的宠物鸟。根据简·多尔蒂后来的证词,电话中的男人告诉她,如果她真的关心弗兰克·史密斯,就应该劝他不要参加下一周在迈阿密举行的南佛罗里达兰花协会年度展会。她作证说,来电者随后说自己是鲍勃·富克斯。电话第二次在克鲁尔-史密斯响起时,是弗兰克自己接的。他作证说自己听出了鲍勃的声音,打电话过来的人说:"跟你说,这个事情是这样:如果你参加迈阿密的展会,那就有人弄你。"史密斯说,这通电话把他吓坏了,因为他知道自己写给评审委员会的那封批评鲍勃的信,可能断送了鲍勃成为南佛罗里达兰花评审的机会,鲍勃对此非常愤怒。他也知道鲍勃对那些被盗植物耿耿于怀,仍然怀疑在克鲁尔-史密斯的温室里出现的就是它们。虽然这些电话让他害怕,但弗兰克仍然决心要参加为期四天的兰展,所以他雇请两名保镖陪同他。那一年还有另一名花圃老板在保镖的保护下参会,她说自己也接到了恐吓电话。

在佛罗里达,电话骚扰重罪的定义为:在一天内拨打多于一个电话,专为"激怒、虐待、威胁或骚扰任何人"。弗兰克·史密斯声称,他在2月的那一天接到了两个电话,因此,他有权提出控告。听证会在当年7月举行。鲍勃·富克斯被控以电话骚扰重罪。1991年8月27日,西奥蒂斯·布朗森法官和一个十二人的陪审团审理了"佛罗里达州诉罗伯特·富克斯"一案。如今没有人喜欢谈论此案,因此,要了解更多信息，我必须去听庭审录音。这个案子的录音比大部分别的案子听起来都舒服，因为它只涉及一点电话骚扰和商业竞争，大部分内容是关于激情、令人印象深刻的花朵和秘密的桃色事件。审判以鲍勃·富克斯的律师质问弗兰克·史密斯的朋友简·多尔蒂开始，问题是关于"罗伯特"万代兰—鸣惊人的那场兰展：

辩方律师：那么，多尔蒂小姐，您说您第一次见到富克斯先生，是在1984年，在迈阿密举行的世界兰花大会上？

简·多尔蒂：是的。

律师：这是全世界这类展会里最大的？

多尔蒂：是的先生。

律师：实际上，富克斯先生的兰花难道不是……你们怎么叫它……展会的……冠军？展会最佳兰花？

多尔蒂：我不记得了。

律师：你不记得他的兰花得了最高奖了？

多尔蒂：赢的是他的一株兰花。我以为你说的是他的展示。

律师：他那一株兰花，是整个展会里最大、最好的兰花，对吧？这把所有人的鼻子都气歪了，是不是？这里面难道没有嫉妒吗？

检察官：反对！

法官：反对有效。

律师：多尔蒂小姐，鲍勃·富克斯——1984年他连兰花评审都不是——鲍勃·富克斯的兰花是世界上最好的兰花，弗兰克·史密斯对此嫉妒吗？

多尔蒂：他的兰花是那一场展会中最好的。

律师：而那可是一场世界最大的展会。鲍勃·富克斯一举成名，引起了所有人的注意，是不是？

多尔蒂：当时他已经引起了所有人的注意。

在接到电话的那个早上，简·多尔蒂一直在克鲁尔－史密斯喂宠物鸟。有几只属于弗兰克，其余的是她的。辩护律师试图暗示，多尔蒂是一个不可靠的证人，她偏向弗兰克·史密斯，因为他们非常亲密，甚至把各自的鸟都混在一起：

律师：您成为弗兰克·史密斯的朋友多久了？

多尔蒂：九年了。

律师：说您爱弗兰克·史密斯，这公平吗？

多尔蒂：不，先生，我们是朋友。

律师：您不爱他？

多尔蒂：我是个好朋友。

律师：一个好朋友。您和他没有任何浪漫的关系？

多尔蒂：没有，先生。

律师：您不和他一起旅行？

多尔蒂：我帮他布置兰花展示，但我不和他一起旅行。

律师：啊哈。那么，这个……这个共同的对鸟的……爱好，持续多久了？

多尔蒂：大概有六年了。

律师：您把您的鸟放在他那里？

多尔蒂：我把我的一些鸟放在他那里。

律师：那么，您把多少只鸟放在他那里？

多尔蒂：那些英国虎皮鹦鹉[1]中大概有二十五只是我的。

律师：您把二十五只自己的鸟放在他那里！这是您和他一起做的生意吗？

多尔蒂：不，先生。这是一种爱好。

律师：所以您有一种爱好，和他共同的爱好，您为此贡献出了……二十五只鸟，跟他一起养，而你们仅仅是朋友？

从这时开始，审判变成了一场对种种恋爱关系的全民八卦。检察官试图证明迈克·科罗纳多爱上了他的合伙人鲍勃·富克斯，因此不能作为可信的证人；科罗纳多对这种猜测嗤之以鼻。然后富克斯的律师试图证明，不仅简·多尔蒂迷恋弗兰克·史密斯，当不了公正的证人，而且另一个州方的证人也爱上了弗兰克，因此也不可靠。检察官予以反击。有一个证人称电话事件发生的那天自己就在RF兰花，可以证明鲍勃没有打那些电话。检察官说，他和鲍勃"非常亲近"，因此他的证词应该被忽略掉。还有一名大学的行政人员作证，弗兰克对自己承认过，他觉得鲍勃不是打来电话的那个人。检察官说她也偏袒鲍勃，因此又多了一个有偏见的证人。没人能解释为

---

[1] 虎皮鹦鹉中，经过人工选育的体型更大、羽毛更鲜艳、性情更温和的品种一般被称为"英国虎皮鹦鹉"（English budgie）。

什么罗伯特·佩里——在克鲁尔－史密斯见到那株银色兰花的人——自己主动掺和进来。他的动机是什么？他是不是爱上了银色兰花以外的东西？妻子以外的人？鲍勃·富克斯没有出庭作证。在总结陈词时，他的律师和检察官都疲惫地承认，这两个人长期充满敌意地互相猜忌，从中很难得出什么单独的线索。鲍勃有没有因为认定弗兰克·史密斯洗劫了他的花圃而去威胁史密斯？弗兰克·史密斯插手鲍勃的兰花评审申请，是因为嫉妒，还是因为他真的知道鲍勃不诚实？鲍勃有没有真的试图用偷盗罪名陷害史密斯，作为被评审委员会拒绝的报复？

陪审团裁定，所有对鲍勃·富克斯的骚扰重罪指控均不成立。这个判决意味着鲍勃·富克斯不会在监狱里度过种植季。除此之外，判决没有澄清其他任何问题。无法知道陪审员们投票认为鲍勃无罪，是因为他们认为他没有打过恐吓电话，还是因为他们认为他的确打了那些电话，但那些电话不符合佛罗里达州对"骚扰"的那个范围很狭窄的定义。当然，判决中没有任何信息有助于解开被盗兰花的谜团。我第一次见到鲍勃·富克斯的那天晚上，也遇见了弗兰克·史密斯。他表现得亲切有礼，但我请他谈谈那场审判时，他看我的眼神就好像我的头发着火了一般。他说他不想和我说话，也一点不想讨论这个案子。他说，整件事是因为他被"说服了"，被"误导了"，而且不论怎么说那是很久以前的事情，现在一切都已经平息了。他答应我，如果我保证不问他关于那个案子的事，就找个时间跟我谈谈兰花。

富克斯和史密斯之间的战争持续了十多年。也许除了弗兰克和鲍勃外,谁都不会知道到底发生了什么,甚至连他们自己也不知道到底发生了什么。鲍勃现在拥有一个别的地区的兰花评审资质,而他和弗兰克都继续在兰展上取得出色的成绩。所有消失的 RF 兰花的植物,包括那株令人难忘的银色兰花,仍然不知所踪。

烧烤鸽子

在佛罗里达，事物一直在消失，但也一直在出现。佛罗里达具有强大的吸引力，与其说是一个州，还不如说是一块海绵。人们会被吸引过来。白人定居者到达后挤满了这个州每一个宜人的角落，然后又把被认为不适合居住的地方也都挤满了，包括大沼泽地的"可怕的草丛带"[1]，而且移居佛罗里达的浪潮从未停止过。如今，在法喀哈契所在的科利尔县，每天仍有一百名新移民安家，城市规划人员说再过八年，那不勒斯就没有地方了——一点儿地方都没有了。奇异的植物和动物也被吸引到佛罗里达。许多都是自然进入的——游到岸上或被风吹进来——或被货船无意间带入，或通过合法商业途径进入；但是被带进佛罗里达的许多动植物是法律禁止采集、运输和交易的。迈阿密港是走私动植物入境美国的主要通道之一。迈阿密环境执法部门的负责人告诉我，经迈阿密入境的走私品尤其受一类人欢迎——他们可能会在某天早晨醒来时对自己说：

---

[1] 前文提到的成功划独木舟穿越大沼泽地的冒险家休·威洛比在著作中形容大沼泽地中的一片芒草原是"可怕的草丛带"（terrible strip of grass）。

"啊，要是拥有一对带网纹的巨蚺该有多好？"例如，在1996年，总共有七十万只鬣蜥由迈阿密走私进美国。走私者使用的方法五花八门。近年来，迈阿密海关检查人员逮捕的人中有一个女人，将一只罕见的绒毛猴藏在上衣里，企图走私入关；一个男人，身上穿着的马甲缝有特制口袋，里面装着他的澳大利亚棕树凤头鹦鹉蛋；一个男人，带着一只玩具泰迪熊，里面塞着活乌龟；一个男人，衬衫下塞着一条活巨蚺；一个男人，腰包里有几只倭狨。他们逮捕过一个男人，他为了把一只长臂猿偷运进来，让它抱住他的腰部，然后穿上一件非常宽松的衬衫，以遮掩隆起。检查人员发现过藏在牛奶盒里的隼，塞在发卷里的鹦鹉，藏在人戴的帽子下的猴子。他们逮捕过一个来自委内瑞拉加拉加斯的男人，名叫莱宁·奥维多，他在手提箱里装了47条巴西彩虹蚺、11条巨蚺、44只红腿象龟、27只亚马孙流域的乌龟、27只淡水龟和12条蝮蛇。最近，他们逮捕了另一名委内瑞拉走私犯，他的随身行李中有1只成年捕鸟蛛、200只小捕鸟蛛和300只拇指大小的箭毒蛙，他在裤子里还藏了14条巨蚺。

一般来说，植物走私，特别是兰花走私，是动态的世界范围内的活动。《濒危野生动植物种国际贸易公约》（缩写为CITES）的实施意味着有超过一百个国家同意禁止或限制所有野生生物的国际贸易。自那以来，走私日趋国际化。限制贸易的程度因品种而异。兰花被分为两类：被认为稀有和濒危的品种属于规定更为严格的CITES附录一，这些植物的一切采集和交易行为都在禁止之列；地球上所有其他兰花品种都属于附录二，该附录规定，如果出口国向采集者颁发许可证，那么有限的商业和个人贸易是被允许的。

并不是所有人都认同CITES。许多兰花人告诉我，他们认为CITES覆盖范围太广，因为对濒危植物的真正威胁不是采集者，而是野生栖息地丧失。采集者抱怨说，发展中国家在全力砍伐森林，在这个过程中稀有植物就会被摧毁，而将植物从这些地区取出的采集者是保护这些物种的唯一机会，否则它们可能就会永远消失了。取出之后，这些植物可以被培育、繁殖，就像在动物园繁育濒危动物的项目一样。1992年，国际兰花种子库成立，以保护稀有种子。兰花种子能存活三十五年，因此它们可以保存在种子库中，有朝一日可以培育至发芽，甚至可以恢复野外种群。种子库在得克萨斯和加利福尼亚都有存储设施——根据负责人的说法，他们需要把种子分别存储在几个不同的地点，这样如果一处受到破坏也没有太大关系。我想，只有带着破坏兰花种子的任务的人才会去干这种事。也有许多兰花人支持CITES，他们认为，从历史上看，采集者只要一有机会就会把树林里的兰花全部采光；而兰花非常珍贵，需要保护它们免遭那些动机是利润而不是保护的人的伤害。我在兰花世界游历期间，第一次听到激烈抨击CITES的演讲时大为震惊，因为我没想到居然有兰花爱好者会反对这个旨在保护环境的条约。然后我听到一个又一个采集者的故事，他们说自己看到像爪哇和伯利兹这样的地方为了开辟农田而烧毁森林，但CITES的执法人员不让采集者先进去把兰花取出来，反而命令他们退后，眼睁睁看着那些植物化为青烟。

CITES生效以来，热门兰花在世界各地的价格越来越高，而且越来越难以找到。1979年移居英国的亚美尼亚裔植物狂热分子和不明飞行物研究者亨利·阿扎迪德尔最近声称，他一年能从黑市兰花交易中赚四十多万美元。他以1.9万美元的价格卖掉了一株从婆罗洲偷出来的国王兜兰，还以每株六千美元的价格卖掉了几株别的同属杓兰亚科的品种，并吹嘘这些是自己从当地人手中以每株两美元的价格买下的。阿扎迪德尔在1989年对四项"走私、囤积和出售濒危兰花"指控认罪，这些事实和数字是他在那时提供的。在宣判前，阿扎迪德尔宣称："我遭遇过海难，被毒贩追杀过，在一个猎头部族的首领家里吃过饭。我去过从没有白人去过的地方。我为扩展了科学的边界感到自豪。"他的律师辩称，阿扎迪德尔"已经放弃了贯穿一生的对兰花的爱好……他不再收藏兰花，也没有了采集的欲望"，但他还是被罚款三万美元，并入狱服刑一年。获释后他不知所踪。他的律师坚持说，阿扎迪德尔明确宣称过，只要还活着就不想再看见一株兰花。从那时起他用过好几个假名，有阿门·维多利安博士、阿兰·琼斯博士和卡萨巴·恩图姆巴，致力于鼓吹有关不明飞行物的阴谋论——比如有外星飞船降落在南非，据说还将继续追求新物种。

世界兰展日本大赏是每年在东京举办的兰展,可吸引超过五十万访客。几年前的日本大赏上,警方发动了一次规模格外大的缉私行动。行动的焦点是一种失落的兰花,是越南北部的品种,在20世纪初被发现,然后在野外灭绝了。就在几年前,兰花猎手重新发现了这个品种,将数千株兰花走私到中国香港、中国台湾地区和日本,还送给了日本大赏的几位高级评审。这是世界级的兰花丑闻。走私者被逮捕,植物被没收,那些评审颜面扫地,辞职谢罪。1990年,比利时当局发起"尼禄·沃尔夫"行动,没收了数千株从泰国走私来的兰花。最近,泰国林业部门估计,该国每年有近六十万株野生兰花经非法渠道出口,主要目的地是日本和欧洲。不久之后,印度环保主义者苏曼·萨海呼吁印度用专利保护其本土的动植物群,因为"印度的生物财富正在被掠夺……如出售给美国种子公司的特殊水稻品种的种子,还有兰花的种子,欧洲公司用它们大发横财"。在其他国家被掠夺的兰花经常进入美国。休斯敦海关人员最近逮捕了两名男子,每人将十六株每株价值一万美元的兰花绑在身体的各个部位。美国最著名的兰花走私案之一发生在1994年,当时一位名叫哈托·科洛帕金的二十八岁男子将216株稀有的杓兰亚科兰花以近1.3万美元的价格卖给了美国鱼类和野生生物管理局的一位卧底探员。自1993年以来,科洛帕金一直将兰花运往加利福尼亚,却在包裹上写"样品材料"。他在法庭上供认,1992年自己还走私了一千株兰花给一个马里布[1]的批发商。科洛帕金在兰花界广为人知。他的家族在东爪哇拥有一家声名卓著的花圃,并且兜兰属的柯氏兜兰是以他父亲名字命名的。科洛帕金是美国第一个因走私兰花而面临监禁的人。在旧金山的法庭上,他对所有指控认罪,被判在联邦监狱服刑五个月。

就在我第一次见到拉罗什之前,联邦探员缴获了一批从中国走私到迈阿密的稀有杓兰亚科兰花,有两千株。这些兰花是非常热门的品种。联邦政府将它们捐赠给了萨拉索塔的塞尔比植物园[2]。植物抵达后,塞尔比的院长给兰花区安装了新的锁具和安全系统。几周后我去了西棕榈滩的联邦法院,旁听"美国诉迈克尔·科恩"一案的听证会。该案被告是沃思湖[3]的一位奇异植物经营商,他被控从马来西亚走私水罐状食肉植物。科恩将它们标记为常见且不受保护的植物,但一位政府方面的植物检查员认出它们是稀有的水罐状植物,并拦截到一份由科恩发给马来西亚供货商的传真,上面写着:"记住,我们不要正确地标记它们。"科恩在听证会上显得有点沮丧。听证会开始时法官问:"科恩先生,你现在是否受到任何药物的影响?"这应该是法官在接受被告抗辩之前问的一个标准问题,但我发现自己在想,对我正在了解的许多人来说,对植物的热情比任

---

[1] 马里布(Malibu)是南加州的一座海滨城市。
[2] 位于佛罗里达西南海岸城市萨拉索塔(Sarasota)的玛丽·塞尔比植物园(Marie Selby Botanical Gardens)专门致力于研究兰科、凤梨科等附生植物,其主建筑为威廉和玛丽·塞尔比夫妇故居。
[3] 沃思湖(Lake Worth)是棕榈滩县的一座城市。

何药物都具有更强大的效力。

我了解了国际走私活动的本质之后,拉罗什的鬼兰计划在我看来就更有道理了。CITES规定,出口和出售野生兰花属于非法行为,而野生兰花显然包括佛罗里达的所有本地物种,也就包括鬼兰。大多数野生物种没有被商业化养殖。自CITES生效以来,任何人如果想要野生兰花,就得从沼泽中窃取,或从拥有这些兰花的人手中购买。拉罗什坚信法喀哈契的兰花有很大的市场。他告诉我,他认识很多非常渴望拥有任何美国本土品种兰花的澳大利亚人,而且英国人也为它们疯狂。为了支持自己的理论,他寄给我一篇报纸上的文章,写一个在希思罗机场被捕的英国花圃经营者,手提行李里装了将近九百株野生美国杓兰亚科兰花。拉罗什认为,如果他可以从沼泽中偷出几株植物——由于塞米诺尔人的豁免权,它们不在联邦濒危物种法律的保护范围内——那么他就可以用自己的秘密克隆技术克隆它们,最终得到数百万株鬼兰、章鱼兰和丝带兰,然后合法将它们卖到世界的任何地方,因为它们是在实验室中生产出来的,而不是从野外获取的。这样,收藏家就没有理由向偷猎者购买了,因为他们可以在拉罗什那里买到鬼兰,这样他就宣判了该品种的黑市交易的死刑。他似乎特别熟悉国际植物贸易的法律和禁令,让我抑制不住好奇心,问他是否曾在佛罗里达之外进行过非法采集活动——换句话说,他有没有将植物走私进而不是走私出佛罗里达。我想当时我们应该正在开往沼泽地的路上,他凝视着马路,开了一英里之后才终于开口,说他"参与了一些南美的活动",但拒绝透露更多。他说,他父亲对这些"南美的活动"一无所知,他也不想让他知道。他说,可能有一天会告诉我他的活动,但是在父亲还活着的时候,他什么也不想说。

因为拉罗什不跟我讲,所以我问佛罗里达的其他兰花人能不能把我介绍给一个国际走私者。他们全都建议我给一个叫"探险家李·摩尔"的男人打电话,他是兰花收藏家和走私者、前哥伦布时期艺术品收藏家和走私者、无政府主义者,一度大麻成瘾,而现在很快就要离开南佛罗里达,永久移居秘鲁。在我见到李·摩尔之前,有人给我看了一张他的照片。这张照片是在秘鲁的伊基托斯拍摄的,他和两个秘鲁孩子站在一起,三个人举着一棵跟大众甲壳虫汽车一般大的鹿角蕨属植物。拍这张照片时李时年二十二岁,看上去像个快乐帅气的男孩,身材高瘦,头发是淡灰黄色,皮肤晒得很黑。他来自华盛顿的一个蓝血贵族家庭。他父亲菲利普斯·摩尔曾在杜鲁门政府中担任助理商务部长,后来做过联邦航空管理局局长和下议院议员。摩尔一家搬到佛罗里达时,李还是个孩子。他很快就适应了佛罗里达。当他的高中同学开着改装老爷车到处兜风的时候,他在大沼泽地里到处走。为挣零花钱,他收集食鱼蝮卖给迈阿密爬虫馆,收集响尾蛇卖给毒液提取公司。高中毕业后,他钻进一辆汽车,一路开到了中美洲。他的一个朋友已经在那里,正在筹备热带鱼进口的生意，所以李开始跟他在中美洲和迈阿密之间往返，后来他和另一个朋友罗纳德·瓦格纳一起去了秘鲁，瓦格纳打算做蛇毒生意，从活蛇身上采集毒液，然后加工成蛇毒解毒剂。李自己的梦想是发现新的植物。他以前常告诉南佛罗里达的老一辈兰花种植者——如弗雷德·富克斯和汤姆·芬内尔这些人——自己打算冒险进入丛林，寻找新物种。"他们会嘲笑我的愚蠢，"他喜欢说，"他们会说，'哦，这就是李，探险家。'这就是我的名字的由来。"

一个潮湿的下午，拉罗什带着塞米诺尔人外出采集水蕴藻属植物，我打电话给李。他在电话中听起来忧心忡忡。他跟我说了去他住的公寓的路，非常复杂。最后他说："顺便说一句，你最好马上来。我很快就要搬到秘鲁去了。我讨厌住在这里。"

李和妻子查蒂住在迈阿密的肯德尔地区，房子是一片没有树荫的联排别墅中的一套小公寓，外墙镶嵌着鹅卵石，空心门像是从胡乱搭建的棚屋上拆下来的。公寓的前院称不上是院子，只是一个铁门后面的一块混凝土平台，比野餐桌还小。这幢房子没有花园，但是我去的那天，前门附近有十几株盆栽的凤梨科植物。根据美国政府和CITES的说法，李的主要工作就是走私植物。我见他时，他在等一个牵涉到一些他从秘鲁买的卡特兰的案子开庭，这个案子叫"美国诉大约493株兰花，来自秘鲁莫约班巴'东方农业'花圃，以及大约680株兰花，来自秘鲁莫约班巴'东方农业'花圃"。政府称他从野外非法采集了这些兰花,并故意把它们错标为花圃培育的植物。李又反诉美国农业部和迈阿密的植物保护和检疫机构,索赔一百万美元。根据他的起诉书,美国农业部的检查员错误地没收了他的植物,然后又对另一批他从秘鲁运来的植物视而不见,有争议的植物在被执法机构扣押期间死掉了。他试图找到一家愿意无偿代理此案的律师事务所,但没有好运气,所以打算亲自应诉。

李现在快六十岁了,淡灰黄色的头发变成了银色,但除此之外看上去仍然像我在照片里看到的举着鹿角蕨属植物的男孩——身材高瘦,皮肤晒得很黑。我去他家那天,他穿着宽松的长裤以及古巴男人喜欢穿的那种浅色短袖衬衫。他的妻子也在家。她的身高大约是李的一半,黑头发,活力十足,穿着艳粉色的系扣衬衫、紧绷绷的白色七分裤和白色高跟鞋。我一走进公寓,她就站到客厅中间,开始飞快地说话。她有过剩的语言能量,平平无奇的事经她之口,听上去也非常激动人心。"李,你应该向她介绍那些艺术品!跟她讲讲我们的前哥伦布收藏!"她指着我说,"跟她讲所有那些反反复复的折腾以及,哦,天哪,我们惹出的麻烦!"

"我现在就是在告诉她。"李说。

"我们在艺术上投入非常大,非常大,非常非常大,"她对我说,"我们总是在走私东西!或给别人钱让他们帮我们走私!"

李转过头对我说:"你想坐下吗?"我点点头,坐下了。

"我们在墨西哥的十大通缉犯名单上!"查蒂说,"我们又冒了更多的险,惹出了更多的麻烦,天哪!"

"我们靠前哥伦布时期的艺术品发了财,"李说,"做艺术品的原因是植物生意变得越来越难做。以前你可以在丛林里摘一株兰花,包好,用航空邮件寄回来,当你回到迈阿密后对它的检查才开始。然后那些该死的雅皮士类型的人当上了管理员,现在他们让你清洗、烟熏植物,在你还在丛林的时候就开始检查它们。还有,我得把它们用卡车运到利马,又因为植物是从毒品地区出来的,他们会检查你带没带毒品,然后还得让植物学家再检查一遍,而且你还必须得搞到CITES许可证和植物检疫证书。到那时,大约三分之一的植物就已经死了。那些海关人员总是找我的麻烦,因为我的植物外表很杂乱。它们是丛林植物,看起来像是从野外采来的,但其实不是这样。我和莫约班巴的一家花圃合作,让兰花在恶劣的条件下生长,差不多跟在自然界中一样。收集前哥伦布时期的艺术品要容易得多。我们大概是从1966年开始的,然后真是……太顺了。我们开始做这个生意后,马上就卖到了欧洲和澳大利亚,卖给所有顶级收藏家。"

查蒂跺了一下一只穿着高跟鞋的脚:"我们冒过的险太多了,跟你说你都不信。李,你应该告诉她在墨西哥逃亡的事!"

"我现在就是在告诉她。"李说。

"警察,特工,走私,大家都在追我们,真是难以置信!"查蒂说,"你知道吗?印第安纳——他叫什么名字?——印第安纳·琼斯[1],你知道他吗?跟你说,印第安纳·琼斯是扯淡!跟我们的历险相比,布奇·卡西迪[2]也是扯淡。对吧,李?我们比印第安纳·琼斯有更多的事情要处理,更多的麻烦要对付!哦天啊!"

李站起来,说要拿一些关于目前这场法律斗争的剪报给我看。他说,自己之所以如此坚决地起诉,指控政府杀死了他的植物,是因为一株摩尔卡特兰已经形成了一个种荚,本来可以为他生产出几百万株幼苗。"我花了三十多年才找到一株带种荚的,"他说,"我是全世界唯一拥有成熟摩尔种荚的人。我本来可以有五万株植物,每株可以卖一百或者一百五十美元。如果不是那些该死的雅皮士,我现在就应该发了大财了。"

"噢,不过我们在艺术上发了大财,"查蒂说,"好几百万!李有一辆林肯,不,两辆林肯大陆车!但是跟你说,我们收的都是文化遗产,把它们带出原国家是非法的!"公寓外,一辆卡车尖啸着驶过,还鸣响了汽笛。一扇纱门猛地关上,发出响亮的声音,门上的光线微微晃动。一只狗发出一声

---

[1] 印第安纳·琼斯全称小亨利·沃尔顿·"印第安纳"·琼斯博士,美国著名系列冒险电影《夺宝奇兵》的主角。
[2] 罗伯特·勒罗伊·帕克(Robert Leroy Parker, 1866—1908)绰号布奇·卡西迪(Butch Cassidy),是美国旧西部时代著名的火车与银行抢匪。

无聊的吠叫，然后又安静了下去。它被困在摩尔的公寓里，觉得枯燥乏味。"我们是法外之徒！"查蒂跺着脚说，"哦天哪，你准不信。"

—❦—

探险家李·摩尔其实真的有探险经历，并且真的发现过新植物。卡特兰属最新被发现的品种就是他找到的——这是一种奇妙的兰花，花瓣底色是苹果绿，上面有泼溅状的红色斑点，花瓣边缘呈波浪状。他将其命名为摩尔卡特兰。他发现了摩尔瓢唇兰和摩尔围柱兰，这两种兰花现在经常被用于商业杂交。在凤梨科方面，他发现了一个颜色深得几乎是黑色的品种——斑纹光萼荷；一种惊人的绯红色的彩叶凤梨属植物，他将其命名为摩尔五彩凤梨；一种形状像炸开的鞭炮的星花凤梨属植物，他将其命名为擎天凤梨俾斯麦[1]。在一次有一位来自日本的浸信会牧师同行的秘鲁采集之旅中，李重新发现了一种一百年来都没人见过的巨大鹿角蕨属植物——美洲鹿角蕨。1962年，他被评为凤梨协会的年度人物。1965年，他发现了一株高大的凤梨科铁兰属植物，有许多分叉，花是浅粉色和浅蓝色的。他将其命名为粉苞铁兰（Tillandsia wagneriana），以纪念他的朋友

---

[1] 据李·摩尔本人1995年在《凤梨协会学报》发表的文章叙述，他发现此品种后将其运回美国，被一名植物学家错误地认定为 Guzmania lindenii，而非一个新品种。之后他的主要精力转向前哥伦布艺术，后来他回归植物界时，发现此品种已被一名德国植物学家重新命名，故而失去了自己命名的机会。

罗纳德·瓦格纳，就是那个做蛇毒生意的人。在他们一次去哥伦比亚的采集旅行中，罗纳德死于飞机失事。根据李的说法，那架被厄运诅咒的飞机只有一个空座位，所以他和罗纳德猜硬币，结果罗纳德赢了。在这次旅行中幸存下来的只有李的狗"巴克"和一个装着李的顾客名单的金属盒。这次事故让李百感交集，他开始发行一份定期通讯，名为《李·摩尔的居家探险记》，内容包括他的采集旅行纪事，他在丛林中的生活，以及各种照片：不寻常的植物、生活在丛林中的土著人、蜘蛛、貘和亚马孙风光。第一期有一张他当时的妻子海伦的照片，她穿着午餐裙，和一只鹦鹉玩耍；还有一张照片，是李的幼小女儿抚摸她的宠物水豚——世界上最大的啮齿动物。第一期通讯的全部内容都和令罗纳德·瓦格纳不幸逝世的那场空难有关。他有时把一些旅行建议放在通讯中。在第二期里，他解释了吹箭的工作原理，还说明箭上涂的致命毒药的唯一解毒剂是糖溶液："因此，如果你被毒镖击中……请记住，喝糖水……如果你还有时间。"《李·摩尔的居家探险记》没有发行太久。在第三期中，李写道，他要暂停出版，因为"我发现，由于灾难，我落下了很多工作"。这些灾难之一恰好是在秘鲁发生的另外一起空难，他的七个朋友丧生。他本来打算登上那架飞机的，但因为在途中耽搁，错过了航班。旅客名单上有他的名字，所以他被列为死者之一。当他活着现身的时候，他的朋友和家人大为惊讶。他用最后一期专门讲了这次坠机的故事。在编者手记里，他写道：

这是一个残酷的故事，包含着苦涩的真相：在将这些奇异植物带给你的过程中，植物探险家付出了高昂、可怕的代价，他们的经历超出你最大胆的想象。现在我不能披露所有事实，因为我知道的事情太危险了，目前无法公开。

你见过这样的场景吗：破碎、撕裂的无头尸体散落在地上，鹫将你曾经认识的人的身体啄食干净？其中七个人，就像我一样，在追求一些东西……我差不多已经准备好洗手不干了，但在此之前，我想让你知道为什么没有理由管李·摩尔叫逃兵。

我要卖掉我的生意。你有兴趣吗？

在植物采集旅行中，李逐渐熟悉了前哥伦布时期的艺术和前印加时期的手工艺品。"它们是，换句话说，"他曾经对我说，"埋藏的宝藏。"当时历史文物生意还没有被禁止，进口文物也不用交关税。李觉得文物收集可以作为植物采集的补充。他的第一个项目是搬移一件无价之宝——一座古老玛雅神庙里的一面绘有壁画的墙。发掘花了三个月。在发掘期间，李和他当时已经怀孕七个月的妻子——一名叫扎迪特的秘鲁女人——搭帐篷住在工程现场，以烧烤鸽子为食。发掘是由一个涉足毒品和卖淫活动的亚美尼亚奸诈商人和一个匈牙利艺术品商人资助的。后者安排将那面墙的一部分运到自己在纽约开办的画廊，其余部分则给纽约大都会艺术博物馆。所以，这面墙其实是偷窃来的财产。一天晚上,一位墨西哥政府官员在大都会博物馆的招待会上发现祖国的这件珍贵文物在该馆地下室里,便要求将其立即归还。那个匈牙利艺术品商人别无选择,只能把这面墙打包运回墨西哥城,现在,它在那里的人类学博物馆中占据了一个显要的展出位置。李从未在这面墙的项目上得到报酬,不过,他也放弃了追索,而是把它当成一次很好的学习经验。由于他已经了解了艺术品走私生意,就和新妻子查蒂一起策划掠夺另一处满是壁画的玛雅遗址,但李发现联邦特工打算跟踪他到那里,将他逮捕,就取消了这个计划。此后,李和查蒂决定将走私活动的重点放在可以放进手提箱的东西上——玛雅花瓶、古老的秘鲁手工艺品、金质陪葬面具和古董银器。在这个时期中,李在南美和迈阿密之间往返了几百次。艺术品走私活动进行得非常顺利,以至于他完全不做植物生意了。在前哥伦布时期艺术品经销商中,他很快跻身世界前五。他有私人飞机、两辆林肯大陆和一座豪华的房子,银行户头上有一百万美元。

但现在,李又重新拾起了植物,因为他和美国海关发生了多起纠纷,大部分都是海关赢了,这让艺术品生意越来越难做。海关没收了他的一大批古代秘鲁银器,强制他把它们捐给秘鲁的一座博物馆,这让他损失惨重。他搞到一批前哥伦布时期的艺术品,打算在澳大利亚出售,但海关认定它们是赃物,将其查封,这次他的损失更大。他最大的几笔投资之一——一个有两千年历史的前印加时期锻打的黄金陪葬面具——被扣押,最终被送回秘鲁。他越来越坚信,海关是在故意为难他。在赔掉澳大利亚那批货后,他不得不卖掉飞机,卖掉林肯大陆,搬出豪宅,宣布破产。他四处寻找工作,什么都愿意干。飓风"安德鲁"过后,他甚至在白天给当地花圃打工,这些花圃正在重建自己的温室。他逐渐成了一个植物经纪人似的角色,从迈阿密的花圃买一些有意思的植物,然后载着它们向佛罗里达北部开,把这些东西卖给沿途的小花圃——他会在像杰克逊维尔这样的地方停下来,在加油站找个电话亭,站在火辣的太阳下翻黄页,然后打电话给当地花圃,问问他们想不想要什么植物。这种生意单调而困难,也几乎赚不到什么钱。不过,这也让他回归植物——他一直喜爱的东西。

李转天要很早动身去跑一趟这样的植物推销生意,所以那天下午他得去取货,他说我可以跟他一起去。当我们坐进他的卡车时,我问他会不会恰好认识约翰·拉罗什这个人。他们仿佛是用同一块易燃的布剪出来的,不过他们应该从未见过面,因为我觉得如果他们都待在同一个房间里,宇宙就会爆炸。李斜着眼瞅了我一下,揉了揉下巴。"我觉得我不认识那家伙,"他说,"不过我听说过那个案子。我不太理解他对鬼兰的激情。它们很漂亮,这没问题,不过,我只是觉得它们没那么特别。"他发动卡车,嘎吱嘎吱地开到路上,"不过兰花世界里的其他人我确实差不多全都认识,"他说,"马丁·莫茨?他的第一份在花圃的工作是我给他的。他给我浇水。而弗雷迪·富克斯，就是鲍勃的父亲，他资助了我的第一次兰花采集旅行，就是我开着大众车沿巴拿马公路[1]南下的那一次。老芬内尔买下了我为'兰花丛林'采集的植物。"他擦了擦前额，"这些人都是兰花世界真正的标杆，就是像弗雷迪·富克斯这样的人。我现在都能跟这些标杆人物相提并论了，真不敢相信。"

我们坐在那辆闷热的卡车里，沿着市郊公路开了几英里，路肩是沙砾，没有人行道，两侧是铁丝网和雪茄盒般四四方方的平房。我们的第一站是一个叫"布里斯凤梨"的地方。李停好车，进去找经理。"我之前选好了四株'蓝月亮'和八株'紫雨'。"李说。经理带我们穿过温室，走到存放李几天前挑好的植物的地方。他数了数，然后咂咂舌头，说："你看，好像有人拐跑了我的一株'蓝月亮'。"我们到下一个花圃。"哈维，我想要一箱'魅力'，"李对这个花圃的经理说，"特别，特别，特别大的植物。今天不要太多兰花了，因为我得把它们装到卡车上，这么热的天，它们准会爆炸，然后就没人要了，最后我得把它们都吃掉。"我们去了"德莱昂的凤梨"。"这里是最先进的。"李在进来时对我说。他指着一些地方："瞧这个正在建的新大棚。啧啧。"在办公室里他向经理念了一份清单："嗯，给我拿一些没有刺、带斑点的多序光萼荷。哦，我还要21株'法西尼'、36株'艾琳'和12株菠萝。"这些是

---

[1] 这里的"巴拿马公路"（Panamanian Highway）是指纵贯南北美洲的泛美公路（Pan-American Highway）。

凤梨科的不同品种——有尖刺,像蜘蛛的;有宽阔、坚硬、斑驳的绿色叶子的;体积较小,顶上的一圈叶子有锯齿边缘的。"我总是在寻找新东西,"李对我说,"这一直是我的目标。新东西,真的很特别的东西。如果能找到一个好东西,那它可能价值五千美元——每一株,我是说。我发现的一些植物——现在他们用组织培养,生产的数量数以亿计。我又从这上面赚到了多少钱?"他摇了摇头,"大概赚了几块钱吧。我应该赚个几百万的。"他说,大部分时候,他发现新品种时没有资金和设备去做克隆,把这个发现变成利润,所以只能卖出大概一百株,然后某家主要商业种植者会克隆这个品种,把它变成一种在超市里卖的植物,一个廉价品种,一个凯马特的产品。一方面,他听上去因为屡次跟发大财失之交臂而恼怒,但另一方面,他听上去又对"卖出自己的第一千万株凯马特凤梨"这种乏味的成就抱着轻蔑的态度。这就像他这一生的经历:多次和灾难、财富、坠毁的飞机、野生动物擦肩而过。我觉得,要是能把那些钱赚到手一部分,他应该还是会很高兴的,但他只有用冒险的方式赚到才会高兴——要么差点死掉,要么差点被投入监狱,要么在拿到手里的那一刻之前差点失去。我真的很想知道为什么李想尽快离开美国奔赴南美;他如果不走,会陷入怎样的生活,让他这么害怕?我的猜测是,那不会是一种糟糕的生活,只是这种对李·摩尔这样的幻想家来说过于平凡的生活,令他厌倦。在那样的生活中,他很可能永远不需要将热带鱼倒入液压泵,以帮助他的飞机降落在哥伦比亚;永远不用住在一座有蛇出没的小屋里,家具只有他的狗的笼子;永远不必躲避在秘鲁追踪他的联邦特工;永远不会有机会看到任何人都没见过的生物,将它们介绍给世界,并且自己就能像亚当一样,给这些生物起名。我越来越强烈地感觉到,我总是能见到像李这样的人,他们似乎根本不属于这个现代世界和当下这个时代——这个有各种小烦恼、义务和边界的世界,这个无聊的玩世不恭的时代——因为他们生活的方式和目标都非常乐观。他们真诚地爱着一些东西,相信某种生物可以达到完美,为关于他们自己的神话和冒险的念头而活,坚信某些东西真得值得用生命去交换,认为可以依靠自己梦想的东西——不管是什么——而生活。

李把剩下的植物装上卡车,说他不会再去别的花圃了。他说他必须早点上床,因为天不亮就要出发去推销,这样植物就不会因为天气太热而开始枯萎。他并没有装特别多的植物,所以卡车并不是特别挤;如果他在路上把植物卖光了,就会给查蒂打电话,让她给他寄一些过来,他收到后继续向北,边开边卖。对我来说,在亚马孙河附近漫游是无法想象的,但开车去一个陌生的地方,打电话给不认识的人,这听起来既可以想象又可怕。我问李觉不觉得自己很勇敢。他玩弄了一会儿手指:"哦,我不勇敢。我只是对自己很有信心。我记得小时候曾经去大沼泽地划独木舟,我的一些朋友决定不去,因为太不舒服,也太困难。不过,他们还是来看我们这些去的人出发,我记得独木舟被推入水中时,我抬起头,看着那些被丢在岸上,只能旁观的人的凄惨的脸。这就是我开始冒险生活的原因。我知道,我从来不想成为留在岸上的人。"

最后一期《李·摩尔的居家探险记》于1966年春季出版,他在其中写道:

> 许多人写来充满羡慕之情的信,说他们希望自己可以像我一样旅行、探索,说我的生活就是他们一直想要的,但由于这样那样的原因无法成真。我一直以来向你们讲述的种种困难跟我做的生意并不存在必然的联系,甚至和正常的生活也没什么关系。你们读到的困难发生在一种不正常的生活里。不论我做什么生意,它们都无法解决。正常人不会有这些困难。很明显,冒险是注定要伴随着我的,无论我做什么。原因不是生意,而是我。冒险和兴奋将陪我度过余生。自童年以来,我已经逃过了九次惨烈的死亡。我天生就是要探索这一切的。

奥西奥拉的头颅

过了几周,巡回法院法官布伦达·威尔逊宣布对鬼兰案做出判决。当天是佛罗里达那种黏稠的天气,白色的天空中,银色的太阳像一枚五美分硬币一样光滑。本月早些时候,拉罗什和三个塞米诺尔人——拉塞尔·鲍尔斯、丹尼斯·奥西奥拉和文森·奥西奥拉——表示对非法将植物移出州有土地的指控不抗辩。威尔逊法官宣布不判塞米诺尔人有罪,仅对他们每人罚款一百美元,但判拉罗什对该项指控有罪,对他处以的罚款的金额是塞米诺尔人的五倍,并将他不得进入法喀哈契的时间再延长六个月。第二天,《迈阿密先驱报》的一篇文章写道:

> 那不勒斯——周一,在科利尔县法庭上,一桩案件最后的结果模棱两可。印第安人能否将佛罗里达公共土地上的植物视为己有这一问题长期悬而未决,而本案的判决本可为其做出定论。
>
> 巡回法院法官布伦达·威尔逊对三名塞米诺尔印第安人和一名迈阿密兰花种植者处以罚款,他们在12月试图从法

喀哈契沼林州立保护区中带出稀有的兰科和凤梨科植物。

但印第安人的律师说,部落成员应该仍然可以任意从州立公园和自然保护区中带出濒危植物,因为一项州法规说他们可以。"这真的一点道理也没有,"塞米诺尔部落成员的律师韦斯利·约翰逊说,"我们不抗辩仅仅是出于方便。他们什么罪也没有犯。"

兰花爱好者和各州立公园、保护区的管理人员一直密切关注着此案。他们担心如果印第安人和拉罗什获准带出植物,就将树立起先例。拉罗什说他为部落工作,因为他了解兰花和其他植物。"我跟他们一起去,是为了确保这件事做得正确。"他谈到去年的收获植物之旅时说。

部落规划与开发负责人巴斯特·巴克斯利说,根据那项法规中的豁免条款,他认为部落成员可以带出这些植物。"但是就像你们这些人签署的其他条约那样,"巴克斯利说,他指的是政府与印第安部落达成的条约,"它一文不值,把它写在纸上简直是浪费了那张纸。"

在法官宣布判决的第二天,我和负责公诉该案的州检察官兰迪·梅里尔会面。梅里尔在进入法律界之前是警察,他打算在完成兰花案后竞选州政府中的职务。本案被告刚被起诉的时候,梅里尔告诉我他决心把他们全部定罪。他特别希望给拉罗什定罪,因为他觉得拉罗什太不可理喻了。案件本身也很不可理喻,牵涉到一堆混乱的法律条文——其中两项还可能相互矛盾。一项是刑事法规：在佛罗里达，任何人采集濒危野生植物都是非法的，会受到刑事处罚。唯一的例外是该法规中所称的"佛罗里达印第安人"，出于对传统狩猎和捕鱼行为的尊重，他们不受该法规约束。这意味着，根据佛罗里达州刑法，不能因采集濒危兰花而起诉塞米诺尔人。而另一项条例禁止将任何动植物移出州立公园和保护区以及其他州有土地（这就包括了法咯哈契），不论其是否濒危。这意味着，在像法咯哈契这样的州立保护区，任何人如果采集任何东西——一片普通的草叶、一条蠕虫、一株鬼兰——都会被逮捕和起诉。刑事法规和州立公园条例存在着矛盾，那么塞米诺尔人到底能不能采集鬼兰，并将其移出法咯哈契？是濒危物种保护法律给"佛罗里达印第安人"的豁免也适用于州有土地，还是公园条例高于塞米诺尔人享有的豁免？

这种模糊之处正是拉罗什一直在法律图书馆里寻找的东西。他看出濒危物种保护法律和公园条例的不一致之处，于是他赌如果自己和塞米诺尔人被捕，那么法官将选择维护刑事法规而不是公园的行政规章——换句话说，法官将裁决，塞米诺尔人从刑事法规获得的豁免权确实对州立公园的土地也适用（虽然法规中并没有明文指出），因此在法咯哈契采集鬼兰是属于他们的权利。他还赌佛罗里达州的大部分法官都不愿做出废除塞米诺尔人权利的争议性裁决。

梅里尔认为，挫败拉罗什的计划的最好方法就是绕开它。首先，他撤销了对塞米诺尔人带出濒危兰花的指控，这样印第安人享有法律豁免的问题就不会出现。但是，这些人被抓获时不仅持有濒危兰科和凤梨科植物，还持有这些植物附着的树枝——拉罗什坚持，取下植物时要将它们附着的树枝一并取下，而不是仅仅把它们撬下来，因为这样它们存活的机会更大。濒危植物保护法律不适用于普通树木，因此濒危植物保护法律对"佛罗里达印第安人"的豁免也不适用于普通树木。根据公园条例，任何人从法喀哈契州立保护区这样的地方带出任何东西都是违法的，而公园条例涵盖了普通树木。如果塞米诺尔人拿走的只是濒危植物，那法官就必须决定如何解释濒危物种保护法和公园条例之间的冲突。而把树枝带出公园是一个简单的法律问题——任何人都绝对不能从州立公园中带出生物，没有例外。梅里尔意识到，他可以专注于案件无可争辩的部分，这样便能击败拉罗什；至于调和刑事法规与州条例的任务，留给将来负责别的案件的某个法官好了。塞米诺尔人将不得不承认，他们无论如何都不能豁免于适用在活橡树、圆滑番荔枝树和普通佛罗里达杂草上的公园条例。他们别无选择，只能选择对将树木带出州立公园的指控不抗辩，而最终他们也是这么做的。

拉罗什个人的情况比塞米诺尔人的更复杂。由于他是部落的雇员，所以他认为自己享有法律赋予塞米诺尔人的任何豁免权。就算豁免的概念行不通，他也还有预防措施。在偷猎那天，他故意避免触碰任何植物，实际的采集工作都是由塞米诺尔人干的——在沼泽中跋涉，接近树木，砍下树枝，装进袋中，拖出丛林——这不仅因为拉罗什很懒，还因为他希望万一他们被抓到，他能够宣称自己是不做实际工作的顾问，而不是干下坏事的人。拉罗什的这两点争辩未能说服威尔逊法官。在她看来，他是部落的雇员而不是成员，因此没有资格获得给予塞米诺尔人的任何特殊待遇。此外，她觉得他对一切都有罪——他对带出树枝、兰科和凤梨科植物有罪，他对建议其他三个人做这些事有罪，他对制订整个计划在道德上有罪。

"佛罗里达印第安人"的祖先是居住在佐治亚和阿拉巴马的尤奇、克里克和切罗基印第安人。18世纪，白人定居者强迫他们离开肥沃的土地，这些印第安人迁移佛罗里达后开始自称塞米诺尔人或米科苏基人，意为"荒野流浪者""外地人"或"逃亡者"。美国人在1821年从西班牙人手中夺取佛罗里达后，白人定居者前往这片南方的土地，不久之后，便又垂涎印第安人住的地方。联邦政府予以响应，花费四千万美元开展了三次"塞米诺尔人征服及搬迁工作"。三场塞米诺尔战争中的最后一场——比利·伯莱格斯[1]战争——于1848年结束，那时美军已将超过90%的塞米诺尔人"征服及搬迁"到俄克拉荷马。剩下的10%(约三百人)逃往大沼泽地和大赛普里斯沼泽，在湿地边缘搭建奇吉小屋，安营扎寨。政府坚持搬迁工作，一

---

[1] 比利·伯莱格斯（Billy Bowlegs 或 Billy Bolek，约1810—1864）是第二次和第三次塞米诺尔战争中塞米诺尔人的首领。

度向比利·伯莱格斯酋长提出可以给他21.5万美元，换取他带着剩下的部落成员搬迁到俄克拉荷马。他拒绝了。后来他同意去华盛顿谈判。比利·伯莱格斯酋长跟另一位塞米诺尔酋长及一组政府的"搬迁专家"一起骑马前往首都。一路上，他们在坦帕、帕拉特卡、奥兰治城和佐治亚州的萨凡纳停留。比利酋长用"威廉·B. 莱格斯"的名字登记入住酒店。这次峰会没有成功劝说塞米诺尔人离开，1853年通过的一项使他们在佛罗里达居住成为非法行为的法律也没有，政府军之后的屡次入侵依然没有。1858年，战争部部长杰斐逊·戴维斯[1]承认塞米诺尔人"挫败了我军为实现征服及搬迁所做的积极努力"。佛罗里达塞米诺尔人因为从未投降，所以开始自称为"未被征服者"。他们的后代迄今为止从未与美国签署过和平条约。

"未被征服者"的领导人之一是一名叫奥西奥拉的年轻战士，他的父亲是英国白人商人，母亲有克里克印第安人、黑人和苏格兰人血统。奥西奥拉出生于阿拉巴马北部。1818年，他和母亲被安德鲁·杰克逊[2]麾下的士兵俘虏。被释放后，他们搬到了佛罗里达的银泉，与他母亲的克里克亲戚住在一起。奥西奥拉的名字是比利·鲍威尔。"奥西奥拉"这个姓氏可能

---

[1] 杰斐逊·戴维斯（Jefferson Davis, 1808—1889），美国陆军军官、政治人物。他在富兰克林·皮尔斯总统内阁中任战争部部长，后在美国内战期间担任唯一一任美利坚联盟国（即南方邦联）总统。

[2] 安德鲁·杰克逊（Andrew Jackson, 1767—1845），美国著名将军，为首任佛罗里达州州长和第七任美国总统。在总统任上，他签署了《印地安人搬迁法案》，使联邦政府有权力将印第安人迁至俄克拉荷马。

源于他的克里克礼仪头衔"asi yahola",意为"喝黑饮料高歌者"。"黑饮料"是指一种用冬青叶酿造的强力泻药,味道苦涩。"yahola"是一种类似祭坛男孩的角色,在宗教仪式上喝黑饮料、唱歌。奥西奥拉个子很高,身材瘦削,外表俊美,对高级珠宝、红色绑腿和羽毛头饰很有品位。他没有首领之位的继承权,所以理论上不是酋长,但他凭借对部落的热爱、个人的自信、在印第安人中流行的网棒球运动上的高超技艺,赢得了部落成员的高度尊敬。年轻的奥西奥拉迅速获得了杰出印第安勇士的名声。不过,他还有许多白人同伴和崇拜者。在第二次塞米诺尔战争期间,他遇到了一位驻扎在佛罗里达州金堡[1]的白人尉官,和他成了亲密朋友。被俘后,他被关押在军事监狱中,由一位叫弗雷德里克·威登的白人医生照料,他和威登也非常友好。奥西奥拉在白人废奴主义者中也有许多支持者,他们认为塞米诺尔战争是不义之战,政府发动战争只是为了使种植园主受益并惩罚庇护逃奴的印第安人。巧合的是,塞米诺尔人自己也拥有大量的奴隶,虽然塞米诺尔奴隶主和黑人奴隶之间的关系不同寻常——奴隶与部落成员混居并通婚,这两个群体过着地位同样卑微的生活。奥西奥拉的妻子之一是一名逃奴的后代,这名奴隶后来又被抓了回去,这件事激怒了奥西奥拉,使他下定决心与白人作战。但在美国内战爆发时,部落与南方邦联缔结了和约,很可能是因为他们生活在南方,至少部

---

[1] 金堡(Fort King)是1827年美军为和塞米诺尔人对峙而修建的要塞,位于现佛罗里达州奥卡拉市(Ocala),后被拆除,2017年为纪念历史而重建。

分是因为他们像邦联各州一样允许奴隶制。

奥西奥拉被部落尊为聪明的攻击者和无情的复仇者，但他做事公正无私，举止富有绅士风度，鄙视小规模恐怖活动，这让印第安人和白人都钦佩他。据说他从来没有偷过一个白人定居者或士兵的一件财物——甚至连一匹马都没有动过，而马是印第安人传统的战利品。他厌恶不忠和腐败以及任何人缺乏原则的作风——不管是白人还是印第安人。奥西奥拉最自以为傲、最著名的举动是他暗杀了塞米诺尔酋长查理·埃曼西亚。埃曼西亚向政府屈服，同意将部落迁至俄克拉荷马。政府为换取埃曼西亚的合作向他行贿。奥西奥拉杀了埃曼西亚后，把贿金从埃曼西亚的钱包里拿出来，撒在他的尸体上。

1837年，奥西奥拉和另一位叫科阿·哈乔的塞米诺尔领导人同意在佛罗里达州佩顿堡与托马斯·杰赛普将军举行和谈。奥西奥拉决定谈判可能是因为想为部落争取时间，或许也因为他觉得自己无法再忍受又一年的战争。他和科阿·哈乔率领一个由71名勇士、6名女性和4名塞米诺尔部落黑人成员组成的代表团前往佩顿堡。奥西奥拉是带着善意前去谈判的，但杰赛普不是。他密令佛罗里达州在国会的代表兼佛罗里达民兵将领约瑟夫·埃尔南德斯，在塞米诺尔人到来时抓捕他们。奥西奥拉的代表团一到达要塞就被闷棍打翻，然后被捆起来监禁。奥西奥拉被押上"波因塞特"号汽船军舰，在元旦这一天抵达位于南卡罗来纳州穆尔特里堡的军事监狱。杰赛普把他送出佛罗里达，是因为担心他即使身陷囹圄，仍然对其他塞米诺尔人有着强大的影响力。奥西奥拉有强大的人格力量。他即使在狱中也很有魅力，很快成了要塞中的名人。他被允许在要塞里自由走动，总是穿得很好，特别是当许多仰慕他的艺术家来给他画肖像时。他的妻子中的两位和他一起住在监狱里。他经常和要塞的首席医师威登聊天。根据历史文件，奥西奥拉和其他塞米诺尔勇士有时甚至被允许走出穆尔特里堡。有一次，他们在军队的看管下到查尔斯顿观看一出叫《半月》或者《蜜月》的戏剧。奥西奥拉被捕时只有三十出头，但已经被多种严重疾病折磨得疲劳不堪，其中还包括疟疾。1838年，他患上了扁桃体周脓肿，他不愿让威登医生治疗，而请求找巫医来。奥西奥拉感到病入膏肓，强撑着从病床上起身，穿戴上他最喜欢的一套服饰：大银耳环、羽毛头饰、红色作战油彩、驼鸟羽毛、银质马刺、装饰华丽的牛角火药筒、漂亮的子弹袋、条纹毯子和鲸骨手杖。他刚穿戴完毕就去世了。威登博士以普通流程处理奥西奥拉的尸体，为埋葬做准备，但他趁着没人注意，割下了奥西奥拉的头颅。葬礼举行时，威登将头颅和尸身一起放在棺材里，在切割处系上一条彩色围巾作为掩饰。虽然奥西奥拉希望魂归佛罗里达，但他的尸体和被割下的头颅还是被埋葬在了南卡罗来纳的这座要塞。

葬礼结束后，威登秘密潜回墓地，打开棺材，取出头颅，把它偷带出要塞。他为什么要带走奥西奥拉的头颅，现在没有权威的解释，但威登的一个曾孙女在回忆录中写道，威登医生是个"与众不同的人"。他用自制的防腐剂给头颅做了防腐处理，把它放在自己在佛罗里达州圣奥古斯丁市的药店橱窗里展示了一段时间。威登后来把这个头颅放在家里好几年，如果他年幼的儿子们淘气捣蛋，他就把它挂在他们的床头，以示惩罚。最终威登把头颅交给了他的一个女婿，一名叫丹尼尔·怀特赫斯特的医生。怀特赫斯特曾师从美国当时杰出的外科医师和病理学家瓦伦丁·莫特医生。莫特惯常和知名人物打交道，曾为埃德加·爱伦·坡检查脑损伤问题。莫特在纽约拥有一座大型医学图书馆和一个解剖标本博物馆，后者是美国同类博物馆中规模最大的，据说"肿瘤、动脉瘤以及骨头、关节、动脉和膀胱的病理标本的收藏特别丰富"。这些大多数来自莫特医生自己给病人做的手术；据说他在职业生涯中切除的身体的各个部位总共有一千多个。怀特赫斯特在1843年写信给莫特，将奥西奥拉的头颅运给他，放在博物馆的"头颅柜"中。在博物馆于1858年编制的藏品图录中，1132号标本是"伟大的塞米诺尔酋长奥西奥拉的头颅（确证），由圣奥古斯丁的怀特赫斯特医生提供"。（"确证"一词指的是，威登找认识奥西奥拉并愿意证明该头颅确实为奥西奥拉的军官写了三份证明。）这个标本过于珍贵，莫特显然担心放在头颅柜里不太安全，正如他在给怀特赫斯特的一封信中所写，"会有欲望强烈的人想拿走它"，所以他承诺把它保存在家中的书房里。目前尚不清楚他是真的把这个头颅放在家里了，还是仍然放在博物馆里。博物馆位于14街的大学医学院，于1866年遭遇火灾，大部分人都认为那颗头颅被大火烧毁了。奥西奥拉尸体的其余部分仍在穆尔特里堡的坟墓里。

奥西奥拉有原则地战斗,被人用卑鄙的手段俘虏,过早死去,留下的是一个未被征服的部族。虽然他领导塞米诺尔人的时间很短,但他从未被遗忘。沃尔特·惠特曼在诗中赞颂他,画家给狱中的他绘制的肖像在欧洲艺术馆巡回展出,有关他的文物被保存在世界各地的博物馆里。为纪念他,全美国至少有二十个城镇和县以奥西奥拉为名,近一半佛罗里达塞米诺尔人用奥西奥拉作姓氏。

拉罗什坚持认为,奥西奥拉的许多遗产之一是,塞米诺尔人及其代理人(也就是他自己)有权从法喀哈契沼林带出鬼兰。法官宣判的第二天,他打电话给我发牢骚。"我被钉了十字架了!"他大喊大叫,然后开始像海豹一样咳嗽,"我跟你说过,我会被钉十字架。那法官是个白痴。她对印第安权利懂个屁,她对屁懂个屁。而且,如果她觉得可以让我远离沼泽,那简直是做白日梦。我跟你说件事。我向你发誓,巴斯特如果控制不住自己,就会开着推土机回到法喀哈契,把那儿整个都推倒。"他止住咳嗽,开始咯咯笑起来。他的声音拖得很长,从喉咙里发出来,好像在砾石路面上摩擦过一般粗粝。与拉罗什交谈总是一种丰富的听觉体验。有抽烟引起的干咳,有他把一些特定的单词发成的有趣的圆唇音(如"好吧"一般念"威尔",他念成"沃尔",而"法喀哈契"听起来像"佛可霍奇"），还有各种微妙的笑声：如"啊哈哈哈"，意思是他刚讲了自己是怎么用智谋打败别人的；如果他说"哈！"，意思大概是"等一下！"；他用刺耳的咯咯笑声来强调他觉得疯子才会干的事情——当然，是别人干的。一个很容易就会被看成疯子的人认为那么多别人是疯子，这真是令人着迷。我逐渐意识到，拉罗什认为，除约翰·拉罗什一个人之外的所有人类都饱受狭隘、粗糙的思维的折磨——例如，公园巡逻员只能想到跟保护公园有关的事，塞米诺尔人的眼界跳不出他们受伤的自尊心，法官不了解常规法律界限以外的任何事物。拉罗什以自己无可挑剔的逻辑和理性为荣——在他看来，他确实偷猎了兰花，这是非法且不道德的，但他每次只偷取有限的数量，永远不会把每棵树上的每一株都摘下；最重要的是，他偷猎的目的是在他的实验室中繁殖该物种，使鬼兰变得便宜并容易获得，这样从长期来看是保护了它。他相信仅靠自己一个人就能平衡利弊——不依靠规则，而是用真正的判断力。他认为世界上没有别人能用他自己的方式看待事物，因为他们持有像丝带一样狭窄的态度，也根本没有常识。对于像约翰·拉罗什这样一根筋的疯子，这可真是一个非常大胆的立场。

我第一次见到拉罗什的老板巴斯特·巴克斯利是在塞米诺尔花圃。当时我去那不勒斯参加法庭听证会，第二天晚上。我和他在我住的酒店一起吃了一顿牛排晚餐。我马上就很喜欢他，因为他似乎很聪明、幽默，但我永远猜不出他对我印象如何。巴斯特身材强壮结实，下巴下垂，脸上有一些雀斑，略长的头发是篮球的那种颜色。我跟他见面的大部分时候，他穿着休闲的牛仔服装，戴着一些护身符和一副镜面飞行员太阳镜。他身上有一种非常严肃的气质，斜着眼看人时令人有点害怕，歪着头时令人感到他会毫不让步。我问他问题时，他总是会在回答之前停顿很长一段时间——在此期间，我完全不知道他是打算嘲笑我，还是会断然拒绝交谈，还是会侃侃而谈，和善地跟我讲他的生活和部落的种种趣事。有一次他带我去保留地附近的一家叫"黑眼豆豆"的餐厅吃午餐，他当时真的健谈而亲切。我们点了炸玉米饼和冰茶，边吃边谈。他告诉我，他属于塞米诺尔的美洲狮氏族，他妻子属于飞鸟氏族，他们的结合很有争议，因为人们总是带着疑心看待跨氏族的婚姻。塞米诺尔氏族是母系的，所以他的孩子们是飞鸟，而不是美洲狮，不过他最担心的是他们不会留在任何氏族中，或者根本不会留在印第安部落里。他自己其实有四分之三的白人血统，不过，他在保留地上长大，觉得自己完全是印第安人——也许比那些百分之百的印第安人的认同感还强烈，因为对他们来说这一点是理所当然的，他们从不必像他那样做出抉择。他负责部落的商业事务，这意味着在大部分工作时间里，他都在跟白人、白人的世界打交道，他觉得自己上班时跟普通的南佛罗里达商人没什么两样，而不是塞米诺尔商人；但一下班，开上回家的路，他就感到自己又完全被印第安生活笼罩。

巴斯特负责的业务之一是花圃，所以那天吃午餐时我问他能不能带我去看看。他摇摇头说："不，现在不行。那些日本投资者在这儿，我必须得去应酬他们。"

"那件事让你很忙吗？"

"太忙了。"他说。他拿起列出当日甜点的小纸板读起来，然后抬起头说："我告诉他们从日本飞奥兰多，这样可以在迪士尼世界玩一天。然后我从那里接上他们，开到我在布莱顿的牧场，用一顿丰盛的宴席招待，有印第安烧烤、菜棕心、炸饼和南瓜面包。他们大概有点震惊。他们有生以来从没见过这么多吃的。"

几天后，他打电话说日本人走了，柠檬交易没谈成，现在他有了一点时间，可以带我去花圃。我开车去部落办公室见他，那是在斯特林路附近的一片野营拖车和小房子。街对面是一个巨大的建筑工地，正在建设新的永久性部落总部。我开进去时，停车场里大约有六辆车，除了一辆外，其他都是皮卡。接待员告诉巴斯特我到了，然后又接着嚼口香糖。我翻着几本牛仔竞技杂志，听见附近某个办公室里有人对着电话说："听着，你说过，到现在你就会把它做完，而如果有人告诉我他会把什么事做完，那我想他的意思就是他会做完，明白我的意思吗？"过了一会儿，巴斯特走出他的办公室。他看上去有点不太高兴，但没说太多。他带我回到停车场，钻进他的皮卡，拧钥匙打火，剥开一块口香糖扔进嘴里，然后汽车咆哮着开上了路。我们在立交桥下拐了一连串弯，经过一座小楼，上面挂着一个牌子,写着"独立圣经浸信奇吉教会",路上还有一些街区有新建的人行道和小房子,他说是部落成员住的。在等一处红灯时,他盯着我看了一会儿,然后说:"那么,你对那不勒斯听证会上的那位法官有什么看法?"

"我觉得她还好吧。"

"她可不是还好,"他说,手指在方向盘上敲着,"顺便说一下,你知道的吧,塞米诺尔人从来没和政府签订过和平条约。我们跟美国仍然处于战争状态。"灯变了。开了一会儿后,巴斯特说:"跟你说,我知道每个人都认为约翰在利用那些印第安孩子,好让他的偷猎成功,建起他的花圃。这个是经过我授权的。我让他们去收集他们需要的东西。约翰把他发现的法规拿给我看,上面写着植物收集的法律对印第安人豁免,而且我们觉得花圃应该拥有一些野生植物,用来繁育和展示。我问了约翰好几次,因为我想要十分确定。我让他等了一个月,我自己去研究。我们所做的是在法律范围内的。这是我们的权利。佛罗里达州最好不要来打我的权利的主意。"他深吸一口气,然后说,"否则,要是他们把我惹火了,我会去那儿,把法喀哈契里每一个活着的东西都拿出来。"

他开进一条车道,穿过围绕着花圃的一道篱笆。拉罗什订购的植物大部分还没运到,所以目前几英亩的花圃主要还是砾石、泥土和一些花盆里的东西。篱笆附近有一堆杂物:锯木架、杉树种植器、护根用覆盖物的塑料袋、一座大棚的结构骨架——一排立着的金属箍，看起来像巨大的槌球球门。这片地方没有树荫，阳光很强烈，砾石和泥土闪闪发亮。微风轻拂着拉罗什挂在大门上方的一串塑料旗。在场地尽头，三个男人在整理东西，是更多的金属箍和一堆尼龙遮阳布。过了一会儿，他们过来和巴斯特聊天。我认出了其中一个，他上过法庭，是与拉罗什一起被捕的三个塞米诺尔人之一，叫文森·奥西奥拉。他面容光滑，黑发编成一条长长的辫子，肩膀肌肉厚实。那天他穿着一件绿色T恤，上面画着几十个骷髅图案。在巴斯特给我们彼此介绍后，他打了个招呼，然后又说："我不会跟你说太多话。并不是因为我对你有什么看法，这只是印第安人的方式。"

拉罗什的办公室在入口大门附近，是一辆架在水泥砌块上的米色拖车。文森朝那里点点头，说拉罗什现在在里面。拖车门上有一张海报，上面写着"梅德尔餐馆，保留地最好的菜，午餐特价，炖牛肉或午餐肉配番茄和米饭，5美元"。还有一张，是拉罗什的笔迹，写着"1月24日周二，花圃隆重开张。免费牛排野餐，所有部落成员都可以参加"。巴斯特推开门，我们穿过成堆的文件、盒子和园艺日志，走到拉罗什面前。我们进来的时候，他正坐在一个金属书桌后面看一本魔术师用品的产品目录。他把目录推到一边，拿起一张明信片："嘿，看看，我从朋友沃尔特那里拿到的这张明信片。他在博茨瓦纳。"他说，"沃尔特对睡莲可真是发疯了。他要是听到哪里有罕见的品种，就马上奔过去，一秒钟都不耽搁。有时他会采集，不过大部分情况下他只是去看看它。我很高兴地跟你们说，这张明信片里的情绪非常开朗。上面写着：'约翰：植物很好。回头见。'"他把卡片放下，"你们看，沃尔特很疯。"

巴斯特站在办公室门口，在拉罗什谈论沃尔特时一点也没搭理他。那一刻，我感到他们彼此都将对方看作有用但讨厌的人——相互欣赏和相互蔑视的结合。巴斯特指着窗外。"约翰，那些家伙的活干得怎么样？"

"很好，巴斯特。"拉罗什说，他拖着长音，听起来像一个较长的单词——好嗷嗷嗷，"我们接到了三万两千美元的各种杂草的订单，还有九千株一本芒的订单。买主是佛罗里达州政府。那条新建的从坦帕到那不勒斯的高速公路，他们想要在中间的隔离带上种七万株一本芒，但我们现在只能给他们九千。"拉罗什把脚翘到桌子上，开始在椅子上来回摇晃。他有时候有一绺稀疏的小胡子，有时候没有，那天看上去没有。他穿着印着芝加哥黑鹰冰球队的印第安酋长队徽的T恤和宽松的迷彩裤子，戴一顶迈阿密大学飓风橄榄球队的帽子。他后来向我承认，他对黑鹰队一点兴趣都没有，但那件T恤只卖一美元，而且他觉得穿上之后会惹塞米诺尔人生气，应该挺好玩的。"我买了一些好东西，还在运过来的路上，"他说，"木豆、无花果、鸡蛋花属、刺篱木。我还要买一些番石榴。今天我得到了一种叫五彩纸屑灌木的东西。"他猛地拉了一下帽舌说，"跟你讲，巴斯特，今天外面热得简直是见了鬼。"

"这是佛罗里达,哥们儿。"巴斯特说,他转向我,"我们现在刚刚开始往这个地方放东西,不过这个项目已经持续了很久。我们计划了很长时间。从一开始就很麻烦,甚至在他们被捕之前就是。我们必须找到土地,而找到之后还必须找供电公司来铺设电线,然后我们为了找到一个适合经营这个项目的人,面试了很多人。然后我们得给花圃起个名字。约翰非得坚持不能用普通的名字。他开始缠着我问塞米诺尔语里一切东西的名字——不论什么时候都是'巴斯特,这个在塞米诺尔语里叫什么?巴斯特,那个在塞米诺尔语里叫什么?'他想要知道花园、花圃和温室用塞米诺尔语怎么说。这些词有的在塞米诺尔语里就没有。我的想法是让他把这个地方先弄出个大概的模样,那就可以了,然后他就应该开始去寻找那些兰花了。我知道他也很想进入那个沼泽,但他仍然追着我问塞米诺尔语里这个那个怎么说。最后我真的受够了,跟他说:'差不多就得了,约翰,赶快给这个该死的地方起个名字。'"

当然,并不是世界上所有人都喜欢拉罗什。那年夏天,我回到纽约,为《纽约客》写了一篇这个案子的报道,随后我收到了一封一位专业园艺家写来的信。这名园艺家认为拉罗什没有什么能力,而且居心险恶,我被拉罗什骗了。"出于礼貌我描述得笼统一点,(拉罗什)属于一类社会边缘群体,他们从事园艺,是把它当作心理治疗和方便逃避承担责任的方法。"

园艺家写道,"他们不遵守任何规则,除了一点——他们自己也无法控制的冲动。他们不是真正的专业人士。……他们误打误撞地踏入园艺界,而且一般来说会变得'臭名昭著'而不是'著名'。他们没有规律的生活模式,会定期改变兴趣和职业。在涉及自己的利益时,他们的表现毫无原则可言,完全只顾自己的冲动。他们奇迹般地活了下来,虽然总是贫穷,但也总是能找到挣钱的路子。"一些塞米诺尔人也开始质疑自己对拉罗什的感觉。在保留地里,人们开始更频繁地用"白人疯子"或"麻烦制造者"来称呼他,而不是"约翰"。他们抱怨说,他把塞米诺尔人卷入法律纠纷过于轻率,而不是出于什么特别好的理由。一些部落成员甚至开始质疑拉罗什的花圃计划的基本要点:2.5英亩的阴茎状胡椒和摩洛哥鸦蜜莓,以及一个充满鬼兰的克隆的实验室。拉罗什擅长过滤不和谐声音。他不理睬它们,继续推进他的花圃计划。他建成了1.4万平方英尺的温室,安装好了长达几英里的植物架。他又订购更多的阿根廷粉色豆角、非洲品种棕榈、螺旋状生长的刺柏。为庆祝花圃隆重开业,他举办了一次牛排野餐。他告诉巴斯特,虽然现在鬼兰的计划暂时中止,但他对花圃还有很多其他想法。"是时候进入别的植物领域了,"他跟巴斯特讲,"是时候进入另一种方式的植物繁殖了。买入小植物,把它们养大,卖掉,获取利润。如此反复。为大众服务的简单植物繁殖。"

夏天过去了。秋天到来,植物成倍增加,但部落成员对塞米诺尔花园(这是花圃的正式名称)的牢骚也成倍增加。大约与此同时，拉罗什开始跟他手下的员工发生争执——他指责其中一些人在工作时抽大麻——他还向巴斯特及其兄弟卡尔（他是部落执行委员会的委员）投诉。巴斯特的回应是，拉罗什可以去世界任何地方度个愉快的长假，只要离塞米诺尔保留地很远就行。拉罗什怀疑部落已经决定不再在保留地上欢迎"白人疯子"，但他不确定原因是什么。"该死的政治，可能是吧，"他当时说，"真的，我都不敢相信我自己居然在处理这种问题。就好像我在乎似的。如果他们炒了我，我就去告他们。我研究濒危物种法律时已经在这方面做了一些研究。他们不能炒我，我也不会辞职。他们没有什么办法。"

不过他还是去度假了。回来那天，花圃办公室里有一张遣散费支票在等他，而他的桌子后面已经坐上了别的人。那一刻，他下定决心，永远离开保留地。这是他的又一个无条件的轰轰烈烈的结束，就像他的乌龟阶段和冰河时期化石阶段的结束那样——这是他的印第安阶段的决然的结束。他收拾好文件和产品目录，搬到自己的面包车上。在他头顶，挂在花圃入口上方的塑料旗在风中啪啪作响。太阳很低，从后面照在温室里的植物上，在温室的白墙上投下巨大的、怪兽般的影子，那是巨大的阿根廷辣椒、巨大的乌头叶花棘麻、巨大的木豆、巨大的路易·菲利普玫瑰的英姿。用作办公室的破旧拖车、他头上佛罗里达电力照明公司乱麻一般的供电线路、布满尘土的砾石地面、朦胧的炎热日光、本来要种植几百万株鬼兰的实验室——拉罗什转身走开，钻进他的面包车，开过颠簸的车道，开上那条漂成白色的街,将这一切全都抛在身后。他宣布,他这辈子再也不会踏上印第安人的土地,也就是再也不会再见到他的花圃了。他曾希望在那里创造出几百万朵稀有的花,赚取几百万美元,并永久改变世界。我不可能做得出来这种事,不可能这么快放弃投入了如此多精力的事业,但拉罗什不以为意。"就好像我在乎似的。"他说。

拉罗什离开后,部落讨论下一步怎么办,与此同时花圃无人看管,在佛罗里达的天空下风吹日晒。在讨论期间,一半以上的植物死掉了,甚至连仙人掌——拉罗什囤积了四千株仙人掌——都枯死了。最后,巴斯特同意再雇用一名花圃经理,这是一个肌肉发达的年轻男子,来自杰克逊维尔,名叫里克·沃伦。他之前的工作是安装洒水系统,业余在一家花圃兼职。沃伦不太像拉罗什。他不是"白人疯子"——他是轻声细语、彬彬有礼的白人。拉罗什对塞米诺尔花园的计划有多疯狂,他的计划就有多平凡。"一个花圃不能只做奇异物种,"他对塞米诺尔人说,"得有一些扎实的产品,如圣诞树和盆栽棕榈树。"他说服部落将拉罗什在65街建的花圃改成批发植物专用,把零售业务挪到441号州道旁边的一处新地点。441号州道沿着保留地的东部边界,交通繁忙。沃伦指出,在441号州道旁边,可以用没有铁锈的市政供水浇灌植物,而不是花圃旧址用的水质很硬的井水;那里是一片繁华商业区,离部落的烟草店、一家卖鸟笼和猴子笼的商店和塞米诺尔赌场都很近，而拉罗什选择的地方是个荒凉的角落。441号州道旁的这块地其实曾经是个农产品加工厂。"我看到那块地闲置，空着，"里克告诉我，"我觉得那儿会很好。"

我无法想象没有拉罗什的塞米诺尔花圃，拉罗什也无法想象没有拉罗什的塞米诺尔花圃，而且拉罗什也无法相信我其实打算找个时间去没有拉罗什的花圃，看看那块地，跟里克·沃伦见面。"一个做洒水系统的，天啊，"拉罗什充满不屑地说，"可真是个有远见的家伙。"一天下午，我去参加一个兰展，开过好莱坞的时候我决定去那里停一下看看。新花圃的入口附近有一部锃亮的白色拖车，这是办公室，拖车后面是一排排塑料桶里的植物。三个男人在这些塑料桶之间来回走动、浇水、整理植物。他们都穿着绿松石色的T恤，上面印着标语"塞米诺尔花园植物花圃专注景观设计。原住民加油！"，头上围着湿头巾。几分钟后，里克·沃伦走出来，带我参观。他身穿同样的绿松石色T恤和一条园艺裤，上面有一些被草染色的痕迹。他领我走到花圃中央的一排植物。"现在跟你第一次看到这座花圃时大不一样了，"他说，"我们现在做的项目非常扎实。部落是我们的头号客户。圣诞节时部落要为每位成员购买一棵圣诞树，所以我决定我们的第一个项目应该就是圣诞树。我的想法是，在我看来，部落反正要买树，所以不妨就从自己的花圃买。"他站在一株膝盖高的树前，它的树干弯成拱形，长着很多树瘤，被种在一个小黑陶盆里。"盆景，"他抚摸着这棵树的一根小树枝，说道，"我从小就有这个爱好。我十六岁时做了第一个盆景。这个是我在泥炭藓[1]里种的水培锯棕。我做过的盆景超过两百个。我让所有手下人都做自己的盆景，我教他们怎么修剪，怎么让树长得矮小。这个爱好挺好，也可以是个不错的小副业。"他从盆景盆里捞出一块鹅卵石，丢到地上，然后把苔藓塞在盆景底部，"看看，现在的花圃跟拉罗什在的时候完全不一样了。我们比以前更务实。部落想要赚钱，所以我在做明智的规划。我储备耐盐和耐旱植物，如酒瓶兰、宝岛龙船花（*Ixora taiwanensis*）和阔叶山麦冬。我们需要的是能在这里生存的坚韧物种，如叶子像蒲扇的一些棕榈和国王椰子。我的目标是，我希望能以七十美分买进一株像样的植物，把它养两个礼拜，然后以五美元的价格卖出去。我甚至让手下人开始接割草的活，现在已经做得很不错了，部落都希望我建立一个草坪维护部门。"给酒瓶兰浇水的一个男人走过来跟里克交谈，然后向我介绍自己。他叫赫伯特·吉姆，留着黑色长发，表情悲戚。他告诉我他在大赛普里斯中的一座奇吉小屋长大，如果能从工作中抽出时间来，就会带我去那里见他的外祖母，看看野生动物。他和里克谈了谈接下来几天修剪草坪的时间安排，然后向我点头告别，回去接着给棕榈浇水。棕榈叶上缀满闪闪发亮的水滴，水管喷出来的水雾看起来像空气中一片银色的涂鸦。虽然拉罗什只走了大概一个月，但现在这里已经

---

[1] 泥炭藓属（Sphagnum）植物吸水力极强，经晒干后的泥炭藓是园艺常见的优秀介质，保水性佳又透气，常常代替土壤作为盆景植物生长的介质。

是一个不同的地方了。和他一起去法喀哈契的人都不在花圃工作了,其中一人甚至彻底离开了保留地。现在,花圃中的所有植物都不像拉罗什的植物和蔬菜那样,有破破烂烂却无比奇妙的外观——里克的植物整洁、规则,看起来像是正常人能养的东西,我甚至可以认出其中一些。"拉罗什花圃做的事,老实说,我觉得不太现实。"里克说,"我不认识这个人,但很明显,他有很多相当不切实际的计划。他用永远卖不出去的古怪东西填满了花圃,比如说那些兰花。他有来自非洲和印度这种地方的东西,还有很多奇怪的东西,能长到一百万英里长,八千万英尺高。"

1957年,一群佛罗里达塞米诺尔人——比尔·奥西奥拉、贝蒂·梅·江珀、劳拉·梅·奥西奥拉、吉米·奥西奥拉、约翰·亨利·戈弗、迈尔斯·奥西奥拉和夏洛特·奥西奥拉——起草了宪法和宪章,随后得到美国内政部批准,也为大多数部落成员接受。基于该宪章,佛罗里达州的塞米诺尔部落得到联邦承认,并建立了"佛罗里达州的塞米诺尔部落公司",管理部落的商业经营和经济发展。1971年,塞米诺尔人决定开始在好莱坞保留地举办官方的年度部落博览会和牛仔竞技表演。这第一届博览会有摔跤比赛、树木剥皮比赛、鳄鱼摔跤、帕瓦[1]和手工艺展览。后来博览会发展成为期四天的活动，包括高尔夫、保龄球和篮球比赛；塞米诺尔小姐、塞米诺尔妙龄小姐、塞米诺尔小先生和小小姐的选美比赛；才艺表演、音乐表演和蛇类展览。拉罗什走入又离开部落的这一年恰巧是博览会二十五周年，保留地里到处都有人告诉我这一次将会很盛大。我特别想去，而且尤其想和拉罗什一起去，但他坚决不再回保留地。他避免与部落的一切接触，甚至开始在普通零售店而不是免税的部落烟草店买烟，按他抽的量，这是很大的牺牲。"我不会回去的，"博览会开幕前一天他对我说，"关于印第安人的一切都过去了。天啊，现在我简直不敢相信我曾经在那儿待过，忍那些破事。"我问他现在在做什么。"四处闲逛。"他说。我说我的意思是专业上的。他说："我正在找跟印第安人没关系的事干。而且我受够了植物。我要干一些不涉及会死的东西的事，这是肯定的。再跟一直会死在我面前的东西打交道，我受不了了。"

我能感到我没法说服他跟我去博览会，所以第二天早上独自开车前往保留地。我现在已经很习惯这条路线了：从西棕榈滩上高速公路，然后沿着斯特林路走，开过公交车站的候车长椅（靠背上的广告是：塞米诺尔人的贸易站和烟草店、波兰裔美国人俱乐部的波尔卡和美食节），开过公寓楼群的白色金属大门，开过赌场发牌员学校，开过一辆通常停在斯特林路

---

[1] 帕瓦（powwow）指现代诸多美洲原住民族定期举行的一种集会，其间会有盛大的歌舞比赛，在这里指部落的传统歌舞表演。

和441号州道交口的拐角处,卖三美元一磅的鲜虾的厢式小货车。博览会举办地在卖虾车以西,部落总部以东。那是一片很大的开阔地,有一个牛仔竞技场、占地几英亩的各种摊位、一个深水鳄鱼坑、一个以在1957年协助起草了部落宪法的劳拉·梅·奥西奥拉命名的新体育场。那天早上,停车场里有十几辆皮卡和运输马匹的拖车,一些人正在拆包装,把里面的待售商品放在食品和手工艺品摊位上。我发现了巴斯特,就走过去打招呼。他站在一辆租来的卡车附近,专注地与一个胳膊和腿都很粗壮、躯干像文件柜一样的矮个子男人交谈。这辆卡车的车斗是敞开的,看上去里面空空如也,不过一条十二英尺长的鳄鱼正在后挡板上小睡。

"嗨。"巴斯特对我说。

"嗨,"矮个子男人说,"很高兴见到你。"

"他是鳄鱼摔跤手。"巴斯特解释道,头朝那个男人扭了一下。

"我叫托马斯·斯托姆。"那人对我说,"斯托姆,和'风暴'那个词读起来一样,坏天气。"

"我明白了。"我说。

斯托姆转回巴斯特。"你敢信吗,我向上帝发誓,"他耸耸肩,"我一直在努力让伦敦的劳埃德公司给我上保险,但他们居然不乐意。"

"只要你不起诉我就行。"巴斯特说,"那个东西看起来很恶心。"他看向那只熟睡的鳄鱼,它突然在后挡板上动了动,唰地睁开了一只眼睛。这只眼睛是青苔绿色的,瞳孔形状像硬币的侧边。它还有大大的鼻子、可怕的下颚和看起来像手术工具的爪子。"我对跟鳄鱼摔跤不感兴趣,不过吃鳄鱼我没什么不能接受的,"巴斯特说,"味道像发腥的鸡肉。不怎么好吃,真的,但不管怎样,算是换换口味吧,吃点跟平常不一样的东西。"

博览会开始了。首先是有重要人物和诸位前塞米诺尔小姐参加的开幕式,然后摊位开张,有的卖牛仔用的小东西——如套索、玩具手铐、鞭子和马刺——以及印第安的小东西——如银质皮带扣和刺绣紧身连衣裙,有的卖各种零星物件——如鳄鱼的脚、塑料弹弓、橡胶战斧、银和绿松石做成的耳环、熏香、用松木雕成的小水牛。出售的食品有:炸饼、烤牛肉、巧克力脆皮雪糕、鳄鱼肉(七美元一篮)、青蛙腿(七美元一篮)、青蛙腿和鳄鱼肉组合(十美元一篮)、热狗和薯条(两美元,有学生折扣)。最大的鳄鱼食品摊位叫"鳄鱼小屋",上面挂着一个标牌,写着"CARNE DE COCODRILOS"[1]。我走过时,一个留着胡子的胖男人正在研究菜单,然后对女售货员说:"请给我一小份鳄鱼肉和一杯大可乐。"四个披着羊毛厚围巾、穿着塞米诺尔裙子和及膝长袜的老太太围着树荫下的一张小野餐桌坐着,在吃南瓜面包,彼此并不交谈。一个小伙子和她们坐在一起,戴着一顶克里夫兰印第安人棒球队的帽子,上

---

[1] 即西班牙语的"鳄鱼肉"。

面有该队滑稽的瓦胡酋长队徽；他身后站着一个女人，也戴着克里夫兰队的帽子，还穿着印着鲍勃·马利的T恤和漂亮的传统刺绣塞米诺尔裙子，腕上是霓虹色表盘的手表。没有人跟我说话，我也没有跟任何人说话；接下来的几个小时，我走在绵密如细雨的对话中——"这几天我很忙。我们现在有了个西班牙牧师。""我听说有个家伙朝自己脸上开枪！""我在缝这个鹿皮的东西。你对男人干女人的活有意见吗？""嗨，莫莉，你跑哪儿去了？法国？还是外太空？""待会儿见，我还没装饰好这把战斧。"一个庄重的男声在广播里响起："行走的水牛，请来安全亭。""红河，还有水獭的踪迹，立即到前门。""请大山大哥现在去体育场。"我在一个卖捆扎蒿子和薰衣草的摊位上流连，一个女孩用狗绳牵着一只鬣蜥走过，一队佛罗里达州好莱坞市女童子军穿着全套制服，排成一列纵队行军而过。随着早晨逐渐过去，又有一些白人慢慢进来，他们穿着鹿皮衣和牛仔裤，或者密西西比州立大学的衬衫和短裤，或者柔软的休闲服配塑料防晒帽。他们前往牛仔竞技场，或者有些不好意思地浏览各个摊位。

在体育场里，塞米诺尔小先生和小小姐的选美比赛开始了。小小姐们在看台上等待，小先生们在舞台上排好队，有几个穿着华丽的塞米诺尔服装，其他人穿着小号的商务套装。在黄色的阳光下，小男孩们像灯泡一样发着光。舞台上的银箔旗在沙沙作响。从看不见的地方传来"嘭"的一声低沉的鼓响，仪式主持人开始讲话："好的，女士们、先生们，这是六号选手兰迪·奥西奥拉，他五岁，从好莱坞保留地来到我们这里……接下来是贾斯汀·特洛伊·奥西奥拉，三岁。贾斯汀出身美洲狮氏族，从好莱坞保留地来到我们这里……基思·凯利·江珀出身大城镇氏族，从大赛普里斯保留地来到我们这里。……"三名评审坐在体育场中央的折叠椅上，咬着铅笔，交头接耳。"好的，让我们给这些小伙子一些掌声，"主持人接着说，"他们不知道这是怎么回事，不过不管怎么样他们表现得都很好。对小孩子来说这是一项大任务，尽管他们不知道这是怎么回事。有一些塞米诺尔小小姐和小先生会去参加外州的帕瓦仪式，另一些不会。取决于资金。但他们代表各自的部落，我们为他们每个人都感到骄傲。"就在这时，队形突然散乱，几个塞米诺尔小先生举着棍子在舞台上互相追赶。"在等待评审打分的时候，我想给大家介绍生姜老虎，她是1980年的公主。"主持人喊道。一个女人从座位上站起来，朝观众挥手致意。观众纷纷鼓掌。我后面有个人说："嘿，那个赢了的小孩是谁？都秃头了。"

"还有没有塞米诺尔小姐在躲着我？"主持人问，"丽塔·戈弗？你在这里吗？站起来举起你的手吧！站起来，给我们看看那公主式的挥手！"

我坐在露天看台上，身边是一个帕瓦舞者。她身材高挑苗条，大概十六岁，两眼间距较宽，头发编成几条紧紧的长辫子。她说自己不是塞米诺尔人，而是奥吉布瓦印第安人，住在加拿大曼尼托巴省，和一群奥吉布瓦人一起到佛罗里达来，在这场帕瓦上跳舞。她说,她几乎每个周末都参加在各地举办的帕瓦;帕瓦就是她的激情所在。她穿着一件硬绷绷的深紫色缎子连衣裙,有高脖领、长袖子和又宽又大的裙摆,令人惊叹。整个裙摆表面缝满了哥本哈根牌和麦克弗森牌锡鼻烟罐的银色薄盖子。每个锡盖在靠近边缘的地方打一个孔,用针线通过这个孔缝在裙子上,于是锡盖就能挂在裙子上,动一动就叮当作响。女孩说,帕瓦用的裙子应该有正好 365 个锡盖,每日一个,但她的裙子需要再加 150 个以完全覆盖布面,因为她太高了。这条裙子像锁子甲一样沉重,穿上身后直往下坠。她说裙子重量超过十磅,但对她来讲根本没有关系。几分钟后,她站起来,让我仔细观察她的裙子。紫色的缎子闪闪发亮,她旋转身体,头上细细的辫子被甩起来,那五百多个锡鼻烟罐的盖子互相撞击,一阵单调、冰冷的声音轻轻地从裙子流到地上。

托马斯·斯托姆已经把那条鳄鱼放在深水坑旁边,准备开始自己这一天的首场演出。有六个人分散在四周,看着他做准备,调试自己的相机。深水坑被一圈沙地包围着。斯托姆光着脚。鳄鱼被捆住,看上去好像还在小睡。"嘿!"斯托姆突然吼道,"沙子里有各种各样的蚂蚁。有人带了防虫喷雾吗?有没有人?"水坑附近的这些人没有任何动作。斯托姆的妻子——一个长着卷曲金发的纤瘦女人,正抱着一个小女孩站在旁边。"托马斯,"她说,"我要去买点吃的,我把切尔西放在这儿。我可不想让她掉进水里,你听见了吗?"

斯托姆在沙地上四处踢着沙子,找蚂蚁。"托马斯!"他妻子尖声叫道,"你给我听着!你知道我的脾气!我不想让切尔西掉进水里!"鳄鱼伸了一下一条粗糙的腿。大部分人都跳了起来。托马斯朝妻子翻了个白眼,说他听见她说话了。她把婴儿放在沙地上,慢慢走开,一直在回头看婴儿。在另一个方向出现了一个电视摄制组,巴斯特跟他们在一起,他在和一个穿着木炭色西装的男人说话,看上去好像是负责人。"背景得有点活动,"那个人对巴斯特说,"你能给我安排什么?"

"我可以给你安排一些东西,当然没问题。"巴斯特回答,"所有那些各种各样的帕瓦舞者和我的鳄鱼摔跤手就在这儿。"

斯托姆举手致意。他的女儿坐在鳄鱼坑边,把脚放在坑里,晃来晃去。"好,在天气那一段,我们用鳄鱼。"电视负责人说,"我们得把时间计算好。镜头拉近时,我想让他正好做出紧紧抓住鳄鱼的那一下动作。能有几个舞者就更好了。我觉得这些活动不错。"

"我可以把一些舞者弄到这儿来,不过还需要一些时间。"巴斯特说。他从口袋里掏出一部手机,拨了一个电话号码。"喂,是我,"他在电话里说,"我需要一些舞者来给十频道表演……好吧,那就打电话给夏洛特·戈弗!她让把他们都叫到一起!"他啪的一声合上手机。"弄好了,"他对电视负责人说,"我还有个印第安口技艺人,如果你有兴趣的话。"

"不用了,"那人说,"有了摔跤手和舞者,我想我需要的就够了。"

— ✤ —

第二天早上我又去博览会,为了看部落主席詹姆斯·比利酋长和他的乡村摇滚乐队表演。虽然我已经看过塞米诺尔赌场里一整面墙大的比利酋长画像,在通往法喀哈契的路上见过他的"比利酋长沼泽野生动物园"的标牌,也见到该园的宣传片在博览会的一个摊位上被循环播放,不过这还是我第一次亲眼见到比利酋长真人。他似乎总是不在这里,但我不论什么时候去跟部落成员交谈,都肯定会听到他们提到比利酋长的名字;他是无所不在的、传说中的人物,却总是不见踪影,有点像人类版的鬼兰——也是无所不在的、传说中的东西,却总是不见踪影。詹姆斯·E. 比利1943年生于好莱坞,一出生就被马克斯·奥西奥拉收养。马克斯是塞米诺尔飞鸟氏族的显要成员,拥有一个养牛场。比利在保留地上以印第安传统方式长大,但始终称自己为罗圈腿的混血儿,因为他是罗圈腿,而他的亲生父亲是爱尔兰人。高中毕业后,比利加入伞兵部队,在越南服役。他回到佛罗里达后做美发师兼狩猎向导。根据他自己所述,当时他是一个懵懵懂懂的年轻越战老兵,跟鳄鱼摔跤,穿喇叭裤,打扮很嬉皮。在业余时间里,他试图找到能让部落赚钱的方法。当时佛罗里达塞米诺尔人普遍贫穷、失业,每人每季度只能得到约100美元的分红,这是来自部落企业和联邦为回应印第安人对土地权利的要求而实施的解决方案。比利的第一个想法是拿到特许经营权,在大沼泽地里建立一个能吸金的旅游目的地。他在1976年注意到,最高法院的一项判决确认了印第安保留地主权独立的地位。比利和一位迈阿密的律师一起研究这种主权是否能扩展到低赌注宾果和扑克等项目上。1979年,部落在好莱坞开设了一间宾果大厅,并赢了一桩与佛罗里达州政府对垒的官司,法庭判决使部落可以自行设置自有赌场的营业时间和奖金,这在美国印第安人保留地中是首开先河。第二年,比利竞选部落主席,坐着自己的四座塞斯纳飞机从一个保留地飞到另一个保留地。选举之夜,他和他的狗"宾果"一起捕猎鳄鱼。他以压倒优势赢下了选举。随后十年里,比利一直担任主席,在此期间部落增加了牲畜的存栏量,开始经营柑橘生意,建立了虾和乌龟养殖场,并聘请约翰·拉罗什建立部落花圃。塞米诺尔赌场在坦帕、好莱坞和伊莫卡利建起,有一半切罗基血统的演员伯特·雷诺兹(他的第一个电视剧角色是《荒野大镖客》[1]中的一个混血儿)同意当赌场代言人。佛罗里达州的塞米诺尔部落公司年营业额达3500万美元。塞米诺尔人的人均季度分红从100美元增加到600美元,部落来自其企业的收入从每年50万美元增加到超过1000万美元。寻找合资机会的企业开始不断找上门来,同比利酋长和部落接触。唐纳德·特朗普在1996年和他们接洽,意在部落的赌场;比利酋长说,只有会议在大柏树沼泽举行,并且特朗普

---

1 《荒野大镖客》(*Gunsmoke*)是一系列美国西部广播剧及电视剧,从20世纪50年代播放至20世纪70年代,饱受好评。

同意花一个晚上看鳄鱼摔跤，吃塞米诺尔炸饼和青蛙腿，他才会跟特朗普谈。会议按照比利酋长的条件举行了。交易没有谈成，不过第二年，特朗普邀请比利酋长担任他出资举办的环球小姐选美比赛的评委。

比利成为佛罗里达州的塞米诺尔部落的主席后，经常开着他的金色科尔维特巡视各保留地。他还录制了几张专辑，风格独特，糅合了摇滚、蓝草、乡村和萨尔萨。它们由一家叫"塞米诺尔唱片"的小型独立厂牌发行，《大鳄鱼》和《旧日习俗》评价极好。他和他的乐队"棚屋老爹"巡回演出，出现在俱乐部及乡村和民间音乐节的舞台上。不过除此之外，他的生活方式还是很简朴。打猎和在沼泽地当向导是他的主要事业。1983年12月1日晚，比利和一个叫米格尔·孔图的朋友在保留地上的一家小吃店"鲁比餐厅"吃汉堡。他们吃完后觉得很无聊，决定去打几头鹿，就开着比利的皮卡进入大赛普里斯保留地的"牛骨"地区。比利把枪准备好，孔图坐在卡车车斗上打开一盏射灯，光照进树林里。在浓密灌木丛中的一条砾石路上，孔图发现了一双眼睛，是萤火虫的金绿色。比利用手枪朝那只动物射击，击中了它的肩膀。

它出现在灯光下；原来它根本不是一只鹿，而是一种美洲狮，可能是佛罗里达美洲狮[1]，该州的官方动物，当时已知的数量只有26只。佛罗里达美洲狮曾经遍布美国东南部，最北到田纳西，但在19世纪与20世纪之交，农民和开发商开始了灭绝它们的计划，也就是征服及搬迁。这个计划非常成功，到1960年，野生生物学家认为该亚种已经灭绝。不过显然有一小群成功地躲进了佛罗里达的沼泽地，在1973年人们发现了大约30只幸存的佛罗里达美洲狮。它们的活动范围从全美国的三分之一缩减到大沼泽地、大赛普里斯沼泽和法喀哈契沼林的五千平方英里面积里，高度近亲繁殖，已经出现了几种明显的异常特征：尾巴末端有个结；脖子后部一绺毛发旋转翘起；免疫系统受损；雄性的精子数量极低，患有一种叫隐睾症的睾丸缺陷。

就在比利酋长射中这只佛罗里达美洲狮的两年前，州政府开始尝试拯救这一物种。它们被捕捉，装上无线电项圈，移动兽医车带着抗生素、维生素、氧气瓶、气管导管和气囊夹板为它们治疗。人们用无线电遥测技术跟踪它们的移动轨迹，在"佛罗里达美洲狮网站"上发布。有一段时间，州政府的计划是捕获所有剩余的野生佛罗里达美洲狮，然后把它们迁入动物园，由科学家管理、协助其繁殖活动，最终将其重新引入野外。动物权利活动人士表示反对，称这个计划太过冒险，而且如果这个物种要灭绝，那也应该让它们在沼泽中有尊严地死

---

[1] 该物种过去被认为是美洲狮的一个独立亚种，近年的基因证据支持将其合并在北美美洲狮内。

去。最终这个计划没有实施，州政府随后转而采用一项杂交计划。佛罗里达美洲狮在基因上的近亲得克萨斯美洲狮[1]被释放到前者的栖息地，人们也设法使两者混居。两者产生的后代应该能拥有新的遗传物质，因而可以从中受益，不用再仅仅依靠佛罗里达美洲狮的由于被重复使用太多而已经变得异常的基因。丰富起来的多样性应该能增强这些动物的品质，最终恢复种群数量。有人反对杂交计划，因为虽然这样佛罗里达美洲狮可能得以存活，但其基因就不再纯粹了。其实，佛罗里达美洲狮本来就不纯粹。科学家研究了七只法喀哈契里的佛罗里达美洲狮的线粒体DNA，发现它们的有些基因可以追溯到智利和巴西的美洲狮。这些南美动物被进口到佛罗里达，用在地方的动物展览，然后在20世纪五六十年代被释放到野外。

比利酋长将那只动物击伤后又用手枪打了它一枪，不过没有打中。然后他拿出一把大威力的步枪，一枪击中动物的头部，将其杀死。他回到大赛普里斯自己的小屋后，抓着这只佛罗里达美洲狮的耳朵，跟自己的狗"宾果"一起摆姿势。

12月7日，佛罗里达猎物和淡水鱼类委员会的官员根据线索展开行动，来到比利的小屋，发现了那只动物的皮，而它的头骨正被挂在外面晾干。12月13日，亨德里县的一名法官

---

[1] "得克萨斯美洲狮"只是指来自得克萨斯的美洲狮，并不存在"得克萨斯美洲狮"这一亚种。

签署了对詹姆斯·E.比利酋长的逮捕令,他被指控杀死了一只佛罗里达美洲狮,这是一项三级重罪,可处以五年监禁或五千美元的罚款,或两者兼有。比利宣布他将作无罪辩护,理由是塞米诺尔人有权在保留地上杀死濒危物种,并且狩猎佛罗里达美洲狮是部落的精神和疗愈仪式的一部分,因此受到宗教自由的保护。在5月口头辩论时,比利酋长告诉法官,他为了当巫医已经学习了两年,而要成为巫医就必须杀死一只佛罗里达美洲狮。部落的一名巫医桑尼·比利告诉记者:"美洲狮具有非常强大的药力。我会说我为詹姆斯·比利感到非常骄傲。"

比利酋长和佛罗里达美洲狮的法律事件随着时间流逝越传越广,也越来越复杂。比利在被指控后不久就提起一项联邦诉讼,挑战保护佛罗里达美洲狮的佛罗里达州法律,理由是它限制了塞米诺尔人的宗教自由。然后,亨德里县巡回法院法官休·海斯写了一份二十三页的命令,驳回了对比利的指控,但佛罗里达上诉法院推翻了海斯法官的决定,恢复指控。比利除了仍然要面对这些指控,还需要因违反《濒危物种法》的联邦轻罪而出庭受审。联邦检察官一直在等最高法院对一个南达科他州的案子的判决,是关于一个杀死了一只白头海雕[1]的杨克顿苏族人[2]。最高法院裁定《白头海雕保护法》高于印第安人依

---

[1] 白头海雕(bald eagle)是美国国鸟,在北美土著人文化中是一种神圣的鸟,其羽毛在很多宗教和习俗中扮演着极重要的角色。
[2] 苏族(Sioux)是北美印第安人中的一个民族,住在明尼苏达河流域的苏族人通常被称为杨克顿(Yankton)。

据条约享有的权利后,比利被起诉。联邦审判先于州级审判,在1987年8月开始。在这整个过程中,没人想起要妥善保管那只佛罗里达美洲狮的遗骸。这只动物后来被作为证据展示,散发出的可怕气味让法庭上的一些人当场晕倒。由于这股恶臭,比利在整个庭审过程中都用一块黑色方巾掩住口鼻。他向一个报纸记者大发牢骚:"他们把它给毁了!他们没有用盐处理!"其实一位猎物委员会的官员已经将头骨煮透,另一位官员将狮皮放在自家冰柜里冷藏了一年半。尸体剩下的部分都不见了,因为比利把它吃了。虽然在审判中他坚称自己在那晚之前从未见过佛罗里达美洲狮,而且当时他认为自己开枪打的是鹿,但他告诉《圣彼德斯堡时报》,他知道自己瞄准的是一只佛罗里达美洲狮,并且想要开枪打它,这样就可以有一块神圣的兽皮给孩子们看。他认为刑事指控和政府的态度都很愚蠢。他还说,美洲狮的肉配上"普罗格莱索"牌调味酱和少许佐料,味道很好。

比利一方辩护时采用了各种各样的论据。首次,他的律师辩称,《濒危物种法》不适用于保留地中的非商业性狩猎;其次,控方的指控侵犯了比利的宗教自由,因为巫医需要使用佛罗里达美洲狮的爪,而它的皮和头骨在塞米诺尔部落中是权力的象征;再次,狮皮是被非法收缴的,因为猎物委员会的官员第一次到比利在大赛普里斯的小屋时没有搜查证;最后,比利不知道自己在射杀一只佛罗里达美洲狮——他以为自己打的是一只鹿,而且即使他知道那是一只美洲狮,他也没有办法知道那是濒临灭绝的佛罗里达亚种,而不仅仅是普通的美洲狮。此外,比利酋长的律师还辩称,政府不能百分之百地证明这只动物真的是佛罗里达美洲狮,因为受保护的亚种(*Felis concolor coryi*)与其他亚种几乎无法区别。这种法律策略在佛罗里达算不上新颖。多年来,偷猪嫌疑犯们上法庭受审时总是辩称他们认为自己偷走的已驯化的家猪其实是野猪,所以是无主的,所以自己没有从任何人手中偷盗,而且如果真的有主的话,他们确实没有偷盗的意图——他们诚恳地说,自己只是犯了动物学上的识别错误。最终,佛罗里达州议会在1937年让"我不知道是农场家猪,我以为是野猪"的辩护彻底无效——规定在法律意义上,尤其是在适用于盗猪的法律上,本州没有野猪。联邦陪审团对比利案审议了两天,然后告知法官,在控方是否已经确凿无疑地证明这只动物就是佛罗里达美洲狮的问题上,非常遗憾,他们无法达成一致。因此,联邦地方法官宣布本案流审[1]。州级的案子——佛罗里达州诉詹姆斯·比利——在接下来的那个月开庭审理。州陪审团在经过不到两个小时的审议后裁决他罪名不成立,陪审员后来表示,他们不能确信这只动物已被认定为"*Felis concolor coryi*。"比利在州法庭上被判无罪的第二天,联邦对他的指控也撤销了,这可能是因为联邦检察官认为州法庭的无罪判决不是什么好兆头。当时,比利酋长要求美国鱼类和野生生物管理局将狮皮还给他,但被拒绝了,因为该

---

[1] 流审(mistrial)是指无法做出结论的审理。在英美法系中,一般是由于陪审团无法达成一致意见。

局工作人员称这种兽皮是违禁品。这一连串官司在10月底终于结束了。5月,比利酋长赢得连任选举,将继续担任塞米诺尔部落主席四年。此后不久,联邦政府宣布了《濒危物种法》中关于动物外观相似的条款;该条款将对佛罗里达州的任何大型猫科动物都适用。也就是说,在该州内,任何可能被误认为是濒危的佛罗里达美洲狮的动物现在也受联邦法律保护。

比利酋长在乐队热身时向观众讲笑话。他说的是希奇提语或马斯科吉语——我不知道是哪一种,因为我哪种也不会。这是一个和煦的早晨,看台上的座位像烤盘一样温暖。比利讲完笑话后,用英语说:"现在,你们印第安人在集市上买熊掌时最好小心点!我听说猎物委员会有个人正在想方设法为难你们!"他让身上背着的吉他在臀部附近晃动,向人群眨了眨眼。他一头波浪状的长发,有高颧骨和黑眉毛,下颌线条锐利,整个脸看起来很性感,在舞台上非常有吸引力。那天早上他穿着花哨的牛仔衬衫和黑色牛仔裤,扎着波洛领带[1]。他又眨了眨眼。"啊,我现在真想吃沙丁鱼和梳打饼,"他用亲密的语气说,"我们塞米诺尔人真有意思,是不是?现在我们有了赌场,分红丰厚,但却没有用新的方式生活,而只是提升了旧有的。我们是吃着沙丁鱼和梳打饼长大的。现在我们拥有了这么

---

[1] 一种以饰扣固定的绳状领带,可能源于美国西部的金属挂饰。

多新财富,又是怎么花的呢?我们去买很多沙丁鱼和梳打饼,对吧?"他笑了,"在我记忆里,我总是在沼泽地里,跟姥姥姥爷在一起。白天我们打猎打到什么东西,晚上就吃什么。要彻底把这种经历抛弃掉是很难的。我就是这样。我们就是这样。"乐队开始演奏《在荒野中》,人群跟着节奏拍手,拍了一整首歌。在最后一段快结束时,一个小男孩——比利酋长的小儿子——跑到竞技场中间,身后追着一条胖胖的小鳄鱼,吻部被胶带捆住。他瘦瘦的,光着上身和脚丫。他飞快地拐了个弯,绕到鳄鱼旁边,然后骑在它身上。人群欢呼雀跃,比利酋长微笑着,用麦克风摩擦嘴唇。男孩弓起背。鳄鱼也弓起背。男孩用一只手抓住鳄鱼的吻部,把它举到空中。他举起另一只手,很快地打了一下胜利的V字手势。

下午过到一半的时候,我在前门附近碰见了文森·奥西奥拉。在兰花案的被告中,除了拉罗什外,我唯一有一点了解的就是他。虽然他不怎么说话,就算开口也总是嘲讽之词,从来没有表现得特别友好,不过我还是非常喜欢他。在博览会第一天塞米诺尔小先生和小小姐的才艺比赛上,我遇见了他的女朋友桑迪。在一个塞米诺尔小先生表演了《监牢摇滚》之后,另一个小先生用尖细的嗓音唱了一个悲伤版本的《为耶稣而活是我的心愿》之前,她对我说她在大赛普里斯保留地的一个棚屋里跟外祖父母和舅舅们长大,在佛罗里达的雨夜,她听着雨滴打在锡屋顶上猎鹿弹般的声音,整夜无眠,给雨想说的话编出各种各样的故事。现在她住在好莱坞,她说那里很好,但是生活节奏太快了——过于像个城市,太多的汽车、毒品、酒吧、街角,很难以印第安方式养育孩子。

当我遇到文森时,他在等着桑迪一起去部落晚宴。她要帮助准备晚餐,而他要负责烤两千块牛排。文森和往常一样戴着太阳镜,所以我不知道他是在看着我、我身后还是我周围,不过他似乎至少在听我说话。我问他法官做出判决后他有没有再去过法喀哈契,他说:"没有没有,从那以后就没有。"我又问,自从拉罗什离开保留地后,他有没有见过拉罗什或者跟他通过话。"没有,没有见过那家伙,也没跟他说过话。"他说,手指来回抚摸着下巴,"是他给我们惹上的麻烦。""拉罗什离开后有没有采集过兰花?""没有没有,不可能的,"他说,"在白人疯子给我们惹上麻烦之前,是兰花先给我们带来了麻烦。"我想去参加部落晚宴,但只有印第安人才能参加,我去求了一些人,但没人让步。文森解释说,让一个白人出现在晚宴上会让老人不舒服——不论他们和非印第安的世界融合了多少年,他们仍然心怀疏离和疑虑。"白人,你们的工作是赚钱。"他对我说,"印第安人,我们有自己的工作。我们的工作是照顾地球。我们跟你们不一样,永远都不会一样。"

于是,我去看了牛仔竞技的最后一段。第一晚的牛仔竞技仅限印第安人入场,但周六晚上的这一场对任何牛仔小伙或姑娘开放,许多套牛队是由一个塞米诺尔人和一个非塞米诺尔人组成的。我看着野猫·江珀和肖恩·约翰组成的队伍围着一只叫吉米·李的颈部很粗的公牛跑来跑去,同时太阳在棕榈树后慢慢落下。我还要开很长时间的车回去,已经很晚了,所以我又看了一支队试图套住一头叫"危险生意"的公牛之后,就朝汽车走去。途中我经过纯灰色外墙的塞米诺尔赌场,面积广大的停车场中有几座警卫塔高高竖起,像动物发怒时颈部竖起的毛发。停车场中没有一个空位。快到半夜了,但人们仍然在涌入——穿着晚装的男女,一个挂着铝手杖的背部宽阔的老妇人,两个穿着牛仔衬衫和靴子的金发大胸白人女孩,一个戴着厚塑料框眼镜、神情如守夜人一般专注的男人。赌场里挂着那幅占了一整面墙的比利酋长画像,旁边用硕大的字号印着塞米诺尔语的问候"Sho-naa-bish",除此之外就没什么可看的。它是一个巨大、安静的洞穴,人们围住一张张桌子,玩德州扑克和七张梭哈,旁边有个牌子写着"扑克有趣而令人放松"。唯一的声音是扑克筹码的哗啦哗啦声。这是一个充满一百万个精确、激烈、无声的动作的房间,就像正在进行脑外科手术的手术室。在另一个房间里,几百人坐在几张长桌旁玩宾果游戏。其中许多人在宾果游戏卡旁边放着一些能带来好运的小物件:兔子脚、塑料大象、圣母玛利亚的小雕像、小照片、小毛绒玩具、念珠。他们也一直默不作声,直到房间一头的一个男人喊

"B，二十三"或"O，七"[1]，然后会响起一阵忽强忽弱的细碎低语，就像水从浴缸里溢出的声音；当有人大喊"宾果！"时，会响起硬纸板游戏卡拍在桌上的声音，恼火的输家扫开筹码，以便重新开始。男女服务员、发牌员、宾果结果宣布人、代客泊车员和赌场收银员都是白人，皮肤都是荧光般的颜色，头发用发胶定型；所有的顾客也都是白人，一些有旅游者般晒黑的肤色和充血的眼睛。尽管塞米诺尔部落的第二十五届年度帕瓦正在几码外的地方热烈举办，而且塞米诺尔部落的酋长正在居高临下地凝视着每一张德州扑克和七张梭哈的牌桌，但在这里一点儿也感觉不到那个世界的存在——只有狂热、对赌局的专注和想要赢的人散发出的腾腾热气。

---

[1] 这是宾果游戏宣布数字的场景。宾果游戏卡是五行五列，传统玩法是玩家在每个格子里填上 1 至 25 的数字，主办方选择 5 个数字，若这 5 个数在卡片上组成一条行、列或对角线，则该玩家获胜，可以喊出"宾果"。宣布结果时在每一个数字前依次念"BINGO"的一个字母，故有文中描述的念法。

财富

拉罗什在他所专注的事情上的献身精神令我赞叹不已，但我更赞叹的是他放弃的决绝。例如，我对部落博览会和新花圃的描述基本没引起他的任何反应，因为他现在已经完全抛弃了塞米诺尔人。他近两年来把全部精力都投在他们的事上，让自己深深浸入。他因为被部落解雇而非常生气，因为意识到自己从来不是、也永远不会成为部落的一分子而深受伤害。这些我能理解，但他的反应不止于此——对他来说，部落似乎从地球表面消失了似的。

他还完全抛弃了植物界。我第一次跟他说起那场帕瓦时，他暗示自己已经受够了兰花的世界，但我没相信他；可他还真就那么干了。他从法喀哈契偷猎来的鬼兰，他在朋友的花圃那里试图用甜言蜜语换取的球兰属，他用微波炉创造的卡特兰属突变种，自从他的第一批收藏被飓风"安德鲁"摧毁后他一直在积攒的非凡的凤梨科和兰科植物收藏，他从建筑工地的推土机下救出的植物，那些他曾经用别的植物换来的、为了得到而差点破产的稀有植物——他不再关心它们了。他把它们都抛弃了。我们第一次见面时，他告诉我这种结束就是他的一贯风格；但我从没想过，他从一种激情到另一种的转变会如此彻底。"结束了，"他对我说，这是帕瓦的转天，我刚跟他讲了一会儿比利酋长的乐队和炸鳄鱼，"我跟你讲过，我结束的时候，那就是真的结束了。"从我第一次听说拉罗什开始，我就着迷于他如何在狭窄的欲望中找到生活的充实和满足——冰河时期的化石、乌龟、老镜子、兰花。我想这正是我在佛罗里达做的事：弄清楚人如何通过将目光集中在一个事物、信念或愿望上，在宇宙中找到秩序、满足感和目的感。现在我也在试着了解，一个人如何能结束这种强烈的欲望而不留下一丝痕迹。如果你真的喜欢过某种东西，那么它的一小部分难道不会一直挥之不去吗？几株室内植物？家得宝里的一株小巧精致、种在咖啡罐里的蝴蝶兰属兰花？对我个人而言，放弃总是要比开始困难一千倍，但是很明显，拉罗什的结束是彻底而决绝的，而且他还摒绝了任何修改的可能。他跟那种将前妻的电话号码永远扔掉的人有同样的情感强度，实际上他也是真的这么干的：他不知道前妻住在哪里，也不知道她的电话号码，并且声称不在乎她。他似乎真是认真的，不过他养成了一种习惯：当我们在兰展上看到她喜欢的花时，他会咒骂它们。

我之所以产生这些想法，是因为南佛罗里达兰花协会的展会定在塞米诺尔部落博览会结束后不久召开，我以为拉罗什会和我一起去，但他告诉我最近他真的一点也不关心兰花和兰展了，所以并不打算去。他有了新的兴趣。从被塞米诺尔人解雇之后到帕瓦举行之前的这段时间,他自学了关于计算机的一切,现在通过给企业做网站来赚钱,还有个私人副业——在网上发布色情内容。他爱上了计算机。他甚至喜欢用他的计算机工作的色情部分。这不是因为他喜欢色情内容,而是因为,在他看来,在网上发布色情内容是又一个利用人性的弱点获利的机会,而这是他特别喜欢做的事。他说,他真不敢相信,居然有人给他钱,让他在网上贴出胖人的裸体照片;他在我们第一次见面时还在卖那毫无价值的大麻种植指南,而且真的有人花钱买——他现在的感觉跟那时是一样的。"有人会在这种垃圾上花好多钱,而我只是不断向他们收费,"一天早上他在电话里向我解释,"也许在某个时候,这些傻子们会终于意识到,他们在那些破照片上浪费了太多钱,于是就不再干了。我帮了他们,帮他们意识到这有多荒唐。所以说,我收的钱越多,给他们的帮助就越大。无论如何,在这个过程里我能赚一大笔钱。"碰巧那天他听上去身体状况很不好,跟要死了似的,但他向我保证只是农药中毒导致的肾病,他已经病了四个月左右,但很可能正在恢复。他说,不管怎样,他现在心境很好。"嘿,重要的是,互联网很酷。"他说,"它不会像植物一样死在我面前,也不会像塞米诺尔人那样整我。"他为一家叫NetRunner的公司工作,给合法企业做网站。他的网名是"军刀猫"。一天我找到了他的网站,上面写着:"你们中有些人认识我,可能是通过'军刀猫'这个身份:现在已死的军刀空间[1]的统治者和主人……如果你给 NetRunner 办公室打过电话，并跟一个有点傲慢和'与众不同'的人通过话，那应该就是我。我跟你在网上可能遇到过的大部分'怪异'人物不一样，我并不是因为网络的匿名性而怪异，而是本身就是个怪人。就是这样。"

我们又聊了几分钟，我再一次提出我们一起去看兰展。他不想改变主意，但他最终同意，我可以跟他说我的安排，而如果我真的特别想让他陪同，他也许可以花几分钟跟我见面。跟拉罗什打交道就是这样，什么事都很极端。常规世界对他来说太循规蹈矩了。仅仅是"我想让他去"——一个普通人想让另一个普通人做一件事的表达方式——是不够的。反过来讲，如果我真的特别想，那么他也许会记住。

除了拉罗什外，我在佛罗里达遇到的每个人几乎都要去这个兰展，有马丁·莫茨、汤姆·芬内尔、鲍勃·富克斯、弗兰克·史密斯，以及所有在美国兰花协会的晚宴上被介绍给我认识的人。南佛罗里达兰花协会的展会是佛罗里达最大的兰展，在全美国范围内其重要性仅次于加州圣塔芭芭拉的兰展。我并不指望在这次展会上能最终看到开放的鬼兰，但无论如何我肯定是要去的。在和拉罗什通话的几天后，我打电话给我养万代

---

[1] "军刀空间"原文为 SaberSpace，和"赛博空间"（Cyberspace）读音类似。

兰的朋友马丁·莫茨,告诉他拉罗什不愿接受我的邀请,马丁说我应该忘掉拉罗什,跟他一起去展会。尽管他的狗最近对我不太友好,不过我知道跟马丁一起去会很有意思,因为他总是向我展示有趣的东西。此外,他还发誓说狗最近的心情好一些了。

第二天我去他家。"你好你好!我忙得简直要四脚朝天了。"马丁问候我。他和妻子玛丽在全职从事兰花业之前都是英语教授,1976年,马丁为创办莫茨兰花,从南斯拉夫的富布赖特项目[1]高级讲师任上回国。即使在温室里,穿着磨损严重的卡其布衣服,手上沾满了苔藓和蛭石[2],他看上去仍然像个会在黑板前从容讲述叶芝研究领域理论的人。他的房子、院子、衣服都是学者式的简朴风格。他拥有一件不太符合这种专业形象的东西——一辆宝马轿车,是所谓"苯来特宝马"。马丁跟许多佛罗里达兰花种植者一样,在使用杜邦的杀真菌剂"苯来特"后损失了大量植物,虽然杜邦坚持问题不在苯来特,但还是花了一大笔钱和几百名种植者达成和解。仅在佛罗里达州,杜邦就支付了接近四亿美元。马丁对这场灾难采取了一种戏谑的态度。他用和解金买了这辆宝马,在后保险杠贴上一张

---

[1] 富布赖特项目(Fulbright Program)是一项由美国政府推动和资助的国际教育、文化和研究交流项目。
[2] 蛭石(vermiculite)是一种天然、无毒的矿物质,在高温作用下会膨胀,保水性好,常用在植物培养土壤中。

写着"用化学开创美好生活"的贴纸[1]。杜邦现在仍在处理"苯来特"的索赔事宜。兰花是高风险的生意,对有些人来说,从"苯来特"事件获得的赔偿远高于兰花生意的利润。一些种植者拿到杜邦的支票后就直接退休了;有传言说,有人把有使用痕迹的这种杀菌剂的包装袋卖给种植者——他们不一定真的用过"苯来特",但想要有看上去可信的证据出示给杜邦。

自从我上次造访马丁家以来,他的几十株兰花开花了。蓝色和淡紫色的浮标在叶和茎的深绿色海洋中上下漂动。在它们旁边是一排奶油粉色的兰花,像一套玮致活茶杯[2]。"今天早上我得办件事,马上就得走。"马丁又说,"如果你愿意的话,我们一块儿去见一位热带水果行业的巨头。"我同意了,于是,我们钻进一辆挂着他的 VANDA 1 车牌的面包车,开下车道,驶上公路。"我要去见的是一位叫加里·齐尔的先生,"他解释说,"我之所以去找他,是因为我相信一个人真的应该找到一种方法,能够在一年中的七个月都吃上鳄梨,最好是自己的树上长的。"加里·齐尔拥有许多鳄梨树。马丁说,他要用自己的一棵李子树和加里换一棵鳄梨。他锯下李子树一些带芽的枝条,装在潮湿的密封食品用塑料袋里,放在面包车前座。在佛

---

[1] 这句标语原文为"Better Living Through Chemistry",源于杜邦1935年到1982年一直使用的广告词"用化学生产优质产品,开创美好生活"(Better Things for Better Living … Through Chemistry)。在美国流行文化中,这一短语常作讽刺之用。
[2] 玮致活(Wedgwood)是一家英国陶瓷公司,由英国陶艺家约书亚·威治伍德(Josiah Wedgwood, 1730—1795)创立于1753年,一般被认为是工业化陶瓷生产的先驱。

罗里达，我很多次感到自己身处另一个世界，而这就是那种情况：我处在一个水果、蔬菜、带芽枝条是法定货币的世界——一株李子树的芽在市场上相当于一棵鳄梨树，香蕉对橙子严重贬值。马丁开过一块写着"齐尔高效植物"的牌子，靠边停车。他一下车就兴奋起来，说他在自己那边的车窗外看到了一棵树，想让我也看看。"是一种古巴水果，美桃榄，"他说着，从树枝上摘下一颗外皮粗糙的近乎圆形的水果，"这能卖大约十二美元一颗，珍贵得都没人再种了，因为总是被偷。"他咬了一口水果，果肉是红砖色，"我有个好邻居在自己二十英亩的地上都种了这东西，可他后来全都给卖掉了，"马丁吞下水果后说，"就算请全职保安也看不住。"

马丁吃美桃榄时，加里·齐尔走到面包车后面，打开后厢门，看到马丁放在面包车上的大约一百株兰花。"哦——，这个杂交种真漂亮！"加里大喊，"马丁，这些到底是什么？"过了一会儿，他出现在我们眼前。他像冲浪者一样金发碧眼，一只手拿着笔记板，另一只手拿着一个我从未见过的水果，上面有许多凸起，是橄榄绿色的，跟棒球差不多大小。他咬了一口，带出一块跟伤口一样鲜红的果肉。他看见我在盯着它，"牛心番荔枝，"他指着水果说，"来自尤卡坦。我大约十五年前在那儿吃了一个，把种子存下来了。我把它种在这里时，真的没期望得到什么。"

"我们在那儿也见过它，"马丁说，"巨大的水果，有小孩子的头那么大。"

加里斜着眼看了一会儿天空，说："马丁，我们应该试试繁殖这些东西。我上周从危地马拉带回了一个物种，里面是明亮的橙色，真是太漂亮了。我们用你的名字命名它。我们管它叫 Motes reticulata[1]。我们会发大财的。"马丁像麻雀一样歪了歪头。"啊哈，"他说，"祝福它明亮的橙色心脏。"就在这时，加里的花圃的一名员工出来找加里说话。他个头较矮，有点羞涩，拥有一个希伯来名字。他说他生在密歇根州，在巴西长大。这样的个人历史不是很平凡，但这里似乎就没有平凡的事物。水果是外来的，每个人、每件东西都有异国血统。在佛罗里达，你会觉得自己在世界的边缘，世界的其他地方像潮水一样定期冲到这里，产生奇异、举世无双的东西——比如说一个希伯来巴西密歇根人培育三文鱼色的危地马拉水果。我和这个人聊了一会儿，加里和马丁开始讨论他们鳄梨换李子的交易，沿着小路从热带水果苗圃向加里的房子走去。加里说他家里有约两万株植物，大部分是兰花，他希望在我们走之前让马丁快速地看一遍。"乱七八糟的，"他给我们打预防针，"我去哥斯达黎加收集芒果种子，就在出发后的那个晚上，控制浇水系统的电脑被闪电击中了。"

"我能想象得到。"我说。

"马丁，听着，如果你看上了什么花粉，自己拿就行。有很多。自己拿就行。"

---

[1] Motes 即"莫茨"的拼写。reticulata 是牛心番荔枝的种加词。

马丁笑了。"是的,'生命短暂,艺术漫长。'[1] 也许我们可以做出一些有艺术性的东西。"我们走进加里的大棚,头上是一片种在一格一格的盒子中的兰花,像树冠一样遮住了阳光。有的像晕船的水手一样垂着头,有的像士兵一样挺立,艳粉色、艳黄色或淡紫色的花朵点缀其中。"真是娇贵的东西。"马丁一株一株植物看过去。他停在一株钴蓝色的万代兰前,看了很久。加里看着他。"我真的认为,"马丁说,"嗯对,我真的认为这是我二十五年前培育出来的植物。它怎么到你这儿的,齐尔先生?"

"我姑姑给我的,"加里说,"我想是莫娜·邱奇给的我姑姑。"

"啊——哈",马丁说,"是我自己给的莫娜。"他将一片叶子夹在手指之间,轻轻捋着,"它在你身后还会活很久,齐尔先生。奇妙的植物世界。我们只是其中的访客。"

那天晚上,马丁开到会议中心,开始为兰展布置自己的展位。迈阿密正在庆祝建城一百年,而这是兰展的主题,也就是说会上的展示应该涉及一些佛罗里达的历史。马丁说,他打算用很多万代兰和一条小号独木舟建造一个沼泽地场景。"不用跟现实有太大关系,"他说,"不过话又说回来,什么又跟现实

---

[1] 出自古希腊医师、被后世尊为"医学之父"的希波克拉底(Hippocrates,约前460—约前370)所著《格言》。

有关系呢?"马丁的展示区是靠后的一排中的一小块空地,在小汤姆·芬内尔的展位附近,拐过鲍勃·富克斯的展位就能看见。马丁的助手薇薇在我们到达之前已经在展示区的地面上铺了两英寸的沙滩沙。"非常吸引人,"马丁对她说,"但是,薇薇,我们得在这里空出一些地方来。"他开始耙掉一些沙子。他运来了将近三百株万代兰和卡特兰,打算放在场景中,还有几株他想特别炫耀一下的特殊杂交种。他和薇薇把植物摆到各处,然后把沙子堆到花盆底部,拍实。

他们一边干活一边小声交谈:"我觉得需要用上这片小竹篱笆,虽说对我们来说这是个新的概念。"

"哦,马丁,这株文心兰属很漂亮,但太红了。"

"还真是太红了。用这株白色的吧。放在独木舟那里跟环境挺配的。"

越来越多的种植者来到巨大而空旷的迈阿密会议中心,布置他们的展位,朝助手喊着指示;会议中心里到处响着锤子敲击金属框架的叮当声、包装箱拖过地面的摩擦声、装卸区的卡车轮胎发出的刺耳的吱吱声,空气中弥漫着泥土淡淡的黄铜味和鲜花清爽甜蜜的香味。马丁说,他的展位上的花价值约四万美元。那天晚上搭好的展位大约有六十个,其中有些摆出了比马丁多一倍的植物,这意味着会议中心所有展区的总价值可能高达四百万美元。我心想:我现在站在价值几百万美元的鲜花中。我深吸一口气,屏住呼吸,摆摆头,这样,四百万美元的鲜花就像口红一样涂在我嘴上了。这就是佛罗里达的本质,这种充盈，这种生物的过分丰富——所有东西都如此之多，界限模糊，混在一起，你必须决定是成为这种混合的一分子，还是当一个另外的独立生物。

马丁和薇薇工作了大约一个小时，他们四周是工作了几个小时的其他兰花人及其助手。他们摆好最后一株植物后，马丁退后几步，评估展示，食指摸着鼻尖。他脸上现出陷入沉思的神情。"薇薇，"他终于开口说，指着一株异常巨大的亮橙色卡特兰，"我们应该把那个大家伙挪走。我真的觉得它有点太过了，跟核武器似的。"

人们在会议中心里四处走动，看别人的展品怎么样。他们借入泥炭藓和竹篱笆，借出种在四英寸花盆里的蕨类和充数用的植物。来自夏威夷的一个种植者正在搭一个巨大的展示，他过来跟马丁打招呼。"我今年不去纽约的展会了，"他说，"计划都排满了。你有空的时候上我那边去，我给你看看我弄来的新型电子造雾机。"马丁休息了一会儿，然后走过几个展位，到南佛罗里达蕨类植物协会的展区。正在那儿干活的人叫杰克。这个展示中央是一条六英尺长的鳄鱼。"那条鳄鱼不错吧，马丁？"杰克问，"水泥做的。我管这个展示叫'危险吸引力'，这个名字不错吧？"

下一个展示来自一家叫"格劳-摩尔"的花圃，布置成维多利亚时代的客厅的样子，其中有一个镀金壁炉、两把扶手椅、一个古董壁炉架、一个法式边桌和两幅优质油画。"家具都是我们自己家里的，"格劳-摩尔先生告诉马丁，"我们把壁炉架从家里的餐厅搬过来,因为我们觉得放在这儿应该看起来很不错。马丁,真见鬼,你能相信我最好的'托莱多蓝'[1]居然没开花吗?都已经晚了两个星期了。哦对了,马丁,你还有多余的青苔吗?"

"我们有三箱松萝凤梨,你自己拿就行了。"马丁答道,"来自肯塔基一家非常不错的商业苔藓公司。我能想象,他们为了得到这种东西,掠夺了原始森林中长满青苔的溪岸。"我们走过一个只有下半身的穿着佛罗里达早期拓荒时代服装的人偶,然后是由一条两百磅的鳄鱼剥制标本,放在著名景点"肖像岩"的十英尺高的泡沫塑料模型上。"这是我拿链锯切的,"展示旁边的一个男人说,"用泡沫塑料和丙酮能做到的事简直太神奇了。"我们经过几个展位,名叫"兰花遍布迈阿密""活钻石的彩虹""神奇的兰花城""鳄鱼之路""失乐园"。马丁说他觉得不少兰花人真的很疯狂。说完这句话后,他马上把我介绍给一个兰花种植者。他的发型狂野,眼神凶狠,叫威蒙·伯西,刚从墨西哥飞过来。

"这几天感觉怎么样,马丁?"威蒙看见我们时大声喊道,"我感觉太好了。生活太美好了。我正在墨西哥海拔六千英尺的地方种植小型兰属兰花。"马丁扬起眉毛。"还有,我被杀人蜂蜇了,刚好,"威蒙继续说,"我出去拯救植物时挨蜇的。我在救兰花。野生兰花。它们在向我惨叫着,我发誓,马丁,而

---

[1] "托莱多蓝"(Toledo Blue)是马丁·莫茨于1991年培育出的一种杂交种兰花。

蜂群就在它们周围。我必须得帮助那些兰花。不是偷猎！我在执行救援任务！"

马丁捻着胡子。过了一会儿，威蒙说："马丁，我想让你知道我已经戒了尼古丁、酒精和乱搞。我唯一的瘾就是兰花了。"

"据说但丁总是有时间行男女淫乱之事，"马丁严肃地点点头，"别让我失望，威蒙。"

威蒙转过身，对我眨了眨眼。他脸上挂着狂热的笑容，嘴咧得眼睛都斜了。"嘿，跟你说件事好不好？"他问我，"你知道我只有四十一岁，但已经见过两个飞碟了吗？"

在另一个拐角处，我们来到了鲍勃·富克斯的展位。鲍勃以制作RF兰花的大型展示而著名。这次，他搭起一座1886年左右的佛罗里达小屋，几乎和真实的一般大小。小屋修得很精致，有一个小门廊和小小的尖屋顶，兰花挂在栏杆上，覆盖了小小的屋前草坪，勾出小屋的蜿蜒石径的轮廓，包住小屋的地基。几乎每一种自然的颜色在这里都有对应的花朵，而小屋本身是逼真的1886年的棕色。鲍勃向我们打招呼，马丁说他得走了，让我和鲍勃聊。"我得回到莫茨的领地，去添点护根。"他说，"'咱们来聊聊，是时候啦，提这个建议的是海象，什么鞋子啦,轮船啦,火漆啦。'[1]还有护根啦。我的会计说他会帮我干这活。"马丁和鲍勃总是找借口远离对方。马丁向鲍勃点了点头,转身走了。

很多兰花种植者不喜欢彼此,跟很多人不喜欢彼此没什么两样,或者更确切地说,跟在很多家庭中存在的彼此不睦没什么两样。他们喜欢不同的兰花,或者对育种方向有不同的看法。例如,鲍勃想要培育更大、更华丽的万代兰,而马丁想要培育外观更像卡尔·罗贝林在菲律宾首次发现的那种品种的万代兰。或者一个种植者认为自己的植物比别人的都好,却没有得到应有的赞赏;或者确实比别人的都好,因而成了怀恨和嫉妒的对象;或者,有的种植者之间就是没法好好相处。今年没人像鲍勃·富克斯被起诉那一年的几个人那样,在保镖的保护下参展,但仍然可以感受到一些人之间剑拔弩张的气氛。他们一见到彼此,就仿佛全身汗毛都竖了起来。如果我曾怀疑过,兰花的世界是不是真的像我想象的一样,是一个世界、一种文化、一个家庭,那么这种对抗就是可以打消这种怀疑的完美证据。兰花世界里有家庭般的亲密,也有家庭般的不和。它就像家庭一样提供了一种融入世界的方式,你可以把自己放在一个小小的、有时拥挤、有时争吵的圈子里,而这个圈子是被一个更大的圈子包围着的,然后外面还有一个更大的圈子,最后是整个广大的世界;它像是一种竭力维持平衡的方式,天平两端

---

[1] 出自英国著名作家刘易斯·卡罗尔的《爱丽丝镜中奇遇记》,译文出自人民文学出版社 2017 年的冷杉译本。

是作为一个个体和作为比自己更大的事物的一部分,而这两者都将对方置于危险之中。人们如何建立起一个社区却又保持个体地位,这件事一直令我困惑——如何做到各自独立却又团结一致,而且还能以某种方式令人惊讶地做到不会忽视独立性和团结性。这两个条件像跷跷板一样上上下下,首先一头翘起,然后另一头把平衡找回来。如果你离群索居,自成一体,不和家庭、宗教、国籍、传统、阶级产生联系,那么很快你就会过于孤单、自创、独特,心里也会过于清楚,世界上除了你自己没有第二个这样的人了。如果你把自己完全浸入某种事物,比如你的城市、工作或爱好,那么你很快就会不得不挣扎着到水面上透气,因为你需要确信,虽然你是一个大的事物、一个社区的一部分,但你仍然以单独个体的形式存在,拥有单独的头脑。这是美利坚合众国根本上的矛盾性——一个不合逻辑但是充满乐观精神的概念,即可以建立一个由一群个人组成的联盟,而其中每个人都是国王。我羡慕会议中心里我周围的兰花人及将在明天涌入这里的兰花人,我也基于同样的原因羡慕塞米诺尔部落成员。他们发现了一个小小的、拥挤的圈子,把自己放在其中;而如果他们中的任何人迫于形势,必须走出去,宣称他们并不属于一个圈子,那他们似乎也可以做到——然后再高兴地回到那个圈子里。我甚至羡慕像拉罗什和李·摩尔那样的人,他们属于一种"不归属"的邪教,实际也是一个小小的、拥挤的圈子,它塑造了他们的生活形态,虽然只是在浅层次上。

— ❦ —

有些人常常早早就来参观兰展:严肃的兰花人,想抢在别人前面冲进会场、找到最好的植物的人。他们很早就来排队,提着购物袋和铁丝网篮,确定目标。

"我想要一株白的蝴蝶兰属兰花,唇瓣是百分之百的纯正红色。我已经有了一株,但在唇瓣外侧有一块小白斑,这我不想要。"

"我想要一株同色兜兰,是一个特殊品种,是'沃尔特'和'克鲁尔的胖男孩'杂交出来的,颜色就像黄油那样,带有褐红色的斑点。"

"我必须戴好手铐再来这种展会,因为我什么都想要。"

"如果我几个月没看展会,那就到了非去不可的时候了。"

"我听说兰属有点儿不流行了。"

"如果我喜欢,那花一万美元买一株植物也完全没问题。如果我看见自己喜欢的东西却得不到,那我会发疯的。"

"我爱这些东西!我要这些东西!我曾经把一大堆这些东西塞在胸罩里从牙买加带回来,但大部分都死了。"

"我想要一株特别大的绒叶花烛。这株是挺大的,但在找到一株特别大的之前我不会走。"

— ❦ —

我想要一株开放的法喀哈契鬼兰,也许附着在一棵多瘤的牛心番荔枝树树枝上,我还希望它的根舒展得跟我的手掌一样宽,同时每条根只有牙签那么细。我希望花是雪白的,白得像糖一样,白得像泡沫一样,白得像牙齿一样。我记住了它的形状:尖尖的脸,两绺细细的花瓣像胡子一样下垂,整体像一只绷紧了腿的白化蟾蜍。它不会是这里最大、最引人注目、最稀有、最漂亮的花,但对我来说是,因为我想要它。宇宙中只有几种价值是绝对意义上的:某种东西是有价值的,因为它可以供给营养,或者可以作为武器,或者可以做成衣服。在其他情况下,只有你想要一种东西或者你相信它会让你快乐,它才有价值。那么,它就值得一切,同时也一文不值;你能为你觉得自己想要的东西付出多少,它就值多少。如果我知道在这儿找不到鬼兰,那就省去了所有麻烦,因为那样我就根本不必去找了。心里没有希望是一种解脱,因为那样我就不会害怕了;寻找想要的东西是在纷繁宇宙中的安慰,但知道不必去找,就意味着不会失望。我在几天前碰巧遇到一个人,他说他去过沃思湖的一个街头集市,有个小贩在卖带钩针花边的竹篮子,里面胡乱放着一堆长在野生树木上的植物的根。那人可以肯定那些就是鬼兰的根,但当时没有一株在开花,而小贩称不知道这些植物是什么,自己只是从别人那里得到的,而那个人又是从另一个人那里得到的。我不指望在这场展会上看到装着东西的钩针篮子。我看到了一些书,如《毕肖普的在1991年至1994年注册的兰花杂交种的临时名册》《兰花评审用描述术语》《你能种卡特兰》《你能种蝴蝶兰》,还有兰花毛衣、T恤、耳环和领带。出售的兰花标价一百、两百、三百、五百美元，这座人声熙攘的大厅里有各种颜色、形状的兰花，宽叶子、细叶子和完全没有叶子，肥厚的突出的唇瓣、像指尖顶针一样呈杯状的唇瓣，暗红色的帽兜和斑点，有皱褶的，有折痕的，有螺旋状卷曲的，大如拳头的，小如指甲盖的，闻起来有蜂蜜、青草、柑橘、肉桂气味或没有气味的，或者根本不是气味，而是空气在花朵中停留过之后那种浓重温暖的性质。

在马丁的展位上，一个男人在大声发牢骚。"嘿，我去年在你这儿买了一株植物，很差劲！"他说，"是一个突变品种。在我车里。我去给你拿来。"

"我相信你，"马丁说，"不用给我看了。你自己再挑一株漂亮的好吗？"

"嘿！"展位旁的另一个男人说，他举起一株淡紫色的万代兰，"这个需要多少盐分？我是说，它能耐受多少盐分？它叫'心情靛蓝'还是'靛蓝心情'？我是不是应该给它浇很多水？"马丁一边把买了突变品种的人新挑的植物包起来，一边跟这个人讨论。另一个高大的男人在一旁徘徊，表情略显迷茫。"太漂亮了，"他对马丁说，"真是太漂亮了。顺便说一下，马丁，你得去洗牙了。"

"天啊，"马丁叹道，"永远逃不掉口腔卫生师。"

马丁的独木舟场景在展示竞赛中一无所获。展会委员会的秘书向我透露，评审们其实一点儿也不喜欢他的作品。"实际上，"她小声说，"他们讨厌它。"她告诉我，评审认为马丁在植物上挂的标签太平常了，展示在整体上过于混乱，评奖时他们甚至根本就没考虑过莫茨兰花。我问她其他的展示怎么样。她说，他们喜欢夏威夷人的，但不喜欢兰花上面的苔藓；而他们特别喜欢一个名为"昨天"的展示，因为"他们特别喜欢假的水"。维多利亚时代的客厅失败了，因为格劳-摩尔先生用了一块丑陋的白色背景板，而且他的植物的颜色也没有流动感。这是一个长长的清单，充斥着各种批评意见。另外，评审确实很喜欢鲍勃·富克斯。所有主要奖项都给了RF兰花的佛罗里达小屋：最具艺术性奖、最佳五百平方英尺展示奖，以及分量最重的奖——展会奖。在展会上获胜能带来自豪感、专业上的尊重、个人的满足感；这也跟钱有关，因为在展会上获奖的植物能够卖出更高的价格；这还有着难以估量的深远影响——可能会塑造演化过程，因为在展会上获胜的植物会流行开来，其他育种者会用它们做亲本培育新的杂交种，而他们自己尝试培育的植物也会拿它们作范本。赢家通吃，包括未来。在展会的第一天里，不论我什么时候转身，都能看到鲍勃淡橙色的头发和明亮而苍白的面孔，以及一个知道自己会赢的人的冷静沉着的姿态。

有一段时间，我和一个男人一起在会场里四处走动，他在寻找一株白色的蝴蝶兰属兰花，有金色的和红色的唇瓣，没有斑点。他说他曾经热衷于打桥牌，但最终放弃了，因为他认为打桥牌的人太怪异，有太多的情感问题，自己在兰花世界里更快乐。为了在第一时间知道温度、光线和湿度的变化，他在温室里安装了三种不同的警报系统,所以一般非常放心。这时已经很晚了,外面天色已暗。我记起拉罗什说过,如果我觉得特别想见他,可以试着给他打电话。我并不是特别想见他,但真的很想在这里看到他,这个他曾经计划征服的世界——虽然在他心目中,他已经和这里有万里之遥。我打电话过去,他在家里。他说他会来见我,不过得先带女朋友和儿子去足球赛还是生日聚会还是别的什么事——我没听清具体是什么。他说我应该待在会议中心,他能找到我。我知道这不可能,因为会议中心跟一个星球一样大,人可以在里面迷路几个小时。我一点也没有指望拉罗什会来,我也没有特意等他。我只是不断穿梭,从一株兰花到另一株兰花,从一个兰花展览到另一个兰花展览,从一个兰花人到另一个兰花人,直到像蜜蜂一样头晕目眩。

一种方向

一名法喀哈契巡逻员有一天给我讲了件事，关于佐治亚州的一个女人。她在一个早晨打电话来，问沼泽中有没有鬼兰开放。巡逻员告诉她，自己刚在深湖附近看到几朵正在开的。这个女人疯狂地爱上了鬼兰，说愿意到任何地方去看它们。巡逻员告诉她这个消息之后，她马上钻进汽车，开到亚特兰大，坐第二天一早的航班到迈阿密，在机场租一辆车开到法喀哈契，问好巡逻员地点，然后花几个小时朝深湖、朝鬼兰跋涉。从她打电话过来开始算起，到此时还没有过一天，但兰花转瞬即变，等她到那里时，花朵已经枯萎，今年不会再开了。她看了很久那些植物绿色、卷曲的根，然后转身走出沼泽，当天下午就回佐治亚去了。我以为她远道而来却什么也没看到，一定会很失望，但巡逻员说她似乎一点也不失望。其实她跟他说很高兴自己来了，还让他保证，不论什么时候，如果又看到鬼兰开花，一定要给她打电话，她会很愿意再来。

拉罗什承诺过在我离开佛罗里达之前跟我一起去一趟法喀哈契，还承诺过带我去法喀哈契时我们会看到鬼兰。我对此将信将疑。我开始怀疑自己到底能不能见到鬼兰。由此,我又开始怀疑拉罗什和我是不是永远不会一起在法喀哈契里远足了。我的每一次尝试似乎都被挫败了。当我第一次请求拉罗什和我一起去时,他不能去,因为法庭命令禁止他进入;然后他不能去,因为他忙于塞米诺尔花圃;然后他不能去,因为他拒绝进入沼泽,以此抗议塞米诺尔人、兰花世界和这个世界本身;然后他忙于自己新的电脑业务,抽不出时间来。与此同时,冬天过去了,春天的热气汹涌而来——太阳每天越来越高,日光越来越强烈,我知道如果我们不赶紧去,天气就会变得无法忍受,那就只能等到下个合适的季节了。

南佛罗里达兰花协会的展会结束后几天,我给拉罗什打了个电话,跟他讲了会上所有的事,还有鲍勃·富克斯的胜利和马丁·莫茨的失望,然后提出我们什么时候去法喀哈契的问题。他宣布他现在可以去了,可以安排在这周六。我很惊讶。我把我所有的东西都收拾好,离开西棕榈滩,住进迈阿密海滩的一家酒店,好离拉罗什近一些。周五夜里我几乎没睡着。我不愿意去想这次旅行,但我控制不了。我一直梦见第一次去法喀哈契,就是跟巡逻员托尼一起的那次——我第一次看到凤梨科植物形成的华丽穹盖和被兰花根层层缠绕的树木,但在梦里我是独自一人。我走进沼泽深处,踏入一个黑色的渗穴,腿瞬间就被绳子似的东西缠住,我一头栽倒,手臂拍在光滑釉面似的泛着光的湖面上。我惊醒了,眼睛大睁着,毯子缠在腿上。我不记得接下来的几个小时是怎么度过的,但最后早晨还是到来了。拉罗什和我计划在午后前往沼泽。我穿衣服的时候打开收音机,听到一则新闻:从迈阿密飞往亚特兰大的瓦卢杰航空592次航班坠入大沼泽地,消失在十八英寸的泥灰、沙子和淤泥之下。坠机地点离迈阿密只有十二英里,离一处购物中心代客停车的停车场只有十二英里,近得似乎从比尔特莫酒店[1]骑自行车就能到,但又遥远得仿佛是另外一个世界——那片沼泽完全没有被开发过,环境艰险,几乎无法抵达。飞机坠毁在米科苏基保留地的边界上,在大沼泽地运河 L-67A 和 L-67C 之间,那块地方被当地人称作"口袋"。附近的所有道路均已关闭,包括通往法喀哈契的路。我听到这个消息后,停止穿衣,立即打电话给拉罗什。他显然还在睡觉,虽然按照他制定的时间表我已经迟到了。我们都认为现在不可能到达沼泽了,同意改在周日再试一次。我告诉拉罗什我们那天必须去,因为我已经预订了周一回家的航班。

我周六整天都在看飞机失事的新闻报道。CNN 采访了一名叫"水牛老虎"的米科苏基人,他说人类对大沼泽地造成了严重伤害,大自然的灵魂深感愤怒,因而使飞机坠落。他还说大沼泽地经常出于怨怒吞噬人类——就连进入沼泽的部落成员有

---

[1] 迈阿密地区的比尔特莫酒店(Biltmore Hotel)位于迈阿密西南方的科勒尔盖布尔斯市(Coral Gables),为该地重要历史地标,于 1926 年开业,多国政要、名流曾在此下榻。

时都会消失不见。拉罗什在"水牛老虎"的采访播出时打电话过来,提议去迈阿密仙童植物园[1]的一个兰展碰面,逛几个小时。自从被塞米诺尔人解雇以来他一直没去过兰展,我也不知道他为什么现在想去了,不过我很高兴。我开到仙童植物园,在停车场里等他。他迟到了一小会儿,情绪很好,坚持要先去礼品店,然后当我们在店里时,又坚持要给我买一条我喜欢的红色橡胶做的鱼。然后我们四处闲逛。仙童的兰展是在一个拥挤的大厅里,其中摆满了展品,洋溢着从植物上散发出来的清香。购物袋被"唰"地撑开,装进一百美元一株的幼苗,这种声音此起彼伏。我们看了一排又一排的兰花,停下来欣赏一桌桃红色、带波尔卡斑点的石斛属,然后是一株蕾丽兰属和卡特兰属的杂交种,从远处看上去特别像我在小学时认识的一个大板牙的金发小孩。拉罗什拽着我去看一些原产于佛罗里达的章鱼兰。"明天我们会看到无数这种东西,"他说,手里把玩着它们的根,"法喀哈契里这些破玩意儿真是太多了。"

章鱼兰摊位的摊主背对着我们,就在他说这句话时,她转过身,看了拉罗什一眼,然后又看了一眼,突然高兴起来。"约翰·拉罗什!"她说,"约翰,你到底跑到哪儿去了?最近你在干什么呢,约翰?"

"芭芭拉!"他说着转向我,"我跟你说起过她,还记得吗?我带她去法喀哈契,然后不得不砍断几条挡在她和鬼兰之

---

[1] 仙童热带植物园(Fairchild Tropical Botanic Garden)是位于科勒尔盖布尔斯的一个植物园,1938年开园,占地34公顷。该园于2012年成为美国兰花协会所在地。

间的蛇。"

芭芭拉笑了:"约翰,你怎么样了?"

"好极了,"拉罗什对她说,"跟你说,我现在搞互联网了。我一株兰花也没有了。我甚至一株植物也没有了。"他听起来很自豪。

"我为你感到高兴,约翰,"她用温柔的声音说,"那时候我很担心你。那些事开始折磨你了。就像一桩不幸的婚姻。"

拉罗什点点头。"嗯,我现在很喜欢电脑,"他抚摸着她的一朵兰花,又说,"不必再靠生物生活真是一种解脱。"他的注意力被旁边桌子上的一株凤梨科植物吸引过去了。芭芭拉看了他一会儿,然后对我低声说:"他现在看起来好多了。对有的人来说,兰花的事情整体上太沉重、太激烈了。感染了他们全身。约翰被它吞噬了。"

几分钟后,我们来到大厅的另一端,另一位摊主认出了他。"我现在搞互联网了!"拉罗什宣布,"我一株兰花也没有了!"他几乎是在夸耀,"我戒掉了那个习惯!"他对另一个熟人说,"我放弃了!"大约一个小时之后,我们离开展会,在附近走了走。飓风"安德鲁"横扫了仙童植物园的大片土地,现在这些地方虽然已经重新种了一些植物,但仍然像新剃光的头一样令人震撼。破败的植物园似乎使拉罗什忧伤起来。"你要是看过飓风之前这里是什么样子的就好了,"他环顾四周说,"天啊,这儿现在看起来像地狱。"他拍着一棵酒瓶椰的树干。"我喜欢这些,"他说,"我一直喜欢银色的、不一样的植物。

我以前有一株银灰色的朱槿,我在花圃里发现它的时候它还是棵病怏怏的小幼苗,我把它带回家,特别精心地养它,最后它还真成了我最喜欢的植物之一!它的颜色最酷了。"他靠在另一棵树上。"说出这棵树的名字,"他说,"算了吧。你永远不会知道的。这是海地棕。现在我问你,你觉得一株植物为什么要长成这样?这就是为什么我总是会被这些东西困扰。去想象植物的感受。我把自己放在植物的角度,试图找出答案。我是一株植物。我为什么要粗糙的而不是光滑的树皮?为什么要窄叶子而不是宽叶子?我总是很擅长这样去感受事物。"

"你怀念以前吗?"我问。

拉罗什哼了一声,点了根烟。"当然怀念了,"他喃喃地说,"当然了,天啊。不过我得找到一些别的东西来填充生活。"

在回家的路上,拉罗什想带我一起去见他一个名叫杜威·菲斯克的朋友。他觉得我会从杜威身上得到一些启发。"杜威的家就在附近。"他说,"你应该见见他。真的。他有很多玩意儿,很酷的玩意儿,而且他就是个植物疯子。我跟你说,有整整一个宇宙的人只是为他们的植物而活着,你看到他就明白我的意思了。"

我说过去几天晚上我睡得都很差,我觉得我应该回酒店休息,为明天的远足做好准备。

"嘿,我觉得这会对你很有帮助的,"拉罗什继续说,"而且不管怎么说只用一分钟。不超过一分钟。杜威的家离这儿特别近。我确切地知道在哪里。"我们在戴德县许多昏暗、没有路牌的街道上来来回回转了一个小时后,终于把车开进了杜威家的车道。他的房子在一条破破烂烂的后巷里,是佛罗里达的那种老旧道路,在雨水的冲刷下坑坑洼洼的,路两侧是杂草和一排排门廊包了纱网的单层平房。霉菌滋生的废旧汽车、自行车和家用电器就放在露天,而这也是塞米诺尔人安置死者的方式[1]。这部分的佛罗里达和其他部分的佛罗里达——拥有大型超市和高层酒店的蓬勃、繁荣的佛罗里达——没有任何关系。这是这个州的底层,如同神庙一般寂静,只有蟋蟀时不时的鸣叫、树木弯曲的吱吱声、纱门猛然关上时清脆的砰砰声和偶尔经过的汽车声,仿佛在酝酿着什么。我们到达时,杜威正在大棚里。听到车声,他走了出来。他穿着宽松的卡其布裤子和破破烂烂的格子衬衫,手里挥舞着一把给玫瑰剪枝用的剪刀。他的外表让我想起拉罗什——一个年纪更大、头发花白的拉罗什,稍微胖一点,但有同样饱经沧桑的面容和良性精神错乱的古怪气质。

他和拉罗什好几个月没见面了。"嘿,杜威,"拉罗什打招呼,"你戒烟了?"

杜威瞪了他一眼,说:"去你的,当然没有。"他在口袋里翻,找到一包压瘪的烟。拉罗什介绍我们认识,说我对植物感

---

[1] 传统情况下,塞米诺尔人会把死者放在一座奇吉小屋中,然后放弃这个营地,另择地方居住。

兴趣。杜威没有流露出一点对我有兴趣的神情。过了一会儿，他抬起头来看我，说："看到那条黄狗了吗？"他用下巴指着一条毛色金里透红、四腿修长的狗。"那只狗会咬人。"他停顿了一会儿，"我不是说'能咬'，我是说'会咬'。"

"谢谢。"我说。我想也许我应该在车里等。

"哈哈，别往心里去，过来吧。"杜威说着走向遮阳棚。一秒钟后，他停住脚步，递给我一张名片，上面写着：

喜林芋属的怪人
罕见和不寻常植物
杜威·菲斯克，植物疯子

他转过身，继续朝大棚走，拉罗什和我跟在后面，绕过一堆堆的绿色塑料花盆和植物插条，低头躲过吊在半空的装着卷曲的蕨类的篮子，最后挤过一张正在朽坏的破旧公园长椅——上面还摆着好几十株植物，包括几棵有青铜色树皮和绯红色花朵的微型树。

"看到这个了吗？"杜威说，指着一个一加仑罐子里盛的植物嫩芽，"这是我的一个朋友在越南采集的。还有台湾魔芋。那个，在那边的，是朱利叶斯在特立尼达采集的。还记得朱利叶斯吗，约翰？那儿，那棵树有那种香水——香奈儿五号，用的花。"他在长椅上翻找着，然后捡起一件什么东西。"哎！我不知道这是一朵花还是什么东西。你觉得呢，约翰？"

拉罗什正在观察另一株植物,几乎没有转移视线。"噢,真见鬼,杜威,"他说,对着正在看的植物摇了摇头,"这一直是我最喜欢的小天南星科植物。"

"一个家伙寄给我的,"杜威说,"他说它比较没有攻击性。"他仍然拿着从长椅上捡起的植物,然后突然想起来了,"拉罗什!"他大喊着,把它高高举起,"说,这个叫什么名字。"

拉罗什盯着这株植物看了一下,马上说了一些拉丁语。

杜威奸笑着说:"是小的那种还是大的?"

"我来看看,"拉罗什斜眼看着杜威说,"拜托,杜威,我现在搞互联网了!我反应没以前那么快了。我觉得是大的。"

"瞎扯,"杜威得意地说,"你输了,哥们。你完了。"

那是一个死气沉沉、令人昏昏欲睡的下午,从大棚的纱网里向外看去,能感到时间在流逝。这一定跟植物有点关系。很多兰花人第一次见我时都跟我说,在温室里度过的时间似乎稀缺而无形——如果他们陪着自己的兰花,有可能一天就这样过去了而他们都没有注意到。那天下午在杜威家,阳光移动、下沉,然后黄昏降临,时间一点一滴地过去,我们仍在大棚里四处闲逛,捡起植物,闻什么东西,用手指抚摸光滑的树叶,把拇指伸进泥土里。每隔几分钟,杜威和拉罗什就会停下来,点上烟,站在什么植物的娇嫩绿色小枝前,用力吸烟,无言地欣赏着它。我并不急着走,虽说我应该走了。在大棚里,有在人群中永远体验不到的安宁、在没有生命的物体旁边时永远体验不到的鲜活。在夜晚空气的笼罩下，那种感受像梦一样奇妙。

拉罗什和我在分别回家之前制订好了第二天的计划。开车从迈阿密地区到法喀哈契大约需要两个半小时，拉罗什想要在黎明前动身。"要是我们晚一会儿，虫子就会特别厉害，而你也会被晒伤，"他说，"相信我，我把话先说在前头。我想你应该在明天早晨四点半左右接上我。或者五点，最晚。我在四点半之前起床，到时候就应该已经收拾停当，在等着你了。吃的怎么办？我会准备我们所有的补给。你喜欢吃什么？"

我说我喜欢椒盐卷饼，他说："嗯，那还不够。椒盐卷饼和带花生酱的梳打饼，再加上一些奶酪，怎么样？也许再带些糖果。还有大量的水。我们还应该带防晒霜和一些干衣服。这么说吧，我会把一切都准备好的。我会准备我们俩的补给。"他用手指打着勾："椒盐卷饼、花生酱梳打饼、好时巧克力棒、奶酪。"

"指南针用不用？"我说，因为巡逻员都带着指南针，"或者地图？"

拉罗什瞪着我："我们用不着地图。我把一切都安排好了。我对法喀哈契可以说了若指掌。我是说，要想走进那里，首先必须得了解它才行。那里很危险。那么多淤泥坑，还有大片的水面。人是可以消失并死在沼泽里的。"

我睡过了三点的闹钟，在四点半惊醒。我想拉罗什应该正站在他房子的车道上,叼着一根烟,怒气冲冲地抽着。我只花了一分钟就收拾停当。前一天晚上,我已经摆好了沼泽地服装——绑腿、便宜的网球鞋、长袖白衬衫——和一套供出来后更换的干净衣服,还有一台用来拍摄盛开的鬼兰的小相机——虽然我觉得我肯定看不到。我飞速换好沼泽地服装,冲出酒店大堂。大堂当时冷冷清清,一片昏暗,只有墙上的挂钟发出粉色的霓虹光。街上也是冷冷清清,一片昏暗。路边所有的酒店都很安静,低低的海浪有几英里宽,轻轻舔着沙滩棕色的硬质边缘。沙滩本身空空如也,只有一簇收起来的沙滩伞和一张没了座席、只有骨架的沙滩椅。平时欢乐热闹的地方现在空无一物,这是最令人忧伤的了。我钻进我的车,开上公路去接拉罗什,直到上高速后我才高兴起来。

我到的时候,他并没有站在车道上。我想他应该是在门厅。他听到我的车开进来,把门推开一条缝,示意我安静,然后走出来。每次看到拉罗什我都很惊讶。他又高又瘦的身材和苍白的面庞似乎总是越来越高,越来越瘦,越来越苍白。他的身躯和体形都像一个衣架。虽然他一生中有许多时间在树林里走动,但他仍然纤弱、无力。他没有任何平和与安静的气息,反而有一种野兔般的镇定。

他穿的衣服看上去并不适合进树林。他戴着迈阿密大学飓风橄榄球队的帽子,穿着轻薄的灯芯绒裤子和短袖衬衫,脚下是普通健身鞋。他什么都没带——没有椒盐薄饼、梳打饼、水、好时巧克力棒、奶酪、地图、指南针、信号弹。我问他我们的东西在哪儿，所有在法喀哈契里需要的东西。他拍拍衬衫口袋，掏出一包万宝路。"这包是新的，我昨晚才买的，"他说，"我有我需要的一切。"

我关掉引擎，坐在座位上，盯着方向盘。拉罗什看着我，耸了耸肩。"跟你讲，不用担心，"他说，"我们在鳄鱼小径的印第安贸易站停一下，去买东西。嘿，你想让我开车吗？"

我们出发时还不到七点，但外面已经很暖和了。公路在明亮的阳光下闪闪发光，路上的坑周围融化的沥青被轮胎碾过时发出鼓泡破裂的声音。拉罗什用一根手指的一半控制方向盘。他能这么干，是因为鳄鱼小径是笔直的，在大地上像一张长条地毯一样铺开，但更是因为他似乎并不在乎我们时不时地轧上路肩。在我印象里，他是那种上午脾气很差的人，但那天他很健谈。他向我描述了关于电脑的新工作以及他正在编写的一些新软件，他对靠这些软件发财有十足的信心。讲话时，他看到一辆汽车从对向开来，这让他想起了母亲的车，于是他开始回忆和她一起在沼泽中跋涉的时光，想起有一次他们穿过法喀哈契里一片烧焦的草原，遇到一朵盛开的雪白色鬼兰。他的叙述方式听起来像童话或圣经故事——黯淡的旅途有光辉的结局，充满希望的旅途穿过黑暗，到达光明。一个更传统、更令人舒适的故事不会有这种奋斗和胜利的节奏，相反，却会用一种枯燥的速度描绘日常和习惯，有一种致命的不间断性。我从不觉得世界上有很多人会很像约翰·拉罗什,但我越来越强烈地意识到,他只是一个极端,而不是一个错误;大部人其实都在以某种方式努力获得某种卓越的事物,追求某种东西,甚至不惜冒生命危险,而不是忍受平凡的生活。

就在这时,公路有了一个小小的上坡。我们右侧是印第安贸易站。拉罗什拐下公路出口的坡道,开进停车场。

"进去吧,想要什么就买什么,"他说,"我在里面见你。"他从挡风玻璃后面向外窥探,"这会很有意思。他们恨我。"

在商店里,我拿了一些梳打饼和瓶装水,不久,拉罗什进来,买了烟和多力多滋,然后我们在闷热的停车场里站了几分钟,再回到车上,接着开。"那儿根本没人注意我,"他说,"我很意外。所有的印第安人都认识我,现在由于兰花的案子,他们都讨厌我。我们去沼泽的时候总是在那儿停一下。"他手搭凉棚遮蔽眼睛,望着高速公路的尽头,"你知道吗,我对塞米诺尔人有很宏大的计划。我真正想要做成的是让兰花实验室开始运作。花圃挺不错的,但真正赚钱的还是实验室。我们可以日夜不停地克隆兰花,真正把它做成一个巨大的业务。我的想法是,最后完全抛弃花圃,只有一个巨大的实验室,跟塞米诺尔宾果大厅那么大。这是总体规划。这样我们就并不真正需要花圃了。我们只需要克隆佛罗里达本地的兰花,批发到世界各地,然后我们再往外扩展,不只克隆兰花,还克隆一切东西。同时,我会训练手下人了解基础植物学。我会让他们真正学会一些东西。我们会做一些突变,一些怪异的杂交。我们要用怪异征服人们。真的会很酷的。太酷了。"

他沿着鳄鱼小径飞快地开上29号州道,这条路通往法喀哈契沼林州立保护区的入口,途中穿过了三条为美洲狮修建的高架通道,还经过了考普兰路监狱。在拉罗什行驶的速度下,树木看起来像绿色的横幅。当他把时速减到八十英里左右时,天空中一片肮脏的橙色烟团分解成一排缓慢移动的烟雾,可能来自一片烧焦的甘蔗田,或者是因飞机失事引起的。我们飞速经过废弃的平房,它们正在渐渐坍塌成一堆木桩。经过"不得擅入"的标牌,它们都被子弹打得千疮百孔,像瑞士奶酪,经过驼背老太太似的倾斜篱笆,然后在几乎要开过一个手写标牌的时候,拉罗什对它产生了兴趣,于是猛踩刹车,支起脖子去看上面的字。"看这个!"他大叫。牌子上写的是:出售:小山羊、番石榴酱、仙人掌。"这他妈太奇怪了,你不觉得吗?"他问,"就是说,怎么会有人在卖这些东西?这是随机的,还是有人某天醒来,然后说,嘿,亲爱的,咱们做小山羊和番石榴酱的生意吧。为什么不是别的东西呢?比如说羊肉、蕨类和树莓,怎么样?或者,天啊我也不知道——牛、郁金香和橙汁?"他叹了口气,"真见鬼。"过了一会儿他喃喃道,"人类太奇怪了。"

最后,我们抵达法喀哈契入口。汽车开上硬化路面,经过一些房子和拖车,然后通过边界,正式进入保护区。这条路沿着一条小溪蜿蜒而行,然后斜向穿过沼泽和像羊毛一样编织在一起的灌木丛、杂草和树木。每隔几码,路边就有一片清理出来的空地,通往一条平顶长堤——那是1947年李县潮水落羽杉公司为了法喀哈契的落羽杉来到这里时,建造的有轨电车轨道。每条长堤看上去都跟下一条一模一样,而每片沼泽看上去都跟下一片一模一样。我瞥了一眼拉罗什。他全神贯注,皱着脸。他看见我在看他,笑了。几周前他曾提到,他正在考虑花点钱,补上他在导致母亲遇难的那场车祸中被撞掉的所有牙齿,但还没来得及,所以他的笑容仍然有好几个窟窿,像一片少了几根木桩的栅栏。"不用担心,我很清楚我们在哪里。"他说,"我对这个地方可以说了若指掌。"我们又开了几英里,道路周围空无一人。最后,他开进一片路边空地,引擎轰响几下,然后他关掉了发动机。他指着前方绿色的灌木丛说,这就是我们要走的步道,我们最好现在就进去,否则天气就会太热了。

架高的长堤是干燥的,我们走了一两英里才下去,进入像咖啡一样黑的水中。我们很难知道要走多远,而每次脚踩到水底,淤泥都像布丁一样塌缩下去。漂在水面上的浮萍缠绕在我们的小腿上。法喀哈契有一种深沉的静止,但从物理意义上说,它一刻也不平和。总是有东西在轻拂着你、拍打着你、缠着你的腿,给你造成障碍。阳光总是在敲击着你的皮肤,空气中的潮湿让你的头发像电话线一样卷曲。在沼泽里你永远不会闻到纯粹的空气气味——你闻到的是淤泥的刺鼻臭味、腐烂叶子的酸败气味、新叶子凉爽的麝香似的气味、水上漂过的无数种不同花朵的香味。每朵花都不一样，却都像肥皂泡一样，是透明的。宇宙中最大的数字也不足以度量你的眼睛看到的事物。每一寸土地上都长着一束高高的茅草、一片灌木或一棵树，每片灌木和每棵树都被另一株植物的根包裹着，每一棵根上都有一朵花、一株蕨类或一根肿胀的鳞茎，每一朵花和每一株蕨类都是一个由蜜蜂、蚊蚋、蜘蛛和蜻蜓组成的世界的枢纽，那些昆虫都围绕着它旋转。你听到嫩枝在脚下断裂，树枝呼啸着从头上掠过，树叶喃喃低语，水从死去的老树的树干里溢出来，以及所有能想到和不能想到的昆虫声音、各种各样的鸟叫——啾鸣、尖叫和嘟嘟声，还有所有那些难以名状的声音：有某种沉重的东西贴在地面上，在匆忙地移动，也许有马的大小和蜥蜴的形状，或者是蛇的大小、形状和基本特征。在沼泽中，你会觉得自己的所有感官好像都通了电一般。沼泽是迟钝的，移动缓慢，但同时又高度刺激。即使深入其中，在阴暗闷热的地方，也很容易保持清醒。

我们看到的第一株兰花像蝴蝶，是坦帕蝴蝶兰花，长在一株佛罗里达栲的分叉处。这是一株小植物，绿色的假鳞茎富有光泽。它的花是黄色的，有白色的唇瓣，花脉发紫。拉罗什指给我看，然后点上一支烟，咬在嘴里："这小东西不错吧？"他仔细观察着花，问我。"很可爱。"我在远处看着它，因为我一朝树走，就感到地面在向下倾斜，所以我决定最好还是不要让沼泽的水面没过腰部。我们转向北方，继续跋涉，速度非常缓慢。沉重的水流和污秽的水底紧紧抓住我们的脚，每一步其实是三步：第一步试探有没有鳄鱼；第二步试探有没有落羽杉的气生根，就是落羽杉从根部长出来帮助呼吸的木桩，足以戳断人的胫骨；第三步才能迈出真正的一步。在水中艰难行进一小时后，我们到了稍微高一点的地面上，沿着一条小径走，脚下是落下的棕榈叶和树枝，被沼泽的水泡得发胀，一踏上去就碎掉了。拉罗什在一棵挂满了藤蔓的月桂叶栎树下停住脚步。"我在植物生涯最后阶段的新欢是开花藤蔓，"他说，"不过，很不幸，那份爱没有回报。"他皱了一下眉，然后发现附近的一棵树上有一株小小的章鱼兰，指给我看，"我已经给你找到两株了，"他兴奋地说，"你今天想看什么兰花，我都会给你找到一株。不管有多难，我肯定会给你找到一株鬼兰的。"几分钟后，他停下来，摆着胜利的姿态指着一棵圆滑番荔枝树，鬼兰的根缠在一棵低处的树枝上。我喜欢根部的外观，它是有光泽的绿色，形状像压扁的细管，像绷带一样缠绕着树枝。"花已经开过了，"拉罗什说，"没关系，我们还能看到更多的。我们肯定会看到一朵盛开的。"我们绕过一个渗穴，然后穿过菜棕架成的隧道，钻进一片柳树沼林，在一棵灌木前停下来。"这儿有一株难看的兰花，"拉罗什朝上面指点着说，"佛罗里达蝴蝶兰。很难看。不过，我不是个势利眼。我一直对所有兰花都感兴趣，不仅仅是漂亮的。我们偷采的时候，漂亮的和平常的都拿，不是只拿吸引人的。如果你问我，我会说它们都很酷。"

这时，我们已经走了几个小时，太阳已经升到树梢上了，天气越来越热。我的周围笼罩着一群蚊子。连我的手指都出汗了。在我的前方、后方和两侧全都是混杂在一起的灌木、棕榈叶和莎草，在它们的上方是凤梨科植物拖把似的顶部和乔木灰色的树干。这片地跟台球桌一样平。我没有了方向感。我想知道我们是不是正在接近鬼兰。"就在这附近，"拉罗什说，"跟着我就好。"

他朝一个方向走，然后停下来，改变路线，然后又停下来，又改变路线。这让我很沮丧。"拉罗什，"我说，"我可以问你一个私人问题吗？"

他转过身，皱起眉头。"我们没迷路，如果这是你要问的问题的话，"他说，"就朝这边走。我们之前经过了这棵树的右边，是不是？"他指的这棵树有粗大、凹凸不平的树干和绿色的叶子——法喀哈契里至少有一万棵树都有同样粗大、凹凸不平的树干和绿色的叶子。他开始朝这棵树的左边走，我跟着他。我越来越累，手脚开始不听使唤。我们开始走得更快、更加莽撞，穿过灌木丛时发出很大的声响，走过渗穴时溅起一片水花。我强烈地感觉到我们在转圈。法喀哈契占地八万英亩，我确信在这八万英亩里可以转很多圈而不越过边界。

我们来到一处小空地，地面基本是干燥的，于是，我们停下来吃东西，考虑我们的处境。事实是我们迷路了。拉罗什知道,我也知道。"我们没有迷路,"拉罗什说,摸着全身上下的口袋找烟,"我只是转了一小圈。无论如何,我们得做这件事。"他挑拣地上的东西,找出一根短而直的树枝。"我要做一个日晷,"他解释道,"我们把这个支好,然后等几分钟,就能知道太阳在朝哪个方向移动。我们要朝东南方走。"他瞅了我一眼,"这没什么大不了的。"

他把树枝插在土里,蹲下来。"跟你说,我曾经想过,要是有个兰花小游乐园的话,那真的很酷。"他说,"没有蛇,没有动物,只有兰花,有点像兰花野生植物园。"他笑了,"我的感觉是,任何事情都很有趣,特别是如果有一点机会能拿它赚钱的话,就更是这样。"他伸出腿,不小心踢倒了我们的日晷。他没有抬头就发现了树枝的另一部分,把它又插入地面。

"你收藏什么东西吗?"他问。

"我并没有真的收藏什么东西。"我说。

"收藏本身并不是目的,"拉罗什继续说,"目的是沉浸在什么事里,了解它,让它成为你生活的一部分。那是一种方向。"说完"方向"后他停了一下,然后咯咯笑了几下,"如果有人有我没有的植物,我一定要想办法弄到。就像是海洛因成瘾。如果我有钱,就会花在植物上。当我和妻子还有花圃时,我们有四万种完全超乎想象的植物。"

"你最喜欢的是哪种?"

他在地上蹭了蹭鞋跟:"我觉得肯定是那种凹唇姜属的漂亮小植物,我的一个朋友从新西兰给我带回来的。人们最初采集到它是在一百年前,我想我的那株是当时人工栽培的唯一一株。它有微小的圆形叶子,有点发棕色,有银色的V形斑纹。我跟你发誓,它看起来就像是水晶制成的一般。而且它还能开出一朵巨大的橙色花,十分惊人。"

我问他还有没有这株植物。"我没有任何植物了。"他生气地说,"我以九百美元的价格卖掉了它,然后把它的一段插条寄给了邱园。"

"日晷不管用啊。"

他看着它,抬头斜视着太阳,然后眯起眼睛看我。"管用着呢。"他说。

一阵风吹来。感觉像是比萨店排出的废气,油腻、浓烈、炎热。我的脸颊在抽动。像许多其他在法喀哈契里游荡的人一样,我感到极度沮丧:这个地方看上去狂野又孤独。大约下午三点的时候,亨利似乎受不了了,我们看到他在哭。他讲不出来原因,就是害怕。我确实非常渴望看到一朵盛开的鬼兰,完成这个闭环,使我在佛罗里达所做的一切有意义;但在那一刻,我不想在沼泽地里过夜的愿望更加强烈。我也非常想杀了拉罗什,真的杀了他,把他的尸体留在这儿。这不是因为谋杀是我的本性或教养的一部分,不是因为我觉得这会帮我找到走出沼泽的路,只是因为我对他感到愤怒,因为我焦躁不安,非常紧张。日晷肯定不管用。有什么东西在灌木丛中呼啸而过,一只乌鸦从上空俯冲下来,呀呀地叫着。一百年前,鸟羽猎手来到这里,收集足够装饰一万顶时尚女帽的羽毛。如果巡逻员阻止他们,他们就把巡逻员杀死。"电脑的好处,"拉罗什说,"我喜欢电脑的原因是,我能沉浸在其中,但它不是活的东西,不是会离开或者死去或者怎么样的东西。我的理想状态是,在生活中需要担心的活物越少越好。"

"约翰,真的有什么活的东西是你确实担心的吗?"我问。

"有啊,嗯,我女朋友和我爸爸,"他说,"我还有四只猫——帕菲、齐皮、比尔和鲍勃。不过现在就这些了。我不知道我是不是还能忍受重新拥有植物。"

我突然为他难过,因为他一次又一次地心碎过。然后我为一切难过,为在兰展上什么奖也没拿到的人难过,虽然他们精心照料植物,把它们打扮得漂漂亮亮的;为被犁过、烧过、剥光过的法喀哈契难过;为所有买下一块地并想象它如天堂般美丽,但其实它却处在泥泞的"街区"的人难过;为希望仍然住在湿地里的奇吉小屋中的塞米诺尔人难过;为所有在赌场里备受打击的宾果玩家难过;为那几百株长得丑陋、被扔进垃圾箱的"伊莱恩"凤梨科植物难过;为李·摩尔难过,他此时应该刚刚开着载有兰花的面包车出发去杰克逊维尔,但他的脑海里不是眼前乏味的州际高速公路,而是在梦想着他在秘鲁的黄金城市;为任何曾经关心过什么事情,最后却没有如愿以偿的人难过;为迷失在法喀哈契沼林里,不知道该怎么办的自己难过。然后,就像所有的哀伤一样,这些情绪变成了一种坚硬的东西,不那么令人窒息了。我突然决定,我宁可站起来走——不论朝哪个方向——也不愿空虚而癫狂地坐在这里,任凭自己的思绪像沙子上的轮胎一样旋转。我知道,拉罗什想让我看到一朵鬼兰的愿望跟我自己想看到的愿望一样强烈,可能还更强烈,但是我现在最想做的事真的就是回家。到了这个地步,我意识到从来没见过鬼兰也很好,因为这样它就永远不会让我失望,就会永远成为我想看到的那个东西。

"好吧,去他妈的日晷,"拉罗什说,"我们就一直走下去,最后总会到那里。我的意思是,我们会到一个地方。离开这里。我的意思是,从逻辑上讲,我们必须走直线才能走出去。我这么干过无数次了。每当一切事情好像都要把我弄死的时候,我就对自己说,去他的吧,然后直直地往前走。"

我们离开这片空地,又走进浓密的灌木丛。一片又一片相同的地方,生物多到无法将注意力集中到单独的一种上,而我们对它们视而不见。我们尽可能长的时间地走直线,躲避着葡萄藤、树枝结成的穹顶和沉静的古树。那是纯粹、生动的华丽,是大自然的奖赏,是极度富饶的地方,一个人面对着它,会忍不住对自己说"我会在这里找到一些东西",然后走进去。过了几个小时,或者几分钟,或者永远,我们趟过最后一摊黑水,走到干燥的长堤上。我们先向右看,但眼中只有更多的落羽杉、棕榈和一本芒,所以我们向左看,在那里,在长堤的斜下方,可以看到汽车挡泥板反射出的微光,它像灯塔一样,指示着我们跟着它,走到了公路上。

与《兰花窃贼》作者苏珊·奥尔琳对谈

问:有没有哪一个问题是你希望采访者问你,但从来没人提出过的?

答:没有什么特别的问题是我希望别人来问我的。但有一个问题我很希望自己能回答:创意过程是如何运作的?人们经常会说,你到底是怎么想到这个线索的?我希望我能回答,因为这应该是凭直觉就能说出来的,而且如果写出一本书来不完全是意外,而是有一个非常具体的程序的话,我觉得这很让人安心。但没有这样的程序。

问:这本书是由佛罗里达报纸上的一篇报道延伸来的。然后你为《纽约客》写了一篇关于这个主题的文章。是什么让你认定它值得写282页呢?

答:在我第一次为了给《纽约客》写这篇文章而南下佛罗里达的时候,我觉得自己好像在剥洋葱。这个故事的每个方面似乎都比我想象的要丰富。例如,在偷采最初出现的法喀哈契沼林,我随口问一个巡逻员,这片地方成为保护区多久了,在保护区之前是什么，然后我偶然发现了佛罗里达土地骗局的整个故事，这令我很着迷。我喜欢着眼于一个单独的事件，一件非常具体的事情，然后深入彻底地研究它，而不是从一个庞大、广泛的事件入手。聚焦在一个很窄的范围里，然后把它写成一本书——这是一个任务。

问：你发表的作品都是基于真实事件的报道。你有没有考虑过把自己的经历写成小说？

答：从来没有过。总有人问我这个问题，但我觉得现实生活非常有趣。我觉得我想象不出像约翰·拉罗什这样怪异而又迷人的角色。我还觉得，写真实的故事，并让它们能吸引读者，这其中蕴含着一条基本原则，就是必须跟真实存在的东西打交道。写虚构的话可以去想："啊，如果他去蹲一年监狱，情节上就更好了；那我就安排他蹲一年监狱吧。"这是比虚构更大的挑战。这是现实。

我还喜欢写作具有一定的教育意义的作品。我喜欢接受将知识带给读者的挑战，给他们讲那些他们不知道自己其实想要知道的东西。

问：这本书的主题之一是：激情的本质是什么，人们如何围绕对一种特定事物的痴迷，塑造自己的生活？你是富有激情的收藏家吗？

答：不是。我对它着迷，部分是因为我从来没有那么深地投入过单独的一种兴趣之中。显然，在这本书结尾时，我意识到了我确实对一件事有专注的激情，就是对当作家和记者的激情。不过。我认为这种冷静对我是有利的。我不喜欢写我一开始就过分投入的东西。对我来说,在整个写作程序中,有一段时间是用来理解的。兰花对我来说完全是个谜——它们只是花而已,怎么会有人在乎它们呢?这段时间就是为了了解人们是如何在乎它们的、为什么会在乎它们。

我说自己不是收藏家,也并不是百分之百的诚实。我不是兰花收藏家,不过我收藏很多东西,很多奇怪的东西。我只是从来没有放下过自知之明,去宣称我是个什么收藏家。我有很多奇怪的收藏品:多年来我收集世界各地的牙膏、一种特殊颜色的美国陶器、锡制地球仪。我最近开始收集骰子。然而,我绝不会说自己是骰子收藏家或陶器收藏家。这就是我和那些自认为是"兰花人"的人之间最大的区别。它定义了他们的生活。

问:约翰·拉罗什可以说是本书的标题人物[1],但他只是被描述的对象;苏珊·奥尔琳是这本书的主体。它是关于你的,是一种形式的自传。如果你有意识地写一本自传,那么你将关注自己生活的哪一部分?

答:我真不敢去想。

人们说"你总是把你自己放在你写的故事里",好吧,可我就是在我的故事里,只是承不承认的问题。实际上,我不写必须应该报道的新闻,而选择去写能俘虏我的好奇心的任何事物。选择写什么是一个主观的选择。

---

[1] 标题人物(title character)指在作品的标题中被提及的人物。

问：在兰花的背景下——就是物种之间互相依存，它们的寄生或附生关系——其实或许可以这么看：你所关注的东西必须依靠他人的欲望、抱负以及发生在他人身上的事才能够存在。这就是你的职业。就像常见的寄生虫，真的。

答：谢谢。我的报道对象是：以某种形式存在的、非常广义的"家庭"。我们不知道自己为什么出现在了地球上，我们需要想清楚如何让这件事变得有意义，如何找到自己合适的定位。人们为此竭尽全力。他们可能专注于工作或者诸如兰花之类的兴趣，也可能被渴望赚很多钱或者以某种方式抚养子女的愿望所驱动。我的激情所在是研究、解释这种现象，并把它传达给其他人。是的，这在很大程度上是联系与断开、归属和不归属的问题。

问：在激情的本质这个首要的主题之下，和常规事物一同浮现的是寄生虫似的本质。你形容佛罗里达"与其说是一个州，还不如说是一块海绵"。约翰·拉罗什本人以利用别人的弱点为生。对他这种寄生性的追求，你有什么总结性的评判？

答：我认为他做色情内容的那些情节是非常能体现这种行为的本质的。如果人们愚蠢到主动去找他，愿意给他很多钱，让他把他们自己的裸照发布到网上，那么他就会觉得自己的人生使命就是尽可能地多收他们钱。这是寄生牟利：利用人们的幻想赚钱。

问：你以《兰花窃贼》作为书名，这立刻就提出了约翰·拉罗什在道德上的问题。

答：这是在整个采访过程中一直困扰我的问题。我当然会在一些时候想过：这真的只是一个平常的贪婪的家伙，比平常的贪婪的家伙聪明一点。但是，在这种贪婪中有一种奇怪的逻辑。他发现一条法律写得很差，便可以钻空子并（从中）受益。我认为这也是他把自己的目的合理化的一种方法。他的目的很简单：赚一百万美元。但是，如果其中没有有趣的复杂性，他就不想去做了。我不把他看成江湖骗子。我觉得，我们大部分人都能在传统界限内生活得很自在，可他似乎不能。这可能跟他需要别人的关注有关。仅仅是成功对他来说还不够，他需要以复杂、有趣、不同寻常的方式成功。

问：约翰·拉罗什跟很多美国人一样，有一种"中彩票"的心态，希望快速发财。但并不是每个快速发财计划都会引起他同样程度的激情。对于有的计划，他认识到了其中的潜力，但却不屑去干。比如，有人给了他一些带有白色条纹的南美草坪草，他却说"噢，我对草坪草没感觉"。这就像在一片全是荷斯坦奶牛的草地上寻找一头弗里斯牛[1]当摇钱树一样。他像堂吉诃德一样，最终是个失败者。你认为拉罗什特殊的恋物癖是一种高贵的、堂吉诃德般的特质吗？

答：我认为"高贵"这个词言过其实了。我觉得在他的心目中，他有着良好的自我形象。对普通人来说，用像草坪草这

---

[1] 荷斯坦（Holstein）和弗里斯（Fresian）其实是同一个品种，全称为荷斯坦－弗里斯牛，即为常见的黑白花牛，在北美常被称作荷斯坦，在英国和爱尔兰常被称作弗里斯。

样不起眼的东西发财就足够了。但拉罗什觉得自己超乎常人。他偷兰花时,仅仅偷兰花是不够的,还必须要震动佛罗里达州议会,让议会重写法律,承认他的所作所为是正当的。

如果用通常意义上的成功标准衡量,那他是个失败者。但在他看来,自己并不是失败者,因为他确实在过着自己想要的生活。

问:你把佛罗里达描绘成终极的美国、丰饶之地,然而读者却有一种强烈的感觉,就是你觉得它的这种丰饶是非常粗野的。你是一直特意跟它保持了距离,还是也曾有过融入这片模糊的异域?

答:一方面,对佛罗里达来说我永远都是个外来者。我在炎热的地方住不惯。如果你想要成为"佛罗里达人",就必须学会融入佛罗里达的风景。但在另一方面,我认为我是典型的佛罗里达的人。我去那里寻找自己的财富。我跟那么多人一样,到佛罗里达时脑子里有一个计划:我想写一本书来讲述这个已经发生了的奇特事件。但我和它的联系不是永久的。我在那儿很容易就写了超过六篇文章,这让我自己也很吃惊。部分原因是有趣、奇怪的事情在佛罗里达总会发生。那里就像一锅不断冒泡的炖菜。而且我感兴趣的那些故事——如人们开始新生活、创建新社区,都发生在佛罗里达。

问:当你知道自己最后不会看到鬼兰时,你感到了解脱。我们可以谈谈这个。命运之手介入,把失望转移开,你对之心怀感激。你一般都是这样对待生活的吗?

答：我一直都在想这个。我想弄清楚生活是真的有命运、定数，还是只是偶然。我们在"活着"这种混乱和不合逻辑的经历中，寻找一种秩序和逻辑。我认为，人会抓住一个小小的立足点，让自己觉得这个世界上是有逻辑的，自己的生活是有一些秩序感的。我们非常渴望这种感觉，这很有意思。有个算命的对我说"一月份之前什么都不会发生"，我就很高兴，因为我对这种期望感到放心。我不敢相信，世上居然没有一种能一直展现在我们面前的宏伟设计。认为世上有这样一种东西可以提供安慰。有时候我想知道自己怎么就成了作家；现在回头看，这似乎就是命中注定。不过，我也不确定。我相信有命运吗？还是，我们都是自己的选择和决定的产物？

问：你是否像书的结尾所写的那样，仍然不求回报地希望看到鬼兰？

答：现在我有点害怕看到它了。很长一段时间里我一直以为自己能看到，但希望一次又一次落空，以至于在采访行程快要结束时，我开始觉得没看到其实更好。它永远不会满足我寄予它的所有期望。这本书自出版之后，一个法喀哈契巡逻员打电话给我说："如果你想看鬼兰，那我带你去看。什么时候我如果知道有一朵在开，就打电话告诉你。你可以过来。"但我意识到我并不真的想去。我喜欢停留在想象层面，把它想成某种无法抗拒也无法得到的东西。我觉得有朝一日我会看到的。如果是偶然碰见的就好了。

问：自从这本书出版以来，你见过约翰·拉罗什或跟他通

过话吗?

答:我没见过他,不过跟他通过话。其实是他在书出版后主动打电话给我的,说:"嗯,我已经读过那本书了。"

我说"啊好",同时自然有点担心。我拿不准他会有什么反应。书里他的形象并不特别讨人喜欢。

然后他以他一贯的方式对我说:"跟你说,你如果再写几本书,就能成为很不错的作家了。"

问:书里没有任何内容能够明确无疑地把拉罗什描绘成一个有魅力的人,但在关于兰花的描述和活动中,带有性意味的意象无所不在——比如,长在佛罗里达桉的分叉处,拉罗什迷恋兰花,对这些东西的激情是离婚的催化剂,等等——而他在其中似乎对你施加了一种强烈的影响,几乎像是个伪对立角色[1]。你有没有分析过,你被拉罗什吸引的程度,是不是超出了对他的激情的客观兴趣?

答:书中有很多带有性意味的意象。我现在才意识到这一点。其实,为封面找一张没有太多性意味的兰花照片,是有一些挑战性的。当然,我在开始写一本关于花的书时,从没想过它会很性感。

但我们的关系是严格的报道者和报道对象的关系。当然,

---

[1] 对立角色(antagonist)是故事中与主角敌对的角色。提问者在前面表达过,奥尔琳实际是本书的主角,而拉罗什和奥尔琳之间并没有真正的对抗关系,所以在此将拉罗什称为"伪对立角色"(pseudo-antagonist)。这个词也暗指了书中提到的兰花的"伪对抗"(pseudoantagonism)传粉机制。

你跟自己在写的人会发展出一种亲密关系。你花大量时间跟他们在一起。你想听到他们要说的一切。这是一种理想化的关系。根据定义,他要说的一切对我来说都很有趣,因为这正是我去那里要做的事情:了解他。我认为报道者和对象之间可以变得非常依恋彼此,联系非常紧密。这就回到寄生的主题:我们每个人都有自己的目的。他是我的报道对象。有他的合作,我才有可能写成一本书。我是他的见证人,他可以向我描述他的人生抱负,以此来吸引人们的关注。我认为非虚构写作的一个重大问题是:这种关系意味着什么?因为本书结束的时候这种关系也就结束了,而这是背叛吗?我自己一丁点儿都没想过要发展浪漫关系,而且我觉得双方都没有。不过,报道者和对象之间确实会发展出一种不同寻常的联系。很难想出另一种类似的关系,除了忏悔者吧,我想。

珍妮特·马尔科姆[1]于几年前写过一篇很棒的文章,认为报道者与对象之间存在着一种相互剥削的关系。我不得不说她是对的。可这并不意味着这种关系是邪恶、堕落的。这只意味着,不承认两者在出于某种原因互相利用,不承认这是这种关系的背景,就太天真了。这不是自然的关系。这是非常不自然的关系。我和约翰·拉罗什之间没有友谊。我们在报道的背景下发展出了一种关系。我觉得这不意味着它是虚假的。这意味着必须始终意识到,这是不自然的情境。

---

[1] 珍妮特·马尔科姆(Janet Malcolm, 1934—),美国记者、作家,《纽约客》撰稿人。她出生在布拉格,童年时随家人移居美国。

问：有没有报道对象爱上过你？

答：有过。而我对他也有很深的感情，但我心里明白是怎么回事。让我向你解释一下移情。我知道他把情境错认成了特定的情绪。他爱上的是我对他的关注和感兴趣——那是真正的关注和好奇。如果有人只是想知道关于你的一切而不要求回报，那是一种很棒的感觉。就像心理治疗。我受宠若惊，但我也知道这是跟情境有关的。在写人的时候，你确实会拥有一种神奇的力量。我有时会忘记，写一个故事，在《纽约客》上发表，被八十万人阅读，这一切意味着什么。

我经常写那些一般不会被写到的人们。他们没有精明地应对媒体的本事，他们不习惯那样。对他们来说，这通常是一生只有一次的经历。我从来不带着一系列问题去问他们。我会坐下，等待，听，看。我做笔记。我与人们形成的亲密关系有时会使这个过程的结束变得非常困难。在与我共处两三个星期并且有了亲密感之后，那些人即使没有感觉到被背叛，也会有些震惊。我已经接受了这样的事实。

我记得，对我来说最困难的一次是写一篇关于一个十岁男孩的文章。采访阶段结束时，截稿日期给我造成了很大的压力，所以我告诉他，我必须得走了，去写完这篇文章。

他对我说："你明天会过来吗？"

我回答："明天我当然不会过来了。我得赶截稿日期。"然后我想：我已经和这个孩子共处了两个星期，一直在说："无论你想做什么，我都想做；无论你要说什么，我都感兴趣。"

这些并不是虚假的,只是我已经进入了这个过程的下一个阶段,就是写我的故事。对他来说,这很突然,很令人困惑。一个成年人更容易理解,但对孩子来说,关注和友谊就是关注和友谊。

问:你有没有突然爱上过报道对象的?

答:有过。他是一条宠物展上的狗。我爱上了它。不过对它的采访很艰难。

意外的绽放

苏珊·奥尔琳

我学到了有关生活的一件事：你永远不知道你会发现什么，会在哪里发现。在我的工作中尤其如此。甚至到现在，离我开始着手为后来成为《兰花窃贼》的这个故事做前期研究已经有二十年了，我仍然对这一切机缘巧合深感惊讶。

当时我在墨西哥度假，在繁忙的工作日程中享受一段短暂的休息。其实在假期里我还花了一些时间完成对一篇杂志文章的修订，所以肯定还没有准备好去考虑写一个新的故事。

假期很快就过去了，就跟所有的假期一样。不知不觉地，已经到了回家的时候。我带了一本书在从坎昆[1]到纽约的航班上看，但是我看得肯定比预想的快，因为在还有几小时航程的时候，我发现自己没东西看了。我望了一会儿窗外。我翻阅机上杂志和 SkyMall 产品目录[2]。之后，我把手伸进前座后面的口

---

[1] 坎昆（Cancún）是墨西哥东南部城市，位于加勒比海沿岸，世界著名度假胜地。
[2] SkyMall 是一家始创于 1990 年的美国机舱购物杂志。

袋里，看看是不是还有别的可以帮我打发时间的东西。一般这都徒劳无功，但那天我很走运。我发现了一份《迈阿密先驱报》的都市版，卡在较深的地方，肯定是先前的一位乘客留下的。

我对迈阿密的本地新闻并没有太大的兴趣，但当时我只想找点东西分散注意力，所以我打开报纸开始浏览，一两分钟过后看到一篇很短的新闻，写当地一个叫约翰·拉罗什的花圃经营者在离那不勒斯不远的沼泽偷采兰花，被执法当局当场人赃俱获。就算你给我再多的钱，在那一刻之前我也猜不到我的下一个故事会是关于佛罗里达的花的。但在纽约着陆时，我清楚地知道自己打算做什么了。

有时我觉得我偶然发现这个故事的方式跟拉罗什偶然发现鬼兰的方式一模一样，同样是古怪的幸运，同样出乎意料。就跟他立刻被这种花迷住一样，我也有点被这个故事迷住了。在接下来的几年里，我追随着他，他追随着鬼兰。对他和我来说，偶然的发现成了一个任务，永远地改变了我们的生活。

我把接下来的几年花在研究和写作上，沉浸在兰花世界、佛罗里达不那么光彩的历史、法喀哈契沼林和塞米诺尔部落的遗产中。我频繁搭机往返纽约和迈阿密。我曾经暗自发誓，要在不踏入沼泽的前提下写这本书，但最终却发现自己好几次在法喀哈契里跋涉。在我多次前往佛罗里达的旅途中，我开始收集鳄鱼摔跤手题材的旧明信片，我喜欢想象，自己在怀着跟那些摔跤手一样不羁（并且也许有些鲁莽）的信心把这本书变成现实。这是个挑战，故事宏大、棘手、艰辛，但我让自己认定，我会占得上风的。

没有作者能预测一本书从自己手里离开后会怎样，而我甚至不敢去猜想《兰花窃贼》面世后会有怎样的命运。真会有人想看一本关于一桩相当轻微的罪行的书吗？关于一种难以捉摸的花？关于佛罗里达炎热的沼泽地区？拉罗什是不是太尖酸、太古怪了，读者能容忍他吗？一本其实是关于一种理念——对激情的追求——的书，会不会太个人化或者太理性了，让人无法投入？

因此，各界对《兰花窃贼》的反应让我既满意又有点意外。读者欣然接受了它，评论家赞赏它，连我的报道对象们似乎也喜欢它。我曾经担心拉罗什会举着干草叉来找我，因为我描绘他的方式；但他在书出版几周后打电话给我，告诉我他认为这本书"很不错"，并用一种几乎是叔叔般的语气，带着他那种一贯的绝对傲慢补充说，我如果再写几本书，有朝一日有可能成为像样的作家。我曾经担心读者会觉得拉罗什不好接近，但他们似乎跟他反而挺有共鸣。有多少人告诉过我他们在他身上看到了自己，他们可以认同他多变的痴迷，我已经数不过来了。还有很多人明显带着感情问我他后来怎么样了（他仍然持续反复改变自己的生活，每隔几年就变一个人，但是他成功与一个非常好的女人建立了关系，生养了一个可爱的孩子，还补上了缺失的门牙），以及我们是否还保持联系（很少，根据我的经验这在作者与描述对象的关系中是很普遍的）。

我从来没有想过——一瞬间也没有——会有人认为《兰花窃贼》有改编成电影的潜力。它是低概念[1]的东西！拿《改编剧本》中查理·考夫曼的话来说，它是那种《纽约客》式的向四周蔓延的、无形的东西——换句话说，就是好莱坞害怕的故事，因为它按照自己的节奏展开，有大量的枝节。尽管有几个制片人在出版前给我打电话，要求提前拿到书看看，但我几乎没放在心上。像大部分作家一样，我更为在意的是评论怎么说，以及我描写的所有那些脾气不太好的人会不会因为他们在书里的形象而动怒。

我觉得，一本意外闯进我生活里的书能继续让我惊讶，是很自然的，但老实说，我也担心买下电影改编版权的人会发现他们的钱打了水漂。他们有没有意识到这是一个沉思性、描述性的故事，里面没有行动？真有人能把它改编得适合银幕吗？我猜编剧很快就会极度绝望，然后把这个故事打散，改头换面，塞进重大犯罪、撞车、毒品和性，让它变得像好莱坞电影。

现在看来，我是对的，也是错的，任何看过《改编剧本》电影的人应该也都这么认为。在查理·考夫曼完成剧本之前，我完全不知道进展情况。片厂犹豫了一段时间才把剧本给我看，因为他们知道我会——怎么说呢？——很惊讶。而且我确

---

[1] 美国电影行业将一般意义上易于改编成电影的作品（如情节曲折、冲突激烈、景色壮丽等）称为"高概念"（high concept）。与之相对，"低概念"（low concept）作品一般有着重于人物内心、难以概括等特点。

实是。坦白说，一开始我觉得剧本几乎不忍卒读。我不能摆脱对自己的书的印象——而且还不能摆脱我自己的回忆、故事和对电影的想象。我不明白为什么我是剧本中的人物，为什么编剧（和他的双胞胎）也在里面。但当我终于能够看清它的实质后，我意识到它是这本书的理想伴侣：它包含了书中所有的哲学和情感问题，将它们用一种梦境过滤，让一对疯狂的双胞胎来叙述。我知道片厂期待我硬起心来，不让他们拍这部电影，但我还是同意他们继续拍了；我想，是驱使我跟随拉罗什深入沼泽的那种冲动让我这么做的。像我说过的那样，我确实践行这个信条：你永远不知道你会发现什么，会在哪里发现。我没有立即同意，但最后我认定这似乎是一次值得冒险尝试的旅行，也许我能在某个人对我的故事的诠释中发现一些睿智、美丽的亮点。我的书已经有了它自己的生命，这无法改变，所以我愿意看到它的下一次蜕变——对这本书的诠释之舞。我很高兴自己这么做了。

我很少在自己的作品出版之后再去读它（部分是习惯，部分是迷信，我想），所以我无法告诉你，如果我现在而不是二十年前写这本书，会不会写得不一样。我肯定会改一些句子，再问那些人一些别的问题。我从初稿中删去了几个章节，而现在我觉得当时要是设法把它们改得合适就好了。我仍然会同意拍电影，这是毫无疑问的。（否则我怎么会有机会见到梅丽尔·斯特里普呢？）其实我仍然会同意让所有这一切再次发生——在飞机座椅的口袋里翻来翻去，翻阅报纸，追求一个吸引着我的故事，尝试写一本非常规的书，全身心地投入，希望自己能学到关于生活和别人、最终是关于自己的一些事。我希望能再次拥有这样的幸运。

THE ORCHID THIEF
Copyright © 1998 by Susan Orlean
This edition arranged with Arthur Pine Associates, Inc.
through Andrew Nurnberg Associates International Limited
Simplified Chinese edition copyright 2022 New Star Press Co.,Ltd.
著作版权合同登记号：01-2020-6320

图书在版编目（CIP）数据

兰花窃贼／（美）苏珊·奥尔琳著；刘斌译．——北京：新星出版社，2022.6
ISBN 978-7-5133-4653-5

Ⅰ.①兰… Ⅱ.①苏… ②刘… Ⅲ.①传记小说-美国-现代 Ⅳ.①I712.45

中国版本图书馆CIP数据核字（2021）第185178号

兰花窃贼

[美] 苏珊·奥尔琳 著；刘斌 译

责任编辑：孙立英	**特约编辑**：巴　扬
产品经理：李金学	**责任校对**：刘　义
责任印制：李珊珊	**装帧设计**：冷暖儿

出版发行：新星出版社
出 版 人：马汝军
社　　址：北京市西城区车公庄大街丙3号楼　　100044
网　　址：www.newstarpress.com
电　　话：010-88310888
传　　真：010-65270449
法律顾问：北京市岳成律师事务所

读者服务：010-88310811　　service@newstarpress.com
邮购地址：北京市西城区车公庄大街丙3号楼　　100044

印　　刷：北京天恒嘉业印刷有限公司
开　　本：787mm×1092mm　　1/32
印　　张：10.875
字　　数：212千字
版　　次：2022年6月第一版　2022年6月第一次印刷
书　　号：ISBN 978-7-5133-4653-5
定　　价：58.00元

版权专有，侵权必究；如有质量问题，请与印刷厂联系调换。